# LE ZÉNITH NACRÉ

La Chronique des Joyaux 3

# LE ZÉNITH NACRÉ

Mélanie Dufresne

Publié à Québec

Édition et révision par Nathy D'Eurveilher
Couverture par Deranged Doctor Design

ISBN-13 papier : 978-2-9820651-5-4
ISBN-13 ePub : 978-2-9820651-4-7

Dépôt légal : 2022
Bibliothèque et Archives nationales du Québec
Bibliothèque et Archives Canada

*À Sophie, ne laisse jamais ta fierté t'empêcher de me demander de l'aide.*

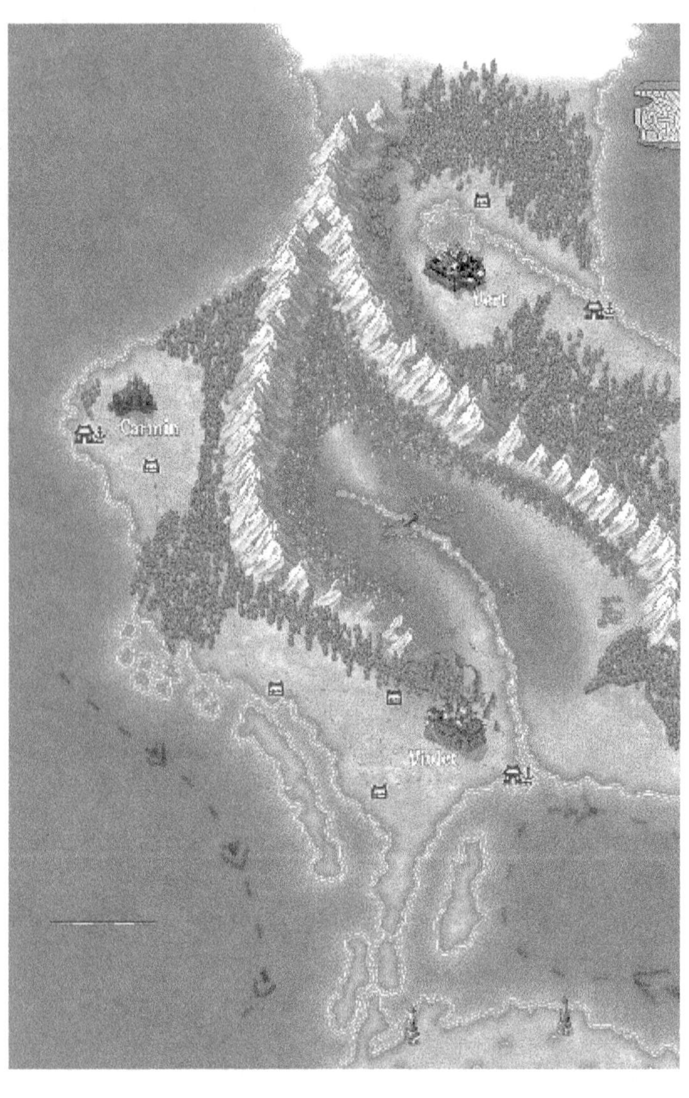

Carmin

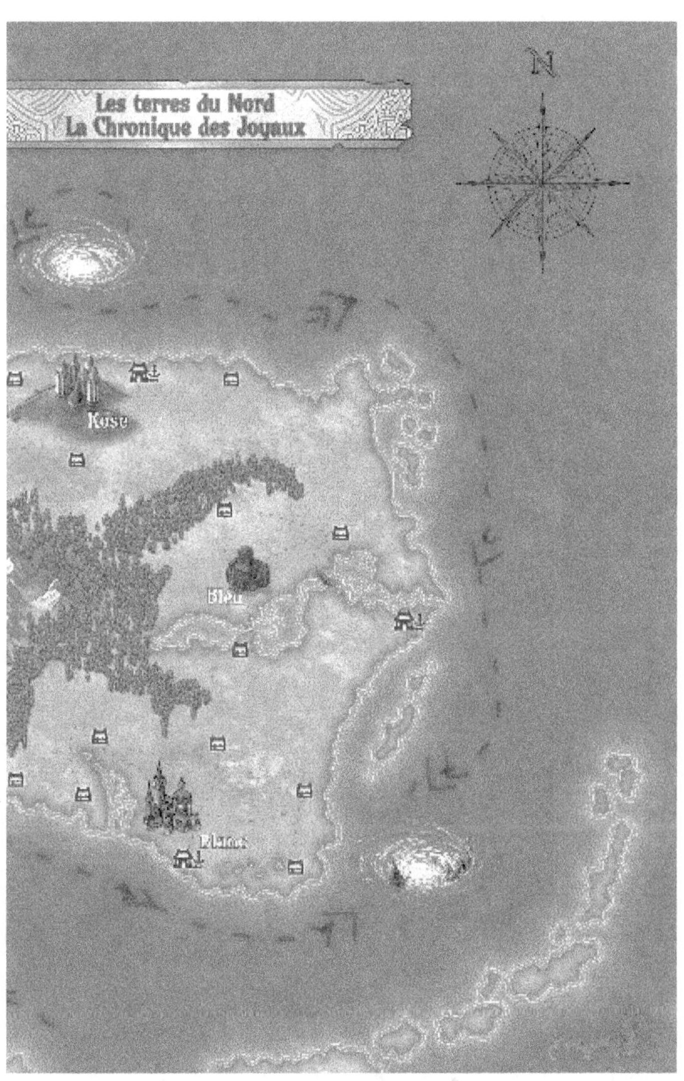

N
Les terres du Nord
La Chronique des Joyaux
Rose
Bleu
Blanc

# PROLOGUE
## Brenlir

Les carillons auraient dû sonner avec une synchronicité parfaite. Mes mains se crispèrent dans la fourrure soyeuse du simarg à l'idée de ce qui pouvait causer cette discordance. Les cloches sonnaient trois fois par jour depuis aussi loin que mes souvenirs remontaient. Dariane y veillait avec un soin méticuleux. Du moins, ça avait été le cas jusqu'à tout récemment. La précieuse exigeait d'elle-même la même rigueur qu'aux autres, ce dont nous ne pouvions que lui être reconnaissants : sans elle, notre avenir aurait été pour le moins incertain.

Cette légère anomalie n'était pas inquiétante en soi. Sauf lorsqu'on l'additionnait à mes plus récents constats. L'appréhension qui m'enserrait la poitrine était difficile à ignorer. En tant que maître d'armes, mon contact avec le joyau nacré aurait dû me permettre de cibler le problème. Malheureusement, ma connexion à l'énorme gemme magique figurait elle aussi sur la liste des anomalies. Les oreilles de Gryff se plaquèrent contre son crâne en réaction à ma tension. Je relâchai ma prise et tapotai l'épaule de ma monture pour la rassurer.

Entre mes jambes, la cage thoracique du chien ailé se contractait au rythme de ses respirations. Quelques battements d'ailes suffisaient à garder le cap. Le vent me fouetta le visage, emportant avec lui une odeur d'embruns, un mélange de sel et de varechs. Les oiseaux marins planaient au-dessus de l'eau et leurs cris nous parvenaient faiblement. Le ciel arborait un bleu ininterrompu et la mer au loin reflétait le soleil tel un miroir paisible. Des dizaines de voiles blanches parsemaient la baie en attendant de mouiller au port.

Une centaine de mètres plus bas, le bourg grouillait d'activité. Nous étions trop haut dans les airs pour distinguer les individus, mais un flot continu de visiteurs passait les portes principales et se dispersait dans le quartier marchand. La réputation de l'endroit n'était plus à faire, non seulement par sa taille, mais aussi par sa proximité au château le plus prospère des Terres du Nord. Le festival de la renaissance commencerait dans deux jours; après deux mois d'hiver, les gens étaient prêts à se retrouver et à célébrer le retour du beau temps juste avant la première récolte.

Je reportai mon attention sur les cavaliers autour de moi. Le décompte ne fut pas bien long à faire, car les douze soldats de mon escadron étaient parmi l'élite de la garnison du château Nacré. Leurs uniformes et leur équipement étaient impeccables et ils chevauchaient leur simarg fièrement, avec raison. Je levai une main et mon signal fut repris par mon second. D'un même mouvement, toute l'escouade amorça le virage pour retourner vers la ménagerie.

Gryff me connaissait bien, aussi plana-t-elle quelques secondes supplémentaires pour laisser les autres se poser avant de faire de même. Le sable de l'aire d'atterrissage avait été fraîchement arrosé et le battement de ses ailes ne souleva qu'un infime tourbillon de poussière. Au moins, la discipline de mes troupes était irréprochable. Mon regard trouva la recrue en marge de la zone et je lui envoyai un signe d'approbation. Un sourire étira ses lèvres avant qu'elle ne se reprenne et m'offre un salut martial. Un des soldats la héla pour avoir son aide et la jeune femme s'empressa de le rejoindre.

— Veux-tu que je dépêche des soldats inspecter les cloches du bourg? demanda une voix inquiète derrière moi.

Je n'étais donc pas le seul à avoir relevé cette anomalie. Je me tournai pour voir Velor, mon second d'escouade. Aussi grand que moi, il avait une stature plus effilée, pratique dans les manœuvres acrobatiques. Derrière lui, son simarg s'ébroua et le poussa du bout du nez. Il étira la main et lui gratta l'échine sans me quitter des yeux. Le temps de la mue était toujours plus délicat à gérer et nous ne pouvions pas nous permettre de négliger nos compagnons. Je secouai la tête.

— Je m'en charge personnellement. Amenez vos chiens à la rivière pour un bain et assurez-vous qu'ils n'ont pas la peau sèche. Je vais avoir besoin de vous plus tard dans la journée.

Il acquiesça et tourna les talons pour rejoindre le reste de l'escouade. Gryff s'étira de tout son long, l'arrière-train dans les airs et son poitrail au sol. Elle bâilla avec un couinement théâtral avant de se relever. Sa queue battit l'air tandis qu'elle m'implorait du regard de suivre ses compagnons. Mes lèvres s'étirèrent en un sourire de regret et je passai une main dans son pelage.

— Ça devra attendre.

Je remis le pied à l'étrier et montai sur son dos. Elle tira sur les rênes pour se frotter le museau d'une patte, sa façon de protester contre mon sens du devoir. Je lui grattai l'échine en guise d'excuse.

— Trouve Dariane.

Un frémissement parcourut Gryff tout entière. La précieuse était une des personnes qu'elle aimait le plus au château. Du fait de la nature magique des simargs, ils étaient particulièrement sensibles aux manifestations du joyau, mais l'affection de ma monture pour la précieuse allait au-delà de la simple affinité. Et je ne pouvais pas le lui reprocher : mes journées me semblaient plus faciles à supporter lorsque j'avais la chance de croiser Dariane.

Grâce à ses sens aiguisés, ou alors peut-être par magie, Gryff savait toujours où se trouvait la précieuse avec exactitude. Assez que j'avais arrêté de la chercher par moi-même ou de demander sa femme de chambre pour m'en remettre à ma monture. Les muscles de la simarg se contractèrent sous moi tandis qu'elle étendait ses ailes. Je me plaquai contre son encolure pour lui faciliter la tâche et après deux foulées, nous étions en vol.

Gryff grimpa en altitude pour survoler les remparts et je suivis le mouvement lorsqu'elle s'inclina pour contourner la tour d'angle, grisé par la vitesse de la manœuvre. J'aurais sermonné n'importe quelle recrue qui se serait permis ce genre de frivolité, mais les responsabilités de maître d'armes devaient bien octroyer certains privilèges, non?

Peu après, Gryff ralentit sa course pour se poser dans la cour devant l'arche qui menait aux cuisines et à la réserve. Le vent m'apporta des éclats de voix courroucés — les cloches n'étaient pas la seule chose qui glissait hors du contrôle de Dariane.

J'étais à la fois son protecteur et son bras armé, mais mon épée serait superflue si la menace provenait de la personne même que je devais servir. J'allais devoir trouver une solution à ce qui rongeait Dariane avant qu'il ne reste de nous qu'une mention funeste du château Nacré et de sa chute dans les Chroniques, car il m'était inconcevable de décevoir Dariane et de faillir à mon devoir. Le temps était venu de remettre les pendules à l'heure.

# CHAPITRE 1

## Dariane

Il le faisait exprès. Aucune autre explication ne me venait à l'esprit. Je pris une inspiration mesurée tandis que l'intendant gesticulait en justifiant son échec. Je résistai à la tentation de me frotter le visage; ce n'aurait pas été convenable, mais mon expression dut tout de même trahir mon agacement, car Banut pinça les lèvres, les mains sur les hanches.

Un éclair de regret me transperça la poitrine. Après plus de cinq cents ans d'existence, on aurait été en droit de croire que je m'étais faite à la brièveté de l'espérance de vie des Hommes de sang. La perte de la précédente intendante avait été prévisible, due à son âge, mais le transfert de connaissance avait été difficile. Son travail avait toujours été impeccable, mais de toute évidence, c'était en raison de la main de fer qu'elle avait gardé sur toutes les opérations. Banut était encore trop inexpérimenté pour jongler avec autant de responsabilités à la fois.

— Allons-y au plus pressant, dis-je le plus posément possible. Les domestiques souffrants ne pourront pas reprendre leurs tâches d'ici la fin de la journée. Les chariots renversés devront être ramassés par des soldats.

— Des soldats?

L'air hébété de Banut me fit crisper les mâchoires.

— Oui, demande l'aide d'un lieutenant, poursuivis-je. Fais quérir la maître guérisseuse. La garde-malade est compétente, mais vu le nombre de personnes affectées, la contagion à grande échelle me semble un risque. Ensuite, le plus pressant sera de débarrasser les réserves des rongeurs. Va voir le maître fauconnier...

— Pourquoi les soldats ramasseraient-ils les chariots?

La frustration monta d'un seul coup et me vrilla les tempes. J'avais déjà trop à faire, sans en plus devoir lui expliquer son travail. Ma bouche s'ouvrit avant que j'aie le temps de peser mes mots.

— Le château Nacré n'est pas une résidence champêtre. Si tu n'es pas à la hauteur de la tâche, nous trouverons quelqu'un d'autre.

Un bruit de poterie cassée nous fit sursauter. Au détour du corridor, un marmiton se tenait figé, les yeux écarquillés. Je fronçai les sourcils et il s'empressa de ramasser le dégât sans plus nous porter attention. L'intendant quant à lui avait pris une teinte rougeaude qui ne lui seyait pas du tout. Je ravalai mon soupir.

— Nous vivons une période d'activités intense avec tout cet achalandage, tempérai-je. Peut-être devrions-nous redistribuer une partie de tes tâches...

Une ombre passa dans l'arche qui menait vers la cour extérieure et un frisson remonta de mes reins jusqu'à ma nuque. J'aurais reconnu cette présence dans l'obscurité la plus absolue, et probablement même si nous n'avions pas été liés par l'entremise du joyau.

Brenlir s'arrêta à quelques pas de nous et retira son casque de vol. La coupe ajustée de sa tenue en cuir souple mettait en valeur son physique de guerrier. S'il était splendide en tenue d'apparat, quelque chose dans cet ensemble plus pratique dévoilait son côté indomptable. Des années de discipline martiale avaient sculpté son corps, même si à la base, son plus grand atout était son esprit aiguisé. Il avait toute mon admiration, mais en cet instant, il était une distraction que je ne pouvais me permettre.

Je croisai les mains sous les manches traînantes de ma robe, regrettant ce choix frivole. Le tissu évanescent m'avait semblé un rappel à propos du printemps à nos portes, mais vu les crises qui s'enchaînaient sans relâche, une tenue semblable à celle de mon maître d'armes aurait été plus adaptée. Ce dernier me salua de la tête, toujours aussi protocolaire, avant de s'adresser à Banut.

— L'intendance est une tâche aux multiples facettes qu'on ne peut pas maîtriser dès son premier festival de la renaissance. Au besoin, je suis sûr que le maître archiviste aura quelques lectures à te suggérer pour développer ton répertoire de solutions.

Banut avala péniblement, conscient de la perche que lui tendait le maître d'armes.

— Oui, je n'y manquerai pas.

— Si tu as besoin d'effectifs, adresse-toi au capitaine Caedric, reprit Brenlir. À cette heure, il passe les troupes en revue en prévision des patrouilles requises pour le festival. Il saura qui est disponible pour mettre la main à la roue.

Le regard de Banut alterna entre nous, et le maître d'armes arqua un sourcil inquisiteur. L'intendant marmonna une salutation et s'empressa de partir en direction de la garnison. Je fermai les yeux et comptai jusqu'à dix. L'envie de secouer Brenlir était forte, mais je n'aurais jamais le dessus; au mieux, le haut de ma coiffe lui arrivait sous le menton. D'autant que le joyau ne me prêterait pas son énergie pour nuire au maître d'armes. Je refusais de perdre contenance devant lui.

Lorsque je rouvris les paupières, il me regardait avec curiosité, la tête inclinée sur le côté, comme si j'étais une énigme à résoudre. Le peu de patience qu'il me restait s'évapora.

— Son incompétence devra être mise en lumière tôt ou tard, dis-je.

— Dans son cas, il s'agit plutôt d'inexpérience. Soyons indulgents et laissons-le faire ses preuves.

L'inquiétude remonta dans ma poitrine comme une bouffée de chaleur et je secouai la tête.

— Nous sommes à la veille du festival, il y a trop à faire. Où que j'aille, une crise requiert mon attention. Je n'ai pas le loisir d'être tolérante envers ses maladresses.

Ses mâchoires se contractèrent. Comme il était à contre-jour, je ne pouvais pas distinguer ses pupilles au milieu de ses iris bruns, mais je savais que rien n'échappait à son regard. Je regrettai aussitôt de m'être emportée, car il aurait tôt fait de remarquer mon trouble et d'en chercher la cause. Sa voix grave me fit frissonner dans la fraîcheur de la galerie.

— Je t'ai déjà vu gérer un incendie suivi d'une naissance, doublés d'un accident en cuisine, et tout ça, un soir de bal, avança-t-il. Et les cloches ont quand même sonné à l'heure ce soir-là. Tu as toujours fait face à n'importe quelle crise avec un aplomb enviable. Qu'est-ce qui te trouble?

Il était dangereusement près de me prendre en défaut. Je m'efforçai de lui sourire, impatiente de me soustraire à son inquisition.

— La transition vers un nouvel intendant est simplement plus difficile que prévu, expliquai-je. Tu as raison; je tenterai d'être plus prévenante à son égard. Je te remercie de ton intervention.

Ses lèvres se pincèrent. Mes paroles devaient sonner aussi faux à ses oreilles qu'aux miennes, mais j'étais incapable d'avouer l'étendue de mes problèmes. Un roucoulement empêcha Brenlir de répondre. Un froissement de plume résonna dans le corridor et une truffe noire apparut au-dessus de son épaule.

— Doucement, Gryff. Tu es trop large pour passer, la réprimanda-t-il sur un ton taquin.

La simarg poussa un gémissement pitoyable, et un sourire fleurit sur mes lèvres même si je savais qu'elle exagérait sa détresse. Je m'approchai et tendis une main pour la flatter. Brenlir s'écarta pour me permettre de l'atteindre. Elle ferma les yeux et étira le cou dès que mes doigts trouvèrent l'arrière de son oreille. Son pelage était doux et chaud, semblable aux courants du joyau sous les fondations. Une partie de mon anxiété me quitta, assez pour détendre la crispation dans mes épaules. Je relevai la tête pour voir le regard songeur de Brenlir fixé sur moi. Un frisson me traversa les reins et je me sentis vulnérable; une sensation pour le moins inopportune.

Je reculai le temps de reprendre contenance, car je ne pouvais pas me permettre de montrer une quelconque faiblesse en présence de mon maître d'armes. Gryff protesta d'un coup de langue, mais je secouai la tête à regret. Elle se tourna vers Brenlir et ce dernier lui ébouriffa l'échine avec affection. Satisfaite, elle rebroussa chemin pour retourner dans la cour.

— J'espère que tu te confierais à moi en cas de problème, dit-il.

La culpabilité me fit ouvrir de grands yeux et je fis de mon mieux pour métamorphoser ma réaction en surprise.

— Évidemment.

Son regard ne me quittait pas, aussi me sentis-je obliger de rediriger son attention.

— Nous tenons audience cet après-midi. Le sénéchal Gaur voudra savoir ce qui a été décidé pour l'emplacement de la nouvelle tour de guet.

Il secoua la tête avec une grimace.

— Je n'arrive pas à croire qu'il puisse transformer une décision stratégique en manigance politique.

— Il vaudrait peut-être mieux en parler avec dame Morwen, dans ce cas.

Son hochement de tête me fit relâcher mon souffle. L'aboiement de Gryff brisa le silence, détournant l'attention de Brenlir pour de bon. Il me salua d'un geste formel et retourna aux côtés de la simarg. Une fois son cavalier en selle, elle fit quelques foulées pour s'envoler, emportant avec elle un des soucis sur mon interminable liste de doléances. J'avais laissé la tension entre nous escalader depuis si longtemps que je ne savais même plus comment rectifier notre relation.

Notre lien s'était bel et bien formé lors de son entrée en fonction, presque dix ans plus tôt.

Mais quelque chose clochait.

Brenlir avait endossé ses responsabilités avec brio, sauf que la magie du joyau n'avait pas grand-chose à voir avec ses exploits. Il avait usé de stratégie, d'un sens poussé de l'analyse et de finesse pour assurer la gestion de la garnison et des divers corps de métier du château. Au fil du temps, il était devenu évident qu'il ne possédait pas une perception de la terre aussi précise que mes maîtres d'armes précédents. Je n'y avais pas trop porté attention. Après tout, mon lien avec chaque seigneur avait été différent. Notre seigneuresse actuelle, dame Morwen, pouvait tirer sur l'énergie du joyau pour m'appeler, ce qu'aucun seigneur n'avait pu faire avant elle.

Sauf que récemment, les problèmes s'étaient multipliés. J'avais noté certains phénomènes inusités au cours de la dernière décennie, sans m'alarmer, mais l'année qui venait de s'écouler se résumait à un enchaînement de malchances et de difficultés. Jusqu'à culminer cette semaine.

Pourtant, l'approche du festival aurait dû renflouer l'énergie du joyau jusqu'à lui permettre de prendre un peu plus d'expansion. Au lieu de quoi, les racines frémissaient de part et d'autre du château, parcourues de fourmillements désagréables. Je commençais à craindre que mon maître d'armes ne soit pas celui qu'il me fallait.

Des cris et des appels attirèrent mon attention sur la tour des quartiers. J'étais trop loin pour les entendre avec mes oreilles, mais la pierre me transmit l'agitation. Je fronçai les sourcils. Les jumeaux auraient dû être en compagnie de leur instituteur. Je marchai vers le mur et appelai la magie du joyau à moi. La pierre m'accueillit et se reforma autour de moi tandis que l'énergie nacrée me propulsait jusqu'au dernier étage de la tour.

Les cris s'étaient tus, mais quelques chuchotements me parvinrent depuis la dernière pièce. Je relevai mes jupes avec mes mains pour éviter que le froissement du tissu trahisse mon approche. Du bout des pieds, je m'avançai jusqu'au seuil. Un garçon et une fille étaient couchés au centre de la pièce, à plat ventre au sol, occupés à nouer une corde à un sac de grains. Mes yeux remontèrent le fil jusqu'à une poulie et un bâton relié par une courroie. Le tout me semblait destiné à bloquer la porte et faire tomber un seau, pour l'instant vide. Je pouvais supposer qu'il serait rempli d'eau, ou d'une substance encore moins alléchante.

– Qui sera la victime, cette fois-ci?

Vyn et Jana sursautèrent et se mirent sur pied en hâte, les mains derrière leur dos. Âgé de six ans, Vyn était plus costaud que sa sœur, mais leurs traits étaient si semblables à ceux de leur père que mon cœur manquait un battement chaque fois que je les voyais sourire.

– C'est une expérience, dit Vyn avec un coup d'œil vers sa sœur. On veut tester la théorie de l'attraction que maître Cynem nous a enseignée hier.

Sa sœur hocha de la tête avec vigueur, les billes au bout de ses tresses s'entrechoquant. Je m'approchai de leur projet et étudiai le trajet de la corde.

– Non, je pense plutôt que vous voulez bloquer la porte pour enfermer quelqu'un.

Je pris soin de placer ma robe avant de m'accroupir. D'une secousse, je libérai l'extrémité de la corde et refis le nœud d'une manière différente.

– Voilà qui sera plus solide. À l'autre bout, utilisez le même nœud que pour attacher les chevaux. Il se relâchera sous la tension sans avoir besoin de couper la corde.

Ils acquiescèrent avec de grands yeux. Jana envoya un coup de coude à son frère.

– Je te l'avais dit.

– Qui planifiez-vous d'enfermer? demandai-je à nouveau.

Toujours aussi spontanée, Jana me répondit.

– C'est Isona.

Vyn secoua la tête pour lui signaler de se taire, mais elle haussa les épaules et reprit à mon intention.

– Elle se cache pour bécoter. La semaine dernière, c'était avec Beva. Hier, c'était Fauni.

– Beva ne nous a pas crus quand on lui a dit, ajouta Vyn avec une expression mortellement insultée. Alors on voulait lui prouver qu'on n'était pas des menteurs.

Je me redressai avec un regard pensif. La fille de la seigneuresse était une charmeuse née. Son bal d'introduction avait eu lieu l'an passé et dame Morwen espérait lui trouver un mari bientôt. Sauf que la belle Isona semblait décidée à goûter à tous les plaisirs d'ici là.

Quelqu'un approchait. Je fis signe aux enfants de sortir et refermai la porte derrière nous.

– Je vous laisse jusqu'à demain pour attraper Isona. Après, j'irais lui parler et je l'avertirai de vos manigances.

Les enfants grognèrent, mais un regard d'avertissement suffit pour qu'ils hochent la tête. Au bout du corridor, maître Cynem déboula avec un regard alarmé, le souffle court. L'instituteur était plutôt jeune pour détenir ce titre, mais il était un brillant pupille du château Bleu et je ne doutais pas de la qualité de son enseignement. Il freina sec en nous apercevant. Ses mains tirèrent sur sa veste pour la replacer tandis qu'il approchait d'un pas plus mesuré. Il me salua avec un sourire crispé. Ses yeux se posèrent brièvement sur les enfants avant de revenir vers moi, sa consternation facile à deviner.

— Dariane, quelle surprise de te trouver ici.

J'inclinai la tête et posai les mains sur les épaules des enfants.

— Je suis désolée d'avoir perturbé ta leçon de ce matin. Les enfants m'ont aidé à replacer quelques caisses. Ils sont tout à toi.

Vyn et Jana levèrent des yeux adorateurs sur moi et je haussai un sourcil impérieux.

— Vous devez être aussi intelligents que vaillants, mes perles. À vos leçons.

Les enfants exécutèrent de rapides courbettes et ils s'éloignèrent. Maître Cynem soupira et ses épaules s'affaissèrent.

— Je suis désolé, ma dame. Je vous jure que je leur ai seulement donné la permission de sortir sur le balcon pour observer leur père en vol.

Mon cœur se serra. Les enfants s'ennuyaient de leur père et je ne pouvais pas leur en vouloir. Le poste de maître d'armes était accaparant et Brenlir était souvent occupé de l'aurore au crépuscule. Leur mère était morte quelques années plus tôt d'un bête accident de cheval. Tout l'effectif du château avait mis la main à la pâte pour veiller aux besoins des enfants, mais ce n'était pas la même chose.

La progéniture des maîtres d'armes était appelée des perles, en contraste avec l'aspect de pierre précieuse du joyau. Différents, mais tout aussi précieux, ces enfants étaient encouragés à occuper des fonctions importantes au sein de l'organisation du château, si ce n'était pas dans celui de leur naissance, alors ils seraient recrutés par un autre seigneur.

– Tu pourrais peut-être ajouter plus d'activités manuelles à leur cursus. J'ai l'impression que Jana est moins stimulée par la théorie.

– Merci, ma dame. Je m'y efforce.

Il prit la suite des enfants et disparut au tournant du corridor. Je consultai le joyau pour savoir où en était le maître archiviste. Ce dernier m'avait donné rendez-vous pour clore la chronique de l'hiver et il m'attendait. Comme je n'étais pas encore en retard, je pris l'escalier pour passer par le chemin de ronde. Après l'agitation du matin, j'avais besoin de quelques minutes de calme avant de rencontrer maître Ofor. Sa tenue de livres était méticuleuse, mais cette même qualité le rendait inflexible. Son amour pour le respect des traditions était louable, et j'étais la coupable la plus probable de ce penchant. Je ne pouvais donc pas vraiment lui en tenir rigueur, bien qu'il m'arrivât de le regretter.

Une fois sur les remparts, je pris une bonne inspiration et laissai l'air frais du printemps chasser mes inquiétudes. Le vent fouetta mon visage et je passai une main sur mes cheveux pour être certaine que ma coiffure tiendrait. Je saluai d'un sourire les soldats de garde et marchai vers la tour d'angle. Des impacts rythmiques rompirent la quiétude et je me penchai au-dessus d'un créneau. Dans la cour d'entraînement, des dizaines de soldats s'exerçaient au combat. Notre garnison était une fierté et sa réputation avait même atteint les oreilles des Sudistes.

Une silhouette accrocha mon regard et la cadence des battements de mon cœur s'accéléra. Brenlir étudiait deux combattants qui s'affrontaient à l'épée. Je le vis lever une main et intervenir. Les soldats reprirent la séquence, mais Brenlir secoua la tête de nouveau. Il tendit la main et un des épéistes lui remit son arme. Les soldats autour d'eux arrêtèrent leurs exercices respectifs pour regarder la démonstration. L'autre combattant se mit en garde et Brenlir lui fit face. Sa voix se perdait dans le vent et la distance. J'aurais pu utiliser le pouvoir du joyau pour l'entendre, mais la vue était trop glorieuse pour ajouter une distraction.

Sans autre avertissement, il passa à l'attaque, enchaînant les bottes et les coups. Son opposant para avec frénésie tandis que Brenlir dansait autour de lui. Le maître d'armes recula d'un bond, adressa quelques commentaires à son auditoire avant de repartir à l'assaut. Les mouvements semblaient instinctifs chez lui, alors que son adversaire peinait à tenir le rythme. D'un coup bien placé, il désarma le soldat. La lame décrivit un arc de cercle gracieux dans les airs avant d'atterrir dans le sable un peu plus loin. Parmi l'assistance, des cris résonnèrent, à la fois consternés et victorieux.

Brenlir se tourna vers la foule pour la saluer. Les soldats se mirent à scander des encouragements et il agita une main pour les arrêter, bien que son sourire prouvât son amusement devant leur enthousiasme. Mon souffle se coinça dans ma gorge, même si cette expression ne m'était pas adressée. Il lança son arme d'entraînement au sol et refit face à son adversaire. D'un geste, il l'inventa à une confrontation à mains nues.

Le soldat chargea sans y réfléchir à deux fois. Bien que moins massif que son adversaire, Brenlir pouvait compter sur ses réflexes supérieurs à la moyenne, même sans son lien avec le joyau. L'épaule du soldat heurta l'abdomen de Brenlir dans le but de le déséquilibrer, mais le stratagème se retourna contre lui. Brenlir l'attrapa à bras-le-corps et le fit tournoyer avant de le jeter au sol. Les deux hommes se débattirent, mais Brenlir avait le contrôle sur son opposant. Les pieds du soldat battirent l'air, sans résultat. Il tapa bientôt le sable d'une main en signe de reddition.

Les applaudissements retentirent tout autour d'eux tandis qu'ils reprenaient pied. Les deux combattants se serrèrent la main puis les spectateurs se dispersèrent lorsque Brenlir leur enjoignit de reprendre l'entraînement. La sueur avait plaqué sa tunique contre son torse, et une vision s'imposa à moi, celle de ces mêmes bras qui avaient ceinturé son adversaire, mais cette fois autour de moi dans une étreinte aussi fougueuse. Une vague de chaleur délicieuse se répandit dans ma poitrine à cette idée.

Ce n'était qu'une fantaisie, bien sûr.

Je ne m'étais permis aucun rapprochement avec un homme depuis des centaines d'années. Pas depuis la journée fatidique où j'avais perdu mon amant et un candidat au titre de maître d'armes dans la même foulée.

Il était bien connu que les précieux et les précieuses avaient une notion du temps fluctuante, une conséquence de cette apparente immortalité. Bien des souvenirs étaient relégués à l'arrière-plan et notre mémoire avait parfois besoin de quelques jours pour revenir sur le passé. C'était mon cas aussi, même si c'était dans une moindre mesure que mes semblables considérant les ressources de mon joyau. Sauf que cette tragédie était gravée au fer rouge dans ma mémoire. Rien ne pourrait jamais l'en déloger.

Dans la cour, Brenlir passait de l'un à l'autre pour encourager ou conseiller. Tous les soldats se tournaient vers lui comme les plantes qui cherchent le soleil. Le château avait connu d'excellents meneurs au fil du temps, mais Brenlir se démarquait par l'influence positive qu'il exerçait sur ses troupes. La tristesse me lestait le cœur, car j'aurais voulu savourer sa chaleur. Ce n'était pas dans les plans.

J'avais moi-même établi la règle selon laquelle les précieux et les précieuses ne devaient pas entretenir de relations amoureuses avec leur maître d'armes ou son entourage. Les châteaux Violet et Carmin avaient fait fi de ma recommandation et les seigneurs semblaient n'y voir aucun problème. J'avais cependant vécu avec les conséquences de mes actes pendant des centaines d'années et je ne pouvais qu'être circonspecte face à ce que l'avenir leur réservait.

Un coup d'œil à la progression du soleil me confirma qu'il était l'heure de reprendre mes activités planifiées pour la journée. D'une pulsion d'énergie, je fis sonner la cloche dans la cour intérieure. Les soldats en poste répondirent promptement et les grandes portes s'ouvrirent. Leurs camarades prirent position pour filtrer le flot de gens en provenance du bourg central. Certains arrivaient avec des chariots de vivres à vendre ou à échanger, mais tous les autres venaient présenter une requête à la seigneuresse. Je me hâtai de retrouver le maître archiviste avant que les audiences ne débutent.

# CHAPITRE 2
## Brenlir

La salle était bondée à mon arrivée. Nous en aurions pour des heures à traiter toutes ces requêtes. Je m'efforçai de sourire tandis que je saluais d'un signe de tête les visages familiers. Dame Morwen et Dariane discutaient sur l'estrade, leurs voix trop basses pour que je distingue les paroles.

Les deux femmes n'auraient pas pu être plus différentes. La seigneuresse possédait une chevelure épaisse et d'un roux semblable aux flammes, un contraste intéressant avec la pâleur de sa peau. La précieuse quant à elle arborait de longs cheveux lisses dont la couleur rappelait le bois brûlé ; le brun dominait au travers de mèches allant du doré au noir. Ses yeux étaient d'un bleu aussi éclatant que certains bijoux turquoise de dame Morwen. Je m'approchai des deux femmes et les saluai d'une rapide courbette. Le visage de la seigneuresse se fendit d'un sourire et elle posa une main sur mon bras.

– Je suis contente que tu aies pu te libérer.

Elle inclina subtilement la tête pour indiquer le côté de la salle où le sénéchal Gaur se tenait les bras croisés.

– Bien sûr, répondis-je. Le nombre de pétitions semble élevé, même pour un début de festival.

Le pincement de lèvres de Dariane me fit hausser un sourcil. Elle se reprit aussi vite et m'offrit une expression sereine. Un doute s'insinua en moi. Savait-elle quelque chose qui nous échappait? J'avais beau tourner la question sous tous les angles, j'étais incapable de trouver une cause pour cette soudaine affluence. L'intendant Banut s'avança au milieu de la salle avant que je puisse l'interroger. Il martela le sol de son sceptre cérémoniel pour intimer le silence. Dame Morwen gagna son siège et je fis de même.

À gauche de l'estrade, le maître archiviste chuchotait à l'oreille d'une apprentie. Je fouillai ma mémoire pour me rappeler le nom de la jeune femme. Elle était arrivée quelques semaines plus tôt sous la recommandation du seigneur du château Violet. Sanika. Elle relâcha son souffle et se frictionna les paumes avant de s'atteler à transcrire les échanges du jour. Ce petit geste était le seul signe trahissant sa nervosité, car sa main était sûre tandis que la plume courait sur le parchemin. Tant mieux pour elle; elle irait loin avec un tel aplomb.

Le premier demandeur s'avança et expliqua le terrible glissement de terrain qui avait emporté une partie de sa ferme. Dame Morwen eut tôt fait de dispenser une somme pour le dédommager et je promis d'envoyer une escouade de simarg pour évaluer les besoins des autres hameaux aux alentours. La pétition suivante concernait une querelle entre marchands du port à la suite d'un accident naval, et dame Morwen dut trancher pour offrir une solution équitable.

À la demande suivante, le sénéchal Gaur s'avança, le pli de sa bouche témoignant de son mépris. Dès qu'il eut la parole, il se lança dans une énumération de reproches et d'affronts, menant vers la conclusion logique que nous lui devions une nouvelle tour de guet. Je me levai de ma chaise avec une expression sévère : son mouvement de recul fut instinctif. Je ne prenais aucun plaisir à intimider les gens, mais les petits tyrans ne comprenaient rien d'autre que la force ou la menace. Je mettais un point d'honneur à agir avec dignité, car je savais que c'était ce qu'on attendait d'un bon maître d'armes, mais pas au point de négliger les atouts que la nature m'avait fournis.

— La dernière attaque sur le cadran Est remonte à plusieurs années, contrai-je. Une tour a d'ailleurs été installée près de Morrenlast. Les rapports de nos troupes ne sont qu'une formalité puisqu'il ne s'y passe jamais rien. À l'opposé, Bulenport rapporte des incidents de plus en plus fréquents. La sécurité de nos gens est notre priorité et c'est ce qui dicte la répartition de nos ressources. En tant que sénéchal du quatrième bourg en importance, je suis sûr que vous comprenez.

Les mâchoires du sénéchal Gaur se crispèrent au rappel de son rang. Je penchai la tête avec un regard inquisiteur pour l'inciter à réagir, mais il se contenta de hocher la tête avant de s'éloigner. Les yeux de la scribe croisèrent les miens et j'y vis une lueur amusée avant qu'elle ne reporte son attention sur sa transcription.

Je repris ma place et ne manquai pas de remarquer les poings serrés de Dariane. Un observateur peu habitué ne l'aurait pas relevé, car elle exerçait une discipline de fer sur ses propres réactions, mais ses traits étaient tirés et son teint moins éclatant. Je repassai les derniers échanges dans l'espoir de trouver un lien entre son trouble et les requêtes, mais rien ne me sautait aux yeux.

Tandis que les pétitions poursuivaient leur cours, je dressai le bilan de leur nature. La malchance semblait affliger bon nombre de nos citoyens. À première vue, aucune cause commune ne pouvait être attribuée à cette variété de problèmes, mais quelque chose clochait. Quelque chose d'assez sérieux pour affecter la précieuse.

L'intendant annonça une pause, et je rejoignis dame Morwen ainsi que Dariane dans le petit salon attenant. La seigneuresse soupira et s'étendit sur une méridienne.

– C'est sans fin. Je sais que je me répète, mais j'ai l'impression que chaque année, la liste de demandeurs s'allonge.

Dariane s'éloigna pour regarder par une fenêtre plutôt que de lui répondre. Les rayons du soleil caressaient son visage et mes yeux suivirent la courbe délicate de son cou. Je pouvais m'imaginer écarter le tissu de sa robe pour explorer le contour de son épaule. L'idée du contact satiné de sa peau était suffisante pour qu'un chatouillement envahisse mes doigts.

Sauf qu'elle n'accueillerait jamais ce contact avec autre chose qu'un refus glacial. Un mélange de regret et de résignation tourbillonna dans ma poitrine. Je repoussai mon attraction pour me concentrer sur ce que je pouvais faire pour elle. Pour nous tous. Je m'éclaircis la gorge, mon attention fermement sur les audiences du jour et leurs causes probables.

— Peut-être que certaines racines du joyau se sont mises à diverger. Ça pourrait expliquer une hausse des problèmes recensés par les bourgs les plus éloignés.

Dariane pivota aussitôt vers moi avec un regard courroucé.

— Bien sûr que non. Tu devrais le savoir : les racines ont encore étendu leur portée cette année.

Je retins une grimace d'excuse à son accusation. J'aurais effectivement dû le savoir, et c'était une des choses que j'avais la ferme intention de rectifier. Si la magie refusait de coopérer pour me permettre de jouer pleinement mon rôle de maître d'armes, j'allais trouver un autre moyen, ne serait-ce que par mon acharnement à résoudre les problèmes un par un. Dame Morwen se redressa sur un coude, le regard fixé sur la précieuse avec un froncement de sourcils.

— En sommes-nous certains?

La précieuse se tourna vers elle, incrédule qu'elle fasse écho à mes paroles.

— Une poignée de pétitions ne suffisent pas à affecter le joyau, répondit-elle avec fermeté.

– De toute évidence, dit la seigneuresse en agitant une main désinvolte. Il n'empêche que nous devrions revoir la répartition des bourgs et leur développement. Je pense que nous n'avons pas été assez stratégiques, et nous en subissons aujourd'hui les conséquences.

Dariane acquiesça avec une légère génuflexion.

– Comme il plaira à ma dame.

Le coin des yeux de dame Morwen se plissa devant la formalité de cette réponse. Je pouvais compatir, car cette froideur m'avait transpercé le cœur plus d'une fois, surtout au cours des dernières années. Avec les enfants et les simargs, elle faisait preuve d'une douceur qui disparaissait lorsqu'elle interagissait avec le reste de son entourage.

Une série de petits coups à la porte m'empêcha de tester son stoïcisme pour creuser ce qu'il cachait. La tête de l'intendant Banut apparut dans l'ouverture, son teint crayeux. Ses yeux écarquillés laissaient présager le pire.

– Mesdames, messire, une délégation vient tout juste d'arriver.

Un soupir échappa à dame Morwen et elle se remit sur pieds.

– Faut-il les faire patienter ou a-t-on déjà passé toutes les demandes importantes?

Le regard de Banut glissa vers Dariane puis revint vers la seigneuresse.

– Je ne crois pas qu'on puisse les faire attendre.

Je retins mon propre soupir à l'idée que les procédures du jour s'éternisaient. J'avais promis à mes enfants de jeter un coup d'œil à leur plus récent projet : leur instituteur s'était lancé dans l'enseignement du travail du bois. Jana avait décidé de façonner un bâton de marche (que je soupçonnais d'être en réalité un bâton de combat) tandis que Vyn avait mis la main sur les plans de fabrication d'une flûte. Mon cœur se serra à l'idée de leur déception, car mes obligations me retenaient souvent loin d'eux. Avec un peu de chance, j'aurais le temps de passer les voir avant le repas du soir.

Le bruit des conversations dans la salle d'audience nous parvenait par la porte entrouverte et les courants d'agitation me firent porter la main au pommeau de mon épée par réflexe. Fidèle à son habitude, la chaleur de l'éclat du joyau imprégna mes doigts. C'était le seul moment où j'arrivais à interagir avec ce dernier : grâce à un contact direct. Je poussai ma conscience dans l'énergie chatoyante pour percevoir les nouveaux venus. Mes sourcils se haussèrent de surprise. La journée allait prendre une tournure bien différente.

– Allons-y.

Banut recula pour nous laisser franchir la porte et je passai le premier. L'exclamation étouffée de dame Morwen témoigna de sa consternation : elle savait que cette brèche protocolaire signifiait un danger potentiel. L'énergie du joyau tourbillonna entre nous comme l'inquiétude de Dariane se mêlait à celle de la seigneuresse.

Arrivé sur l'estrade, je pus étudier les membres de la délégation en question. Les trois premiers individus avaient le teint basané des gens du Sud, et leurs vêtements bigarrés les identifiaient comme des caravaniers. Deux d'entre eux portaient l'épée tandis que le troisième arborait une cithare passée en bandoulière. Son visage m'était familier et un souvenir me revint; le ménestrel avait séjourné au château, mais son départ datait d'avant mon entrée en fonction en tant que maître d'armes. Vu notre différence d'âge, nous n'avions pas fréquenté les mêmes cercles, d'autant que ma carrière militaire avait accaparé tout mon temps, mais il avait été fort apprécié par les habitants du château à l'époque où sa musique animait les soirées.

Les trois autres individus présentaient de loin le tableau le plus intéressant. Leur chevelure était aussi noire que la nuit et leurs yeux partageaient la même teinte ambrée que le miel.

Des Sylphes.

Mon regard parcourait encore leur groupe lorsque j'entendis Dariane ravaler son air. Un coup d'oeil me suffit pour confirmer qu'elle était livide. L'émotion subjacente était toutefois plus près de la détresse que de la colère. Mes doigts se crispèrent pour résister à l'envie de la rassurer. Dame Morwen prit conscience du problème au même moment et elle passa son bras dans celui de la précieuse, feignant de se raccrocher alors qu'elle offrait plutôt du soutien à cette dernière. Je relâchai mon souffle, soulagé de savoir Dariane épaulée. Devant nous, les expressions des Sylphes s'assombrirent, mais ils ne modifièrent pas leur posture pour autant.

L'intendant claqua le sol de son bâton pour faire taire les murmures qui couraient autour de la salle. Les deux hommes armés d'épée eurent un mouvement de recul, sans toutefois toucher à leurs armes. La situation était alarmante, mais pas encore catastrophique. Une fois le silence revenu, Banut prit la parole.

– Le château Nacré accueille pour la première fois en... 260 ans... une délégation sylphe. Je vous présente la consule Syviis, accompagnée de ses conseillers Rowara et Somir. Ils sont en compagnie des, euh, caravaniers Jabal et Rauk ainsi que de Luan le ménestrel.

Derrière moi, Dariane inspira de façon audible. Je n'osais pas me tourner pour observer sa réaction, car la consule s'avança, bras tendus. Dans ses mains reposait un large morceau de tissu blanc replié plusieurs fois pour former un épais triangle.

– Je vous offre cette étoffe vierge en signe de notre bonne volonté. Puissiez-vous lui donner la teinte de vos désirs.

Je retins le sourire qui voulait étirer mes lèvres. C'était bien joué de la part des Sylphes. Luan ou un des caravaniers devait les avoir informés de la symbolique de ce geste. Il fallait remonter à un événement historique où des pilleurs du Sud avaient causé énormément de ravage sur nos côtes. Pour cesser le cercle vicieux des représailles, un de nos défunts seigneurs avait utilisé cette offrande de paix. Il aurait été mal venu de notre part de les rabrouer devant une telle initiative.

Dame Morwen descendit les marches de l'estrade pour rejoindre la consule. J'avançai un pied, les genoux légèrement fléchis, prêt à intervenir si la situation devait tourner au vinaigre. Elle inclina la tête avec déférence et accepta l'étoffe.

– Je suis honorée par votre visite, mais j'avoue que vos motifs me laissent perplexe. Après la signature de la reddition, votre peuple a concédé qu'il ne se mêlerait plus jamais des affaires des Hommes de sang.

Le ménestrel s'avança et exécuta une courbette digne des courtisans les plus expérimentés. Son regard pétillait tandis qu'il nous étudiait à tour de rôle.

– Mesdames, messire, si vous me permettez, je voudrais vous présenter mes compagnons en bonne et due forme.

Ses mains virevoltèrent tandis qu'il reculait pour désigner la consule. Ses gestes étaient habiles et gracieux. Cette agilité devant se traduire au combat, car je n'avais pas manqué de remarquer le couteau qui pendait à sa ceinture. Trop long pour faire à manger, trop court pour attirer l'attention des gardes. Je rectifierais cette erreur auprès des soldats à la prochaine rotation. Le ménestrel posa une main sur son cœur et se lança :

– Devant vous se tient l'héritière d'une nation de cendre, celle dont le nom est passé de Rancœur à Compassion. Ma belle dame a regardé son peuple toucher le fond de l'abîme et elle a passé chaque jour à gravir la pente qui la mènerait vers l'éclat du soleil.

La belle dame en question lança un regard d'avertissement au ménestrel, mais ce dernier n'en fit pas de cas. Il se tourna vers nous, les bras écartés.

– Un jour, elle a entendu un appel. C'était une perche tendue par de lointains compatriotes; des exilés, des mal-aimés. Elle a risqué sa sécurité pour s'enquérir de leur demande. Se faisant, elle a découvert un scénario bien plus sinistre; celui d'un équipage en mal de survivre. Non seulement elle a accordé sa sagesse à ses frères et sœurs de chair, mais elle est venue en aide à un précieux.

Des exclamations surprises traversent la salle, les spectateurs sous le charme de son envolée lyrique. Les plis au coin de la bouche de la Sylphe laissaient toutefois penser que le ménestrel embellissait une partie de l'histoire. Dariane était immobile, semblable aux statues de jardin. Luan pivota sur lui-même pour s'adresser à la foule.

– Un précieux cher au cœur de notre douce Dariane.

Je pinçai les lèvres à la certitude qu'il était délirant. Personne n'aurait utilisé ce mot pour décrire la précieuse. Elle était magnifique, mais comme l'est un paysage montagneux à l'horizon : grandiose, mais distant. Le ménestrel reprit, les mains en coupe autour d'une offrande imaginaire.

– Les Sylphes qui se tiennent devant vous aujourd'hui ont participé à la bataille pour délivrer le château Carmin.

Des négations s'élevèrent de la foule, mais il semblait s'y attendre, car il pointa les gens assemblés du doigt.

– Trop occupés à veiller sur vos terres, vous avez perdu de vue la tragédie qui se déroulait « au bout du chemin ». Car la comptine le présente si bien; le château Carmin est isolé de ses pairs. D'immondes créatures ont profité de cet éloignement et ont semé le chaos et la destruction sur ses terres.

– En voilà assez!

La voix de Dariane fit sursauter toute la salle. Les regards se posèrent sur elle et le rouge lui monta aux joues. Elle qui était toujours en contrôle, voilà qui tranchait. J'avançai vers elle, prêt à intervenir. Même si la délégation n'avait rien fait, mon inconfort allait grandissant devant le trouble de Dariane. J'aurais voulu lui épargner la tourmente causée par cette rencontre difficile, bien que mon rôle fût de défendre le château et non le cœur de sa précieuse. Mon mouvement dut la rappeler à l'ordre, car elle se redressa et ses mains lissèrent l'étoffe de sa robe. Son agitation était palpable, mais elle s'efforça de sourire.

– J'ai été en communication avec Caysen, et la situation n'a rien d'aussi catastrophique. Un nouveau seigneur a pris le relais et il est appuyé par une maître d'armes compétente originaire du château Bleu. La situation est maîtrisée.

– L'est-elle vraiment? lança le ménestrel avec désinvolture. Pardonnez-moi, ma dame, mais les créatures ont simplement été mises en déroute. Tout porte à croire qu'elles marchent en direction de vos terres, quelques heures à peine derrière nous. Nous sommes, hélas, les messagers d'un avenir funeste si vous n'intervenez pas au plus vite.

Il tendit un épais parchemin fermé par un sceau de cire. Vu la colère dans les yeux de Dariane, je m'empressai de descendre de l'estrade pour intercepter le document, damant le pion au maître archiviste. Je brisai le sceau et déroulai le parchemin. Maître Ofor me fusilla du regard, les mains crispées sur sa table de travail. Il aurait probablement bondi hors de sa chaise s'il n'avait pas été aussi avancé en âge. L'intensité de la réaction de Dariane me poussait à essayer de comprendre la situation pour identifier et résoudre le problème sans délai.

Mon regard parcourut le texte et j'y vis la confirmation des propos de Dariane quant au nouveau triumvirat en place. La menace était dépeinte comme inexorable et maligne : maître Maelora nous exhortait à passer à l'action. Je remontai les marches de l'estrade et tendis la missive à dame Morwen. Dariane fulminait à ses côtés, mais sa colère était un prix que j'étais prêt à payer pour sauver notre château. Même si mon affection pour elle teintait chacun de mes gestes, c'était mon ultime mission et elle ne verrait jamais d'un bon œil que je la néglige. Je pointai la missive et parlai assez fort pour que toute la salle m'entende.

— Le message de la nouvelle maître d'armes est alarmant et mérite toute notre considération.

Dariane se pencha vers moi et parla tout bas, les dents serrées.

— La menace a déjà été discutée avec Caysen et je l'ai jugée mineure.

Je haussai un sourcil et avançai jusqu'à me retrouver assez prêt pour qu'elle doive lever les yeux.

— Je suis le maître d'armes du château Nacré et il m'incombe d'évaluer le danger posé par une telle menace.

Elle serra les poings et s'empressa de les cacher sous ses longues manches. Mon cœur se serra devant sa frustration. Ma seule consolation était de savoir que j'agissais pour le bien de nos gens. Dame Morwen releva des yeux troublés de sa lecture.

— Voilà qui jette un éclairage tout autre sur la situation à l'ouest. Maître Brenlir, vous avez côtoyé maître Maelora par le passé. Quelle est votre impression quant à son sérieux?

— C'est la digne fille de son père, le maître d'armes Vylok, répondis-je. En tant que perle du château Bleu, elle a toujours fait preuve d'un sérieux et d'une discipline irréprochables. Son message est à prendre avec le plus grand sérieux.

La seigneuresse hocha la tête puis se tourna vers les Sylphes.

— Nous acceptons votre offre de paix et nous accueillons votre délégation en nos murs.

Syviis s'inclina à partir de la taille et le visage du ménestrel se fendit d'un sourire. Dariane pivota la tête dans ma direction de façon à masquer ses lèvres.

— Mets-les sous bonne garde, murmura-t-elle. Je refuse qu'ils soient libres d'aller et venir à leur guise.

Je fronçai les sourcils, perplexe.

— Une telle mesure serait nuisible à l'épanouissement de saines relations politiques.

L'ouïe des Sylphes devait être bien plus sensible que la nôtre, car Syviis avança d'un pas.

— Je suis prête à conclure un pacte de sang si ça peut apaiser vos préoccupations.

Les yeux de la précieuse s'écarquillèrent d'horreur.

— Ta magie n'est pas la bienvenue en ce lieu, répliqua-t-elle aussitôt. As-tu déjà oublié les menaces que tu as proférées ici même lors de notre dernière conversation?

Je me raidis, incertain de savoir à quoi elle faisait référence. Mes cours d'histoire dataient quelque peu, et j'avais toujours soupçonné les Chroniques d'être une version diluée de la vérité de toute façon. Un soupir las échappa à la Sylphe.

– C'étaient la fougue de la jeunesse, la douleur du deuil et l'ignorance du poids de la responsabilité. L'une comme l'autre, je pense que nous pouvons affirmer être fort différentes de celles qui ont assisté aux événements les plus tragiques des Terres du Nord.

Luan exécuta une courbette alambiquée et la plume de son chapeau vint frôler le sol.

– Je me porte garant de l'honnêteté de mes compagnons de voyage, si cela peut vous rassurer.

Je sourcillai à cette vigoureuse déclaration. Je ne voyais pas en quoi la parole d'un ménestrel pourrait changer quoi que ce soit. Contre toute attente, Dariane eut un rire sans joie.

– Inutile. Je me range aux sages conseils de ma dame et de mon maître d'armes.

Dame Morwen échangea quelques formalités avec la délégation avant que l'intendant ne lève la séance. Un domestique aborda nos invités pour leur attribuer des quartiers le temps de leur séjour. À mes côtés, Dariane s'était emmurée derrière un masque de froideur. Si elle avait été un de mes soldats, je l'aurais provoquée jusqu'à ce qu'elle passe à l'attaque, mettant enfin à nue cette agressivité refoulée. Mais la précieuse avait scrupuleusement observé une distance formelle entre nous ces vingt dernières années et je risquais plutôt de creuser encore plus le fossé qui nous séparait.

Je trouvais très inquiétant que Dariane préfère ignorer de pareils avertissements en provenance de ses pairs. Son trouble l'accaparait si fort qu'elle s'était coupée de ses ressources, à savoir Dame Morwen et moi-même. Elle se débattait comme un marin tombé à la mer, emporté par le courant. Sauf qu'elle ne tarderait pas à être entraînée vers le fond, sans espoir de remonter.

Il me faudrait trouver une autre stratégie pour percer sa carapace, sans quoi je risquais de ne plus être en mesure de remplir mes fonctions.

# CHAPITRE 3
## Dariane

J'aurai donné cher pour aller tout droit à mes quartiers, mais nous avions une séance du conseil restreint, et je refusais de m'absenter. La seigneuresse et moi étions les premières arrivées, ce qui me laissa un moment pour reprendre contenance. Brenlir avait été accosté par un capitaine dans le corridor et je soupçonnais que les nouvelles étaient mauvaises. Dame Morwen me tournait le dos, aussi en profitai-je pour me frotter les tempes du bout des doigts. Elle s'avança jusqu'à la console d'où elle sortit une carafe ainsi que deux petits verres. Elle déposa le tout au bout de la table et remplit un premier verre de vin rouge. Elle haussa un sourcil, la carafe au-dessus du deuxième verre.

Un soupir m'échappa et je hochai la tête. L'alcool ne me faisait pas le même effet qu'aux Hommes de sang, mais le goût me rappelait la richesse des sensations des courants du joyau. Je trinquai avec dame Morwen et pris une gorgée du liquide aux arômes charnus et boisés. Je sourcillai en reconnaissant la cuvée préférée de ma seigneuresse.

– Tentes-tu de m'amadouer?

Un sourire étira ses lèvres tandis qu'elle s'asseyait dans son fauteuil. Elle replaça ses jupes avant de boire puis laissa échapper un soupir de contentement.

– As-tu besoin d'être amadouée?

Je ne répondis pas, mon nez dans mon verre. Dame Morwen rit tout bas.

– J'ai été instruite par maître Taemo, dit-elle. Je ne sais pas si tu te souviens de lui; il t'évitait comme la peste.

Je plissai les yeux, incertaine de comprendre où elle voulait en venir. Bon nombre des habitants du château optaient pour une attitude respectueuse à mon égard, mais certains étaient mal à l'aise face à ma magie ou encore à mon immortalité. Je haussai les épaules, habituée à cet état de fait. Elle tapota le bord de son verre.

– Il avait des opinions bien arrêtées sur nos chroniques. Je soupçonne que c'est ce qui l'incitait à rester discret, mais c'est aussi pour ça que mon père l'a gardé à son service. Selon lui, la Guerre des Sylphes n'aurait pas eu lieu sans l'intervention de ton seigneur de l'époque.

Je lui lançai un regard sceptique.

– Une Aînée a tenté de lier mes pouvoirs pour m'empêcher d'interagir avec les Hommes de sang. Si elle avait réussi, ce château ne serait aujourd'hui qu'une ruine abandonnée.

Dame Morwen acquiesça avec une expression songeuse.

– Oui, et si je ne me trompe pas, c'est la mort du père de Syviis, le consul Zand, qui a tout déclenché.

J'inspirai brusquement à ce nom. La douleur s'était estompée avec le temps, mais pas la tristesse. Le souvenir de cet enchaînement d'événements tragiques hantait mes nuits avec une fréquence déconcertante. Quelque deux cent soixante-quinze ans plus tôt, mon maître d'armes de l'époque avait trouvé la mort dans un funeste accident, me laissant à la dérive. Le lendemain, une délégation sylphe s'était présentée à nos portes, demandant accès au joyau pour entamer un rituel de passation des pouvoirs.

Un seul regard avait suffi pour que je reconnaisse en Zand mon prochain maître d'armes. Sauf qu'il avait d'autres engagements, et que l'Aînée qui l'accompagnait pour accomplir le rituel avait une opinion bien arrêtée sur le sujet. La journée s'était terminée par la mort d'un de nos capitaines et le sacrifice de Zand en réparation. C'était de loin la journée la plus pénible de ma longue existence.

Je vidai mon verre d'un trait et fis face à ma seigneuresse.

– Où veux-tu en venir?

– Maître Taemo était un militant pour la justice réparatrice. Il disait que c'était bien plus approprié qu'un système punitif vu la nature des joyaux et de leurs précieux.

Je fermai les yeux alors que les propos de ce fameux Taemo me revenaient en mémoire.

Assumer sa responsabilité.

Communiquer ses besoins respectifs.

Réparer les torts causés.

Je ne saurais même pas par où commencer. Lord Wex, mon seigneur de l'époque, avait lancé des hostilités sur ce qu'il croyait des bases légitimes, mais d'une complication à l'autre, le conflit avait pris une telle ampleur qu'il avait changé la face des Terres du Nord.

Des bruits se firent entendre dans le corridor; les membres du conseil nous rejoindraient bientôt. Je secouai la tête pour chasser ces sombres souvenirs. Dame Morwen agita une main entre nous.

– Je te suggère seulement de garder l'esprit ouvert.

Mes épaules s'affaissèrent et j'acquiesçai. Ça semblait être la maxime du jour. Brenlir franchit la porte de service, les sourcils froncés. Au même moment, l'intendant entrebâilla le battant menant au corridor. Le maître d'armes leva une main à son intention.

– Un moment, je te prie.

Banut referma la porte et on l'entendit offrir ses plus plates excuses aux gens derrière lui. Dame Morwen écarta son verre vide, les yeux fixés sur le maître d'armes. Pour que Brenlir se permette d'être aussi sec avec l'intendant, c'était mauvais signe. Il s'arrêta face à moi, de l'autre côté de la table, les mains sur les hanches. L'éclairage des lampes donnait des reflets de bronze à sa peau et je serrai les poings pour combattre l'envie d'y faire glisser mes doigts. Était-elle aussi douce qu'elle le paraissait? Ces paroles suivantes me rappelèrent à l'ordre.

— Nous devons annuler le festival.

— Hors de question.

Les mots avaient franchi mes lèvres sans même que j'y réfléchisse. Dame Morwen grimaça.

— À ce stade-ci, ce sera aussi compliqué que d'aller de l'avant.

Brenlir mit la main sur le pommeau de son épée et le lien entre nous se tendit comme une corde prête à céder. Un frisson me parcourut de la tête aux pieds, mais je fis de mon mieux pour rester immobile. Il poursuivit, comme s'il n'avait pas conscience de la nature capricieuse de notre lien.

— Les patrouilles rapportent un nombre inquiétant d'attaques sur les routes principales. Ce ne sont pas quelques bandits isolés : on parle de caravanes entières agressées et dévalisées.

Dame Morwen porta une main à sa bouche pour étouffer son hoquet de stupeur. Ma gorge se serra à l'idée de toutes ces vies bouleversées. J'aurais cependant dû en ressentir les effets, non? Ou si l'agitation qui me tiraillait ces derniers jours avait masqué ces funestes incidents?

— Le joyau ne m'a rien transmis à ce sujet, soulevai-je. Qui oserait s'en prendre à nos gens de la sorte?

— J'imagine que c'est logique, puisque les attaques ont toutes eu lieu en périphérie de nos terres. Quant aux coupables, les patrouilles n'ont rien trouvé de concluant. J'ai dépêché des escouades surveiller les rivages au cas où nous aurions affaire à des pillards sudistes.

Dame Morwen se massa les tempes.

— Annuler le festival signifierait encore plus de gens sur les routes, intervint-elle. La cité se viderait aussitôt, envoyant davantage de proies à ces truands.

– Sauf que les festivités créeront autant sinon plus d'agitation, et nous ne serons pas en mesure de patrouiller efficacement, dit Brenlir. Peut-on au moins renoncer aux attractions principales?

La seigneuresse se tapota les lèvres tout en réfléchissant.

– Si nous annulons le défilé, les gens sauront que la situation est hors de notre contrôle. Il en résulterait un mouvement de masse de toute façon.

Il expira avec frustration. La porte s'ouvrit à nouveau et la tête de Banut apparut.

– Dame Morwen, pardonne-moi d'insister...

Elle se leva et lui fit signe de procéder.

– Bien sûr, fais entrer les membres du conseil restreint.

Les différents maîtres du château ainsi que le sénéchal du bourg principal prirent place autour de la table. Quelques regards curieux s'échangèrent, mais Brenlir avait adopté une expression neutre et je savais que mon visage ne trahissait pas mon trouble. Dame Morwen ne leur laissa pas le temps de poser des questions sur les raisons de ce contretemps, et elle lança la réunion en listant les points à l'ordre du jour. Je les écoutai débattre des plans pour l'été, des chantiers en cours et de la prochaine tournée de dîmes. Je restai silencieuse, n'ayant rien à ajouter.

Sous nos pieds, les racines du joyau se tortillaient avec frénésie, symptôme d'un problème qui m'échappait toujours, et j'étais réduite au rôle de spectatrice. Je me serais bien passé de rajouter les Sylphes à ma longue liste d'inquiétudes. Dès la fin de la réunion, il me faudrait aller aux nouvelles concernant les domestiques malades. Mes doigts pianotèrent sur les accoudoirs de mon fauteuil et le regard de Brenlir suivit le mouvement. Je me figeai et fis mine d'être absorbée par la discussion.

Mon maître d'armes était un homme exceptionnel, mais après dix ans, j'en étais arrivée à la conclusion qu'il ne serait pas en mesure de m'aider. Son lien avec le joyau était trop instable, lui niant une partie des pouvoirs qui auraient dû être les siens. Le sujet n'avait jamais été abordé, et dame Morwen ignorait probablement tout de ce problème. Mais avec les récents événements, il devenait impérieux que je corrige la situation, d'une façon ou d'une autre.

Lorsque le conseil fut dissous, je croisai le regard du sénéchal Namir. Il acquiesça et fit mine de ramasser ses effets tandis que la salle se vidait. Au moment où il ne resta que nous, il me fit face et s'inclina avec un demi-sourire.

— Dariane, vous êtes radieuse, comme toujours.

— Votre capacité à passer au travers d'une séance du conseil tout en conservant votre jovialité ne cessera jamais de m'impressionner.

Il étouffa un rire avant de jeter un regard à la ronde, mais le joyau m'avait déjà confirmé que nous étions seuls. Il se pencha vers moi et parla tout bas.

— J'ai posé les questions que vous m'aviez transmises. Aucune activité suspecte au port. La maladie qui afflige les gens du château ne serait pas arrivée depuis la mer. Pour ce qui est des sabotages sur les chantiers, rien n'a permis de lier les différents coupables.

Mes mâchoires se crispèrent et son regard se fit compatissant.

— Je vais poursuivre mes recherches, dit-il. Peut-être que nous avons passé par-dessus certains détails importants.

— Merci de votre diligence, et de votre discrétion.

Il me salua d'un hochement de tête avant de quitter la pièce. La fatigue me tomba dessus comme une échappe de plomb. Mon enveloppe corporelle n'avait pas besoin d'autant de sommeil que les Hommes de sang, mais les inquiétudes incessantes siphonnaient mon énergie, alors que celle-ci aurait dû être investie dans la croissance des racines du joyau. Sans compter le fait que j'essayais de pallier les manques de mon maître d'armes.

D'une pensée, j'appelai Gia, ma femme de chambre. Un fourmillement me confirma qu'elle avait entendu ma demande. Je pris la direction des escaliers pour atteindre les quartiers de vie et montai d'un pas lent. L'étage était vide; la journée tirait à sa fin et le repas du soir serait bientôt servi. Je ne me sentais pas le courage de prendre place à la table d'honneur et d'échanger des plaisanteries sous le regard perçant de Brenlir.

Je poussai la porte de mes quartiers juste comme Gia tournait le coin. Sa silhouette était facile à reconnaître, avec sa haute stature et ses hanches généreuses. Elle avait le front dégagé et le menton aussi carré que son caractère. Quelques mèches argentées commençaient à strier sa chevelure brune, témoins des années passées à mon service.

Je laissai le battant ouvert et traversai l'antichambre. Le feu dans l'âtre avait été couvert, mais les braises projetaient une lueur réconfortante sur les meubles. Je franchis la porte de gauche pour atteindre la salle de bain. La cuve était prête à l'usage et j'appelai l'eau depuis les fondations du château. Gia entra dans la pièce avec une grimace réprobatrice.

— Tu aurais pu me laisser remplir la baignoire; tu as une mine affreuse, dit-elle.

Je lui tournai le dos et ses mains se mirent aussitôt au travail pour délasser mon corsage.

— Tu m'es beaucoup plus utile à écouter aux portes qu'à pomper de l'eau.

Elle rit tout bas comme elle finissait de retirer mon mantelet, me laissant en chemise. Elle allait enrouler mes cheveux dans une serviette pour les préserver, mais j'agitai une main.

– Détache-les. Je ne ressortirai pas ce soir.

Elle hésita une fraction de seconde avant de retirer les épingles qui tenaient ma coiffure en place. Je soupirai de soulagement à la disparition de cette tension. Très tôt dans mon existence, j'avais réalisé que le soin qu'on apportait à notre apparence pouvait amplifier la portée de nos paroles, ou encore leur nuire au point d'être ignoré. J'avais mis un point d'honneur à fraterniser avec les couturières et les tisserandes. La frivolité n'avait rien à y voir.

Lorsque Gia eut fini, je passai une jambe par-dessus le bord de la cuve et pris place dans l'eau. Juste assez chaude. Je fermai les yeux et suivis Gia aux froissements de tissu comme elle mettait de côté mes effets. Le tapis étouffa le son de ses pas comme elle récupérait une carafe et un pain de savon. Je penchai la tête vers l'arrière et l'eau ruissela sur mes cheveux. Lorsqu'elle commença à les savonner, je sentis la tension du jour me quitter quelque peu.

– As-tu entendu quelque chose d'intéressant aujourd'hui?

Je débutais toujours les rapports de la journée de la même façon. L'expérience m'avait appris que je n'avais pas l'esprit aussi tortueux que les Hommes de sang et je me trompais trop souvent de cible lorsque j'essayais d'anticiper leur réaction. Les doigts de Gia frictionnèrent mon cuir chevelu et je laissai échapper un grognement de satisfaction.

– Le moral est correct, dit-elle. Les gens attendent avec impatience le début du festival. Il y a quand même plusieurs jeunes mères qui sont inquiètes avec cette maladie qui se propage. La maître guérisseuse a rappelé certains de ses apprentis au bourg pour l'aider.

Ses mains quittèrent ma tête et je sentis le peigne passer dans la masse pour dégager les mèches les unes des autres.

– Les soldats sont les plus nerveux du lot.

Mes sourcils se froncèrent.

– Qu'est-ce que Brenlir leur a raconté?

– Je ne crois pas que ça vienne de lui. Ce sont les patrouilleurs qui rapportent des histoires inquiétantes. On parle de bâtiments de ferme qui s'effondrent, sans raison apparente, pour se ramasser au fond d'un trou. Et ce, à des endroits où le sol était pourtant stable. Il y a aussi des bêtes qui disparaissent dans les champs, d'autres retrouvées massacrées. Ce ne sont ni des loups ni des ours. Certains fermiers parlent de se rallier pour battre la contrée à la recherche de la bête responsable d'un tel ravage.

Un point de pression se forma entre mes yeux et je massai la région tout en essayant de détendre mon visage. Je n'avais jamais vu de précieuse avec des rides, et je n'avais pas l'intention d'être la première.

– Peut-être que Brenlir avait raison et que nous devrions annuler le festival.

Les gestes de Gia s'arrêtèrent.

– Les gens s'inquiéteraient, dit-elle.

– C'est mon opinion et celle de dame Morwen. Mais l'arrivée des Sylphes change le portrait.

Elle déposa le peigne et reprit la carafe pour me rincer les cheveux. Je soupirai et roulai mes épaules pour me détendre. Demain arriverait bien assez tôt pour faire face à tous ces problèmes. Une fois le bain terminé, Gia m'enroula dans une serviette avant d'aller attiser le feu et préparer mon lit. J'enfilai une robe de chambre par-dessus ma robe de nuit, car quelque chose me disait que je ne me coucherais pas tout de suite.

Je pris la direction du petit salon où Gia avait déjà sorti un plateau garni d'une carafe et de verres. Je pris place dans un sofa et contemplai les flammes tandis que les événements de la journée repassaient dans mon esprit. Je n'eus pas à attendre longtemps pour qu'un mouvement signale un nouvel arrivant. Entre deux parois, dans un corridor dissimulé à la vue de tous, quelqu'un approchait en silence. Il s'arrêta devant la cloison et posa une main à plat sur la pierre.

— Entre, Luan.

# CHAPITRE 4

## Dariane

D'une poussée d'énergie, je fis pivoter le lourd battant. Aucun mécanisme n'ouvrait la porte secrète. Il fallait être fort comme un bœuf, ou bénéficier de l'aide du joyau. Le ménestrel franchit le seuil puis il exécuta une courbette fleurie. Je ne pus réprimer un sourire devant ces facéties.

– Tu as fière allure.

Il se redressa avec une main sur le cœur. Gia entra dans la pièce et écarta les bras.

– Bien plus que lorsque je t'ai donné ton premier bain, ajouta-t-elle.

Le sourire de Luan fut remplacé par une grimace à ce rappel et je dus pincer les lèvres pour rester sérieuse. Gia agita les mains et il avança jusqu'à elle pour l'étreindre. C'est au cours d'une visite en ville que j'avais rencontré Luan pour la première fois, et de manière tout à fait fortuite. Débarqué d'un bateau en provenance du Sud, l'enfant avait perdu son père, mort pendant la traversée, puis sa mère, tombée malade à leur arrivée au port. Au moment de notre rencontre, il vivotait seul depuis plusieurs semaines, à mendier et à voler dans les rues du bourg. Il avait tenté de chaparder quelques sous dans la poche de ma tunique. Mon cœur avait craqué pour ce visage d'ange aux grands yeux. Gia, scandalisée par son état, l'avait aussitôt pris sous son aile. Ce premier bain avait attiré l'attention de tout le château, alors que le petit Luan hurlait comme un chat qu'on essayait de noyer.

Gia le relâcha finalement et recula. Je tendis les mains et il vint les prendre pour y déposer un baiser. Un sourire étira mes lèvres. J'envoyai une légère poussée d'énergie nacrée et fus rassurée de le trouver bien portant, de corps et d'esprit. Je relâchai ses doigts et, malgré ma joie profonde de le revoir, j'adoptai une expression sévère.

— Dix ans d'absence, presque deux ans depuis ta dernière missive, et tu pousses l'audace à revenir en compagnie d'une délégation sylphe en réclamant mon indulgence.

Je haussai un sourcil pour plus d'effet, mais il se contenta d'écarter les mains avec une moue taquine. Gia lui donna une tape de réprimande sur l'épaule puis elle nous versa chacun un verre de crème alcoolisée aux framboises. Je pris une gorgée et savourai le goût frais et acidulé des petits fruits. Luan leva son verre devant le feu pour étudier la teinte rubis du liquide.

— Jolie couleur. Elle me rappelle mon récent séjour au château Carmin.

— Comment se porte Caysen? demandai-je. J'ai eu beau insister auprès de lui pour obtenir des détails, il est resté vague sur son état et ses projets.

Il agita une main et prit place dans le sofa d'en face.

— Peut-être qu'il craint tes reproches : il vit une véritable idylle avec sa maître d'armes.

Mon nez se retroussa à cette idée. Chaque château était souverain, mais j'avais toujours exercé un certain rôle de conseillère auprès des autres précieux et précieuses en tant que doyenne. J'avais été claire dans mon souhait qu'ils évitent d'entretenir des relations amoureuses avec leur maître d'armes ou son entourage. Je n'avais toutefois pas l'autorité de faire appliquer mes recommandations.

— Laisse de côté ton outrage, reprit Luan. Ça leur profite à tous les deux. Maître Maelora s'est débarrassée de ses œillères et Caysen se mêle plus que jamais des affaires du château.

Je déposai mon verre et croisai les mains.

— Et quelle excuse vas-tu donner à Sabaya? Son château se portait déjà très bien, elle n'avait aucune raison de s'amouracher de son maître d'armes. Ce n'est qu'une source de distractions inopportunes.

Luan se pencha vers moi, la bouche en cœur.

— Mais ses gens sont si heureux de la voir radieuse et épanouie.

— Mes gens se portent tout aussi bien sans que j'aie à parader au bras d'un partenaire.

— Ah, mais est-ce réellement le cas?

Je fronçai les sourcils devant l'air inquisiteur de mon pupille.

— Bien sûr que si.

Il secoua la tête et se releva pour aller se poster devant l'âtre. J'échangeai un regard avec Gia, dont le visage s'était fermé. C'était signe qu'elle ne partageait pas mon avis. Je soupirai.

— Qu'est-ce qui m'échappe? Éclairez ma lanterne, tous les deux.

Gia inclina la tête avec un sourire d'excuse.

— Je crains que nous nous soyons laissé endormir par notre apparente sécurité. Il suffit de penser aux caravanes décimées, ajouta-t-elle avec un coup d'œil prudent dans ma direction.

Mon malaise s'accentua aux souvenirs des propos de Banut. Ce genre de drame aurait dû provoquer une onde de choc au sein des racines du joyau. Sauf que la circulation de l'énergie était perpétuellement troublée et qu'il devenait manifeste que j'étais incapable de discerner les événements tragiques des soubresauts incessants. Si mon entourage venait à réaliser l'amplitude de mes problèmes, ce serait la débandade. Je balayai les paroles de Gia d'un geste de la main.

– J'ai entendu ce que Caysen avait à dire au sujet de Giliel, mais les précieux sont liés à leur joyau. Son rayon d'action est circonscrit par l'étendue de ses racines. C'est fortuit qu'il ait pu envoyer des gargouilles et des... créatures en direction des châteaux Violet et Carmin. Je doute qu'il puisse faire plus.

L'expression de Luan se métamorphosa en incrédulité.

– Comment peux-tu nier les preuves et les témoignages? Ton optimisme est dangereusement proche de ressembler à une naïveté handicapante.

Mon corps tout entier se raidit sous ses accusations. Je tournai la tête vers Gia, en quête de sa réaction aux propos tranchants de mon pupille. Sa bouche était pincée et elle me retourna un regard consterné. Mes sourcils se haussèrent sous le coup de la surprise.

– Penses-tu comme lui? demandai-je.

– Mon père disait « Une rivière est plus facile à dévier si on travaille en amont. »

Je fis face à Luan, troublée, et il reprit.

– Les dernières semaines passées en compagnie des Sylphes m'ont permis d'explorer plusieurs pistes de réflexion, dit Luan. L'origine de vos magies respectives est fort différente, mais les résultats présentent des similarités frappantes. Le réel conflit entre les Sylphes et les Hommes de sang prend sa source dans nos modes de vie qui semblent à première vue incompatibles. Et c'est là tout l'attrait de ce que Caysen et son nouveau seigneur travaillent à accomplir : offrir un environnement propice à la cohabitation de ces deux visions du monde.

Des souvenirs d'une autre époque me revinrent, ceux des événements juste avant le déclenchement de la Guerre des Sylphes. La délégation sylphe qui nous avait rendu visite s'était composée notamment de leur consul,

Zand, ainsi que d'une Aînée, Ikaria. Cette dernière avait fait une scène au repas, accusant les Hommes de sang et leur association avec les joyaux d'avoir perturbé l'équilibre naturel de la région. Si Luan avait raison, et que l'entreprise de Caysen parvenait à réconcilier nos deux cultures, la face des Terres du Nord en serait changée à tout jamais – pour le mieux cette fois. Sauf si la résurgence de Giliel était bel et bien une menace à cet espoir naissant. Je me frottai les tempes.

– Qu'est-ce que les Sylphes ont à voir avec Giliel? demandai-je.

Luan échangea un regard avec Gia puis il haussa les épaules.

– Probablement rien. Mais l'état des Terres du Nord est en relation directe aussi bien avec les Sylphes qu'avec Giliel.

– Alors selon vous, je devrais dégarnir nos rangs au château Nacré pour régulariser la situation aux ruines du château Jaune. Juste parce que les Sylphes le réclament?

Luan revint vers moi et s'agenouilla à mes pieds. Il posa les mains sur mes genoux, comme lorsqu'il était petit, et y appuya son menton. Je ne résistai pas à sa proximité – il avait été parti si longtemps, et j'ignorais s'il serait avec moi bien longtemps – et ma main se glissa dans ses cheveux.

– Des mercenaires avaient des éclats jaunes en leur possession, reprit-il. C'est ce qui aurait attiré les créatures vers le château Carmin. Avec l'aide des Sylphes, nous serions en mesure de neutraliser la menace posée par Giliel.

Je me mordis les lèvres pour résister à la tentation de lui répéter que Giliel était lié au joyau jaune et qu'il ne pourrait pas nous atteindre. Le doute me saisit en repensant à ces éclats jaunes. Si ces fragments avaient pu se retrouver au château Carmin, était-ce possible qu'ils voyagent jusqu'à nous?

Un frisson me remonta le dos et mes mains se crispèrent d'elles-mêmes. Après la chute de Giliel, les terres autour du château Jaune s'étaient flétries à des lieues à la ronde. Au cours des dernières décennies, les fermiers et les voyageurs avaient rapporté les conditions inhospitalières des régions hors de portée de l'influence des joyaux. Ces terres avaient autrefois accueilli nombre de clans nomades, sans parler des Sylphes. La présence de Giliel semblait être une partie du problème, et de l'autre côté, les Sylphes nous offraient leur assistance pour rétablir la situation.

– Bien, concédai-je. Je ferai de mon mieux pour me racheter auprès des Sylphes. S'ils peuvent venir en aide aux terres qui ne bénéficient pas de l'influence d'un joyau, nous pourrions effectivement améliorer la situation de tout un chacun.

Luan envoya un coup d'œil à Gia avant de me sourire.

– Je n'en demande pas plus.

– Parle-moi de tes voyages. Tu as plus de deux ans d'aventures à me raconter.

Je passai le reste de la soirée à l'écouter. Le petit garçon farouche était devenu un homme plein de ressources. Ses mots me transportèrent au-delà de mes murs et je me laissai bercer par le récit des splendeurs que le monde avait à offrir.

# CHAPITRE 5
## Brenlir

Dès le lever du jour, un de mes capitaines était venu me rapporter les déplacements des Sylphes. Nous les avions observés de loin, mais ils n'avaient visiblement aucun dessein funeste. Ils avaient commencé par se regrouper dans le jardin pour méditer puis ils avaient enchaîné avec des chants lorsque le reste du château avait pris vie. De nombreux habitants avaient emprunté les arcades pour satisfaire leur curiosité avant de reprendre leurs tâches matinales.

Le joyau aussi avait tourné son attention vers eux, et son énergie tourbillonnait en cercles paresseux sous les pavés. Je lançai un coup d'œil vers la fenêtre des quartiers de Dariane, mais elle n'avait pas encore fait son apparition pour la journée. J'étais curieux de savoir si l'intérêt du joyau pour nos visiteurs trouvait écho chez elle.

Je descendis du chemin de ronde pour rejoindre nos invités, profitant de l'angle de vue pour les étudier. Leur tenue légère mettait en évidence les tatouages qu'ils portaient tous. Ceux de Rowara étaient les plus ostensibles, puisqu'ils se terminaient sur son visage. Mais ceux de Syviis étaient de loin les plus complexes, couvrant une bonne partie du haut de son corps, de la poitrine aux bras. À mon approche, la consule se tourna vers moi avec un sourire.

– Pardonnez notre hardiesse, mais nous avions pris l'habitude de tirer profit du jardin au château Carmin.

– Je suis certain que la maître horticultrice sera ravie que vous en trouviez l'usage. Si vous souhaitez vous entraîner, je vous suggère cependant d'utiliser la cour intérieure pour éviter qu'elle vous évince par souci de ses fleurs.

Elle inclina la tête.

– C'est bon à savoir. Nous avions effectivement l'intention de mettre à profit cette sédentarité forcée.

Ma curiosité fut aussitôt piquée à l'idée de voir les Sylphes en action. J'écartai une main en direction de la cour.

– Je serais honoré que vous vous joigniez à nous pour une séance d'entraînement matinale.

Elle se tourna vers ses deux compagnons et ils hochèrent la tête. Je les accompagnai jusqu'à l'aire d'entraînement et leur indiquai où trouver le matériel disponible : arme de bois, équipement protecteur, cibles, mannequins et ainsi de suite. La majorité de la garnison – tous ceux qui n'étaient pas de service – était déjà répartie dans la cour en petits groupes ou en paire. Quelques regards curieux suivirent notre progression, mais ils étaient trop disciplinés pour s'interrompre.

Les Sylphes étudièrent les armes d'entraînement, mais n'en sélectionnèrent aucune. Ils prirent la direction d'un espace dégagé et se positionnèrent en triangle, à quelques distances les uns des autres. Syviis adopta une posture défensive, les pieds écartés, ses mains à la hauteur de la poitrine, paumes vers le ciel, et les deux autres l'imitèrent. Ses premiers mouvements étaient délibérés, son poids passant de l'avant vers l'arrière, puis ses mains effectuèrent de grands moulinets pour sans cesse revenir au centre avant d'entamer une figure différente.

La chorégraphie prit doucement en vitesse, et leurs pieds se déplacèrent autour d'un cercle invisible. Les gestes de main se firent plus vifs, jusqu'à atteindre la vélocité nécessaire pour un coup de poing. À ce stade, c'était presque une danse. Les pieds fouettaient l'air alors qu'ils enchaînaient les transitions, toujours en cercle. Leurs mouvements prirent en vitesse et en impulsion jusqu'à ce qu'ils alternent des culbutes et des sauts. La chorégraphie les ramena à leur point de départ respectif et ils ralentirent jusqu'à reprendre la pose initiale. Lorsqu'il fut apparent que la danse était terminée, des applaudissements retentirent dans toute la cour. Les Sylphes relâchèrent leur pose, le souffle saccadé, mais le sourire aux lèvres.

Je m'approchai de Syviis et inclinai la tête.

– Impressionnant. Est-ce que je pourrais te tenter par un combat amical à mains nues?

Le Sylphe derrière elle s'avança.

– Affronte-moi si tu l'oses. Au bâton.

Je baissai les yeux vers le petit homme. Il m'arrivait à peine à la taille. Dariane non plus n'était pas très grande, et je n'étais pas devenu maître d'armes en sous-estimant les gens autour de moi. Comme il avait pris part à la danse avec la même grâce que ces compatriotes, il serait sans nul doute un adversaire digne de ce nom. Je m'inclinai avec un sourire et le précédai vers le support d'armes. J'empoignai mon bâton préféré, celui dont la longueur et le poids étaient les plus confortables, et je pris position au centre de l'aire. Il sélectionna un bâton à peine plus court que le mien et me rejoignit.

– Messire Somir, c'est un honneur de t'affronter.

Il planta le bâton au sol et une onde de choc se propagea. Une nuée de grains de sable se souleva pour flotter quelques instants avant de retomber. Je sentis la curiosité du joyau, mais sans mon épée, j'étais incapable de puiser à même son énergie. Je lâchai prise sur cette frustration et levai ma garde. Le silence planait sur la cour et les soldats s'étaient attroupés pour assister à notre démonstration.

Une vibration dans le sol fut le seul avertissement avant que le bâton de Somir connecte avec le mien. Mes réflexes aiguisés par des années d'entraînement acharné m'épargnèrent cette première touche de justesse. Je repoussai l'attaque et le petit homme planta son bâton un peu plus loin et s'en servit telle une perche pour sauter et se remettre en position. Quelques exclamations surprises traversèrent les spectateurs, mais je les ignorai. Un frémissement se répandit sous mes pieds, et j'étais prêt à parier que c'était la magie de Somir.

Un courant d'air me fouetta le visage comme je me pliais en deux pour éviter son attaque. Le bâton revint en sens inverse et je dus me bondir pour esquiver un coup au ventre. Le Sylphe bougeait si vite qu'il m'était impossible de le suivre des yeux. Un remous d'énergie attira mon attention sur le côté et je passai à l'offensive. Mon attaque visait une zone vide, mais aussi sûr que le soleil se levait à l'est, je percutai de plein fouet le bâton de mon adversaire tandis qu'il manœuvrait pour me prendre à revers.

Après ce premier contact, ce fut comme si ma boussole interne avait trouvé le véritable nord. Chacun de mes coups fit mouche. Mais je récoltai aussi bon nombre de touches. J'étais en sueur lorsque je reculai pour éviter un coup dans les côtes. Somir planta son bâton d'un geste vif et tournoya autour pour se propulser dans les airs. Je me fendis juste à temps pour esquiver une série de coups de pied.

Je levai mon arme de réflexe et un craquement sonore me laissa avec deux morceaux de bois en main. Mes yeux se portèrent sur mon arme puis je relevai la tête vers Somir. Ce dernier était assis sur l'extrémité de son bâton, l'image même de l'équilibre, un sourire énigmatique aux lèvres. Je m'inclinai de bonne grâce.

– Je vous concède cette victoire.

Des applaudissements et des commentaires fusèrent de toute part. Somir sauta en bas de son perchoir et vint me tendre le bras. Je lui saisis le bras pour lui rendre son salut tandis que Syviis nous rejoignait.

– Le château Nacré est privilégié de vous avoir comme maître d'armes, dit-elle. Plus d'un combattant s'est laissé berné par l'apparence de Somir.

– J'avoue que même sans a priori, j'ai été pris par surprise. Si vous avez le désir de partager votre savoir-faire, je regrouperai les soldats intéressés par vos techniques.

Je pouvais déjà voir quelques combattants qui s'étaient écartés pour appliquer les techniques qu'ils venaient d'observer. Somir acquiesça avec un sourire en coin et s'éloigna. Je fis face à Syviis.

– Tu as maintenant la confirmation que je ne me laisserai pas berner par mes yeux. J'espère que tu auras suffisamment confiance en moi pour discuter de ce qui t'amène au château Nacré.

Les yeux dorés de la Sylphe pétillèrent tandis qu'elle pinçait les lèvres pour contenir son sourire.

– J'avais certaines craintes, avoua-t-elle. Ta précieuse est une créature formidable, mais je suis bien placée pour savoir qu'une telle détermination peut parfois nuire à son propriétaire.

– J'entends la voix des regrets.

Elle acquiesça et je haussai les sourcils avec curiosité.

– Certains diront que la perte de plus de la moitié de la population sylphe me porte à être conciliante, mais les années m'ont aussi apporté leur lot de réflexion. Je vois sous un œil bien différent les événements qui ont mené à la Grande Guerre.

– Dariane et toi avez un net avantage de ce côté : vous y étiez. Je ne peux que m'en remettre aux chroniques.

Son nez se plissa.

– L'histoire a toujours la saveur que souhaitent lui donner les archivistes. J'ai longtemps tenu Dariane responsable de ses actes. Jusqu'à ce que certaines personnes de mon entourage mettent en œuvre des manigances, juste sous mon nez. C'est à ce moment que j'ai pris conscience de la complexité des influences sous lesquelles Dariane œuvrait, et œuvre encore.

– L'apprentissage de cette leçon semble avoir exigé un prix élevé. Tu m'en vois désolé.

Son regard fouilla le mien.

– J'espère sincèrement que nous pourrons restaurer l'équilibre, dit-elle. Je sais que ça ne dépend pas que de toi, mais je suis soulagée de te savoir réceptif.

Ses paroles firent écho à d'autres choses qui m'avaient été révélées peu de temps auparavant. Mon rythme cardiaque s'accéléra, mais je me contentai d'incliner la tête.

– Je ferai en sorte que dame Morwen et Dariane gardent l'esprit ouvert.

Elle m'offrit un sourire pincé.

– Il faudra plus qu'un esprit ouvert. Cette menace est bien réelle.

Je fronçai les sourcils devant son pessimisme.

– Combien de temps avons-nous?

Son regard se porta sur l'horizon au-dessus des remparts.

– Quelques jours, voire quelques semaines. C'est dur à dire. Notre ennemi ne semble pas percevoir le temps comme nous.

La cloche sonna pour signaler la fin de la période d'entraînement. Les soldats ramassèrent leur équipement et prirent la direction de la garnison. Dans les hauts arbres du jardin, les simargs aboyèrent d'anticipation, sachant fort bien que leurs cavaliers seraient bientôt parmi eux. Je me tournai face à la Sylphe. Ses deux compagnons l'avaient rejointe et je m'inclinai devant eux.

– Merci pour cet agréable interlude. Vous a-t-on déjà indiqué où se trouvent les bains?

Syviis secoua la tête, aussi fis-je signe au domestique qui attendait sous les arcades. Il s'inclina et les invita à le suivre. J'allais prendre la direction des baraques pour mes propres ablutions, lorsqu'un mouvement coloré attira mon attention. Le ménestrel passa une arcade et me sourit lorsque nos regards se croisèrent. D'une main levée, il me signala de patienter. Surpris, je suivis sa progression au travers de la cour. Sa démarche était souple et j'aurais été curieux de le voir se débrouiller avec une arme.

– Maître Brenlir, on m'a confié une missive à ton intention.

D'un geste théâtral, il sortit un billet cacheté de sa veste et me le tendit. Je sourcillai, curieux de savoir qui en était l'auteur. Un rapide coup d'œil à l'écriture m'extirpa un sourire. Les pattes de mouche de Maelora étaient reconnaissables entre mille. Nous avions passé deux étés ensembles : le premier au moment de sa venue au château Nacré, et le deuxième lorsqu'on m'avait envoyé comme recrue au château Bleu. J'étais honoré de la compter parmi mes confrères et consœurs maîtres d'armes.

– C'est très apprécié, remerciai-je Luan.

Il posa une main sur son cœur et inclina la tête.

– Le plaisir était pour moi, me salua-t-il avant de s'éloigner.

Je pris la direction de la garnison pour récupérer une chemise ainsi qu'une veste propre. Tandis que je remettais de l'ordre dans mon coffre, la missive me narguait depuis le bureau. Mon horaire était chargé et il aurait été plus sage de reporter la lecture de cette lettre à plus tard – visiblement une communication personnelle. À moins qu'elle ne comporte une piste de réponse aux troubles qui affligeaient la région? La curiosité eut raison de moi et je brisai le sceau.

Mes yeux parcoururent les salutations d'usage en diagonale pour s'arrêter sur les observations de Maelora et ses conclusions sur les événements de la dernière année. Elle m'exhortait à faire entendre raison à ma précieuse, ayant deviné que cette dernière refuserait de croire notre château vulnérable à une menace aussi inhabituelle.

Les derniers paragraphes me prirent par surprise. La couleur de l'encre était légèrement différente, comme si elle avait écrit la suite un peu plus tard. Elle y parlait de son entrée en fonction et de sa relation avec Caysen, le précieux du château Carmin.

« Je sais que le décès de ton épouse a laissé un vide dans ta vie. Avant d'avoir connu Caysen, je n'aurais pas été en mesure d'apprécier la morsure d'une telle absence. Maintenant, je ne peux que m'imaginer l'angoisse d'être séparée de l'être cher. Je te souhaite que la vie t'amène à croiser à nouveau la route d'une personne aussi spéciale à ton cœur. »

Ma gorge se serra au souvenir de ma défunte épouse. Safie avait été une femme remarquable. Nous avions entretenu une longue et belle amitié avant d'unir nos vies d'un commun accord. Les années passées auprès d'elles étaient empreintes de souvenirs poignants. La naissance des jumeaux avait été un moment extraordinaire, et elle avait eu toutes les caractéristiques d'une mère exceptionnelle. Les circonstances nous l'avaient arrachée bien avant que son heure ne soit venue, et chaque jour, je regrettais que mes enfants ne puissent pas la connaître comme j'en avais eu la chance.

Maelora me souhaitait de retrouver ce genre de relation, mais mon quotidien était bien trop accaparé par mes fonctions pour me le permettre. Une image de Dariane s'imposa à moi et mon cœur manqua un battement. Elle avait été la première personne à susciter en moi des émotions aussi fortes. Lorsque j'en avais parlé à mon père, il m'avait expliqué que ce n'était que l'effet du joyau sur ses habitants, que ce n'était qu'une toquade née de mon esprit d'enfant.

Les années avaient passé sans que ces sentiments s'estompent. Jusqu'au jour où, adolescent, j'avais décidé d'en discuter avec la principale intéressée. Sa réaction avait été si vive que j'en étais resté sans mot. Avec un seul regard, elle avait brisé mes espoirs. D'un geste, elle avait refusé mes aveux. Puis elle avait gardé ses distances au cours des vingt années suivantes.

Son rejet avait bouleversé toutes mes notions, car elle ne m'avait manifesté qu'amour et bienveillance toute mon enfance. J'avais cru que, peut-être, elle me percevait encore comme tel; un enfant dont il aurait été malsain d'entretenir l'affection de cette manière. Je m'étais jeté corps et âme dans ma formation militaire. J'avais grimpé les rangs inlassablement. Certains camarades de cohorte m'avaient reproché ma compétitivité, sauf que leur performance n'avait jamais eu le moindre effet sur ma motivation.

Le repère qui avait guidé tous mes efforts se trouvait dans le regard que Dariane posait sur moi.

Lorsque j'avais enfin atteint l'apogée de ma carrière, je m'étais attendu à une quelconque reconnaissance de sa part. Rien. Elle avait cessé de m'ignorer au profit d'échanges cordiaux mais froids, ne permettant que le strict minimum d'interactions pour le bon fonctionnement du château.

C'était à ce moment que j'en étais arrivé à l'évidence  qu'il n'y aurait jamais rien de plus profond entre nous – et que Safie avait progressivement pris plus de place dans ma vie ainsi que dans mon cœur. Sauf que son décès avait été comme un pansement qu'on arrache à une plaie mal cicatrisée : mes émotions étaient perpétuellement à vif depuis des années. Je savais que d'une part, Dariane n'accepterait jamais de me retourner mon amour, et d'autre part, j'étais incapable de m'exposer à nouveau à la douleur d'aimer une amie, au risque de la perdre de la même façon que j'avais perdu Safie.

Malgré la froideur de Dariane à mon égard, j'étais profondément convaincu de sa bonté et de son amour pour les siens : chaque jour, je la voyais distribuer sourires et accolades aux enfants aussi bien qu'aux simargs. compte tenu du comportement protocolaire qu'elle adoptait le reste du temps, les adultes faisaient preuve de réserve en sa présence, mais ce n'était pas à confondre avec de l'indifférence. Son affection se manifestait autrement : par son souci du détail, son sens de l'observation et son dévouement à remplir son rôle sans relâche.

Mes yeux revinrent sur la missive. Force m'était d'admettre que j'étais envieux de Jonas, le maître d'armes du château Violet, et de Maelora. Leurs relations semblaient si simples en comparaison. Le bonheur leur venait de la même façon qu'on respire : sans y penser, tout naturellement. Mes mâchoires se crispèrent de frustration. Peut-être que Dariane ne me retournait pas mon affection, mais je pouvais au moins fournir un effort pour que notre relation soit plus harmonieuse.

Je sortis de la garnison, prêt à aller faire la tournée de mes capitaines, lorsque mon regard s'arrêta sur la tour d'angle et les volets des archives. Une idée fit son chemin et je changeai de cap. Si Dariane elle-même refusait de m'éclairer, alors les Chroniques pourraient m'en apprendre plus sur son passé et ce qui avait bien pu causer son retranchement. Car il n'y avait pas qu'avec moi qu'elle tenait ses distances.

Je grimpai les marches deux par deux et ne ralentis que devant la lourde porte capitonnée. Le maître archiviste

Ofor était encarcané dans ses habitudes, ce qui le rendait prévisible, et à cette heure, il devait être en cuisine pour un deuxième petit déjeuner. Les gonds coulissèrent en silence lorsque je poussai le battant.

La pièce était illuminée comme la cour sous le soleil du midi grâce aux myriades de candélabres. L'air était un peu plus chaud et sec que dans le reste du château, résultat des braseros entretenus avec soin par les apprentis. Entre les fenêtres, d'énormes cartes du continent ornaient les murs. En dessous, des dizaines de pupitres s'alignaient pour bénéficier de l'éclairage des chandeliers. La plupart étaient recouverts de parchemins et de tomes, mais les chaises étaient vides. Je n'étais pas le seul à connaître les habitudes de maître Ofor, et les scribes se regroupaient généralement à l'étage d'au-dessous pour une petite pause bien méritée.

Je me dirigeai vers les rayons et comptai les décennies pour trouver la section qui m'intéressait. L'odeur acidulée de l'encre emplissait l'air et je frottai mon nez avec ma manche pour éviter d'éternuer. Une série de tomes se démarquaient du lot, leurs tranches teintes de noir au lieu du brun habituel. Je m'agenouillai pour étudier leurs étiquettes.

– Nos visiteurs auraient-ils éveillé votre curiosité pour cette sombre période?

Je relevai la tête, à la fois ennuyé et impressionné d'avoir été pris par surprise. La scribe se tenait à quelques pas, une pile d'ouvrages dans les bras. Elle les glissa avec soin sur un rayon voisin et reporta son attention sur moi.

– Essaies-tu d'obtenir l'approbation du maître Ofor par excès de zèle? la taquinai-je.

Un éclair de tristesse traversa ses yeux avant qu'elle ne m'offre un sourire plaisant. Je plissai les yeux, surpris par sa réaction.

– Il y a beaucoup à faire, répondit Sanika.

Elle n'était pas arrivée depuis longtemps, et à ma connaissance, le maître archiviste du château Violet n'avait eu que de bons mots à son sujet. J'avais aussi été témoin de son efficacité. Je me serais attendu à de la fierté ou à de l'enthousiasme. J'avais cependant déjà eu à intervenir au sein d'escouades où les nouveaux s'étaient fait malmener à la suite d'une intégration difficile.

— Laisse-moi deviner : les autres scribes t'ont mise à part.

Son expression affligée me confirma que j'avais vu juste. Comme elle restait silencieuse, je repris :

— Tu n'es ni trop jeune, ni d'apparence choquante. Que te reprochent-ils?

Ses épaules s'affaissèrent.

— Trop provinciale.

Je hochai la tête avec un sourire compatissant.

— Mon père était un Sudiste de passage. Ma mère, quant à elle, était une tisserande renommée et la favorite de la châtelaine de l'époque. Pour lui, ça avait été le coup de foudre. Alors quand ma mère a refusé de le suivre sur la route, il a choisi de s'installer au château pour être à ses côtés. En grandissant, j'ai essuyé mon lot de commentaires désobligeants. Même si j'étais né parmi eux, les enseignements de mon père différaient de la tradition nordique.

Elle se tordit les mains et j'attendis qu'elle trouve le courage de parler.

— Comment les as-tu fait taire? Je veux dire, tu es le maître d'armes...

Le rouge lui monta aux joues, et je haussai les épaules.

— J'ai commencé par l'excès de zèle, ça n'a fait qu'empirer les choses. J'ai fini par donner une raclée au plus costaud de la cohorte. Mais je doute que ma stratégie se transpose très bien à ta situation, terminai-je avec un sourire contrit.

Elle soupira avant de reprendre contenance.

– Je trouverai bien. Et d'ici là, la sagesse de mes prédécesseurs m'apportera un peu de réconfort, dit-elle en écartant les bras vers les rayons.

– C'est d'ailleurs ce que je suis venu chercher.

Je pointai les tomes plus sombres.

– As-tu une recommandation à me faire, au sujet du déclenchement de la Guerre des Sylphes?

Elle étudia les volumes, les yeux plissés, son trouble oublié face à ce défi.

– Ayant fait ma scolarité au château Violet, je n'ai pas les mêmes repères que vos scribes...

Je chassai ses excuses du revers de la main.

– Je cherche justement un éclairage différent.

Une lueur d'anticipation fit briller ses yeux. Elle s'approcha et retira deux ouvrages avant de s'éloigner. À son geste d'invitation, je la suivis jusqu'à une table de travail au fond de la pièce. Elle y posa les tomes et enfila une paire de gants.

– Une bonne portion des Chroniques se recoupe d'un château à l'autre, mais chaque maître archiviste chronique les événements à sa façon. C'est la richesse de nos archives. Je sais qu'au château Violet, il a toujours été question des châteaux Nacré et Bleu comme moteur du conflit. La faute...

Elle s'interrompit et releva la tête, comme si elle venait de réaliser à qui elle parlait. Je haussai un sourcil et pointai l'ouvrage.

– Continue.

Elle s'éclaircit la gorge et tourna une autre page pour indiquer une entrée.

– On a souvent accusé Dariane et son seigneur de l'époque. Biljana et son seigneur les ont appuyés sans réserve, mais il est largement souligné que les châteaux Vert, Carmin et Violet étaient mitigés. Il faut lire entre les lignes, mais on reproche presque toujours leur lenteur à ces trois seigneurs, et apparemment, la Première contribution aurait été mise sur pied pour leur forcer la main.

Je me penchai au-dessus de l'ouvrage et parcourus le texte des yeux. Le maître archiviste de l'époque racontait le récent départ d'une délégation sylphe. Leur visite s'était soldée par la mort d'un capitaine du château et l'exécution du consul sylphe. Une missive avait été annexée : un message qu'on avait fait parvenir à tous les châteaux à la suite de cette tragédie. Le seigneur Wex conseillait de tenir les exécutions hors des murs du château (une évidence de nos jours, mais peut-être que c'était là l'événement qui avait justifié l'application de cette règle). Il demandait aussi que tous les arbres argentés à proximité des racines des joyaux soient abattus sans attendre. Je pointai ce paragraphe.

– Les arbres argentés; ce sont leurs aînés en sommeil, intervins-je. Lord Wex a commandé un génocide.

Sanika hocha la tête.

– La reddition de l'an cent trente-huit a exigé qu'on cesse l'abattage, mais le mal était fait. Il n'en reste que très peu sur le continent.

La phrase suivante attira mon attention. Elle avait été dictée par Dariane. Elle exhortait les précieux et les précieuses à éviter toutes relations sentimentales avec leur maître d'armes, de même que leur entourage. Les doigts gantés de l'apprentie tapotèrent la page.

– On dit que le défunt capitaine était l'amant de Dariane.

Je relevai la tête, les sourcils froncés.

– À ma connaissance, Dariane n'a jamais entretenu de liaisons avec qui que ce soit, contrai-je. Les chroniques ne le mentionnent jamais.

Sanika haussa les épaules.

– Je crois que c'était par respect pour elle. Son amour maudit est mentionné dans une très vieille chanson. Elle est encore chantée dans les contrées, mais elle a été retirée du répertoire au château Nacré. On devine pourquoi.

Elle feuilleta l'ouvrage pour me montrer d'autres passages, mais mon esprit était ailleurs. J'avais la certitude que notre problème actuel était lié à cet événement. Je l'interrompis dans ses explications sur la déclaration de guerre.

– Sais-tu s'il est explicité dans les archives les pouvoirs conférés par le joyau aux différents maîtres d'armes?

Elle arqua un sourcil.

– N'es-tu pas le mieux placé pour le savoir?

Je dus faire appel à mes années de discipline pour dissimuler ma frustration. Si seulement j'avais pu en parler ouvertement avec Dariane. Avec un effort supplémentaire, je lui offris un sourire poli.

– Fais-moi plaisir, et prétends que ce n'est pas le cas.

À sa décharge, elle n'hésita qu'une seconde avant de refermer le tome. Elle le rapporta à sa place avant de changer de rangée. J'attendis les bras croisés qu'elle revienne avec un livre moins épais, mais plus large. Elle le déposa avec soin et l'ouvrit au milieu. Chaque page de gauche était superbement illustrée et, même si le temps avait diminué l'éclat de l'encre, les couleurs étaient encore distinctes. Un homme tenait une épée sertie d'un joyau, la même que celle à ma ceinture.

Le texte sur la page d'en face comportait plusieurs calligraphies, signe que le texte avait bonifié au fil du temps. On y recensait la longévité accrue des candidats, de meilleurs réflexes, des sens plus aiguisés. S'y ajoutait la perception de la terre et des dangers à proximité des racines. Mes deux derniers prédécesseurs avaient même été capables de communiquer par la pensée avec Dariane. Mes poings se crispèrent d'eux-mêmes.

Quelque chose avait nui à la formation du lien entre nous, j'en avais la certitude. Je m'étais longtemps reproché cet état de fait, mais mon instinct me poussait à croire que la réponse se cachait dans un de ces ouvrages poussiéreux, sauf que mon temps était compté et je n'avais pas le loisir de passer tous ces tomes en revue.

Je remerciai Sanika pour son aide et lui souhaitai courage pour la suite. Son sourire tenait plus de la grimace comme elle refermait le volume. Je quittai la pièce comme les autres scribes regagnaient leur plan de travail. J'eus droit à quelques regards inquisiteurs, mais je me contentai de les saluer de la tête et de poursuivre mon chemin.

Je descendis les escaliers jusqu'au niveau du sol puis je bifurquai vers le jardin. D'une main, je frôlai l'éclat sur mon pommeau, et un picotement me confirma que Dariane était dans la grande salle. Je traversai les arcades et franchis l'arche qui menait vers les fondations. J'attrapai une torche et l'allumai avant de m'engager dans les marches. L'air était frais et j'accélérai le pas pour me diriger vers la vaste galerie occupée par le joyau. J'eus un pincement de regret à la vue des fresques et des sculptures. Ma défunte épouse avait toujours été fascinée par le décor, mais à mon avis, elles pâlissaient devant la splendeur du joyau nacré.

Mes pas me menèrent jusqu'au socle. Les ombres iridescentes se mouvaient de part et d'autre avec lenteur. Je m'approchai et tendis une main. Les courants se massèrent sous mes doigts et prirent en intensité. Mes épaules se raidirent, mais rien ne vint, hormis le bourdonnement rassurant de l'énergie du joyau. Déçu, je laissai tomber mon bras. Je me serais attendu à plus, à la confirmation que j'étais sur la bonne voie; quelque chose, n'importe quoi.

Lors de ma dernière visite, quelques semaines plus tôt, j'avais été empli de colère et d'amertume. Face à mon inaptitude à remplir mon rôle pleinement. Face à la précieuse exaspérante qui semblait vouloir me tenir en échec. J'étais tombé à genoux devant le joyau, les joues baignées de larmes. Lorsque mon poing était entré en contact avec la surface polie, j'avais perdu contact avec mon corps. Je m'étais retrouvé ailleurs. J'avais assisté en témoin silencieux à une discussion entre une jeune femme brune et un guerrier basané. Sur le moment, j'avais cru avoir affaire à Sabaya et à son nouveau maître d'armes.

Puis les différences s'étaient imposées à moi. Les yeux étaient plus bleus que verts. Les épaules étaient un peu plus étroites et les traits du visage plus anguleux. C'était bel et bien Dariane. Mais plus jeune. Quoique le concept de la vieillesse ne s'appliquait pas aux précieuses, je décelais une candeur qui faisait défaut à la Dariane de mon époque. Elle riait de bon cœur, une main posée sur l'avant-bras de l'homme face à elle.

J'avais tendu la main, mais le joyau m'avait arraché à cette vision pour me propulser au haut d'une tour. C'était la scène de ce matin même. Dariane me faisait face, les lèvres pincées. Elle se tenait loin de tous, isolée malgré notre présence. Une vague de tristesse m'avait submergé et j'avais eu la certitude que c'était celle du joyau.

J'étais revenu à moi, couché sur le dos dans l'eau autour du socle du joyau. Je m'étais ébroué avec la certitude que ce dernier avait essayé de passer un message. Dans les jours suivant cette vision, les crises s'étaient enchaînées et j'avais vu Dariane devenir de plus en plus tendue. Pour culminer aujourd'hui avec l'arrivée des Sylphes.

Je tournai autour de la pierre nacrée, frustré qu'elle ne puisse me transmettre sa volonté plus clairement. Mais si elle avait pu communiquer aussi aisément avec moi, les choses n'iraient pas si mal avec Dariane. Un soupir m'échappa. J'avais dorénavant la certitude que je devais aider la précieuse à libérer l'embâcle entre nous. L'énergie était là, tout comme le potentiel. Quelque chose l'avait poussé à se protéger de notre lien. Je dénouerais ce problème, où que ça nous mène.

# CHAPITRE 6
## Brenlir

Sans surprise, dame Morwen nous convoqua juste après le midi pour discuter de la présence des Sylphes. Dariane était déjà assise dans l'étude de la seigneuresse à mon arrivée. Cette dernière me fit signe de les rejoindre et je fermai la porte derrière moi avant de prendre place dans un des sofas face à elles.

— J'ai relu la reddition de l'époque pour m'attarder sur les termes, commença dame Morwen. La présence des Sylphes n'enfreint pas directement les clauses qui y sont dictées. À la lumière de l'offrande de paix de Syviis, j'aimerais qu'on rédige un nouveau traité qui poserait des bases plus propices à une reprise des relations entre nos deux peuples.

— Pourquoi? répliqua Dariane. Ils s'en tiennent aux régions éloignées depuis trois siècles sans altercation.

Ses mains étaient si crispées qu'elles avaient chiffonné le tissu de sa robe. Le regard de dame Morwen trouva le mien et j'y lus une consternation qui faisait écho à la mienne. Cette discussion était loin d'être gagnée. Elle reporta son attention vers la précieuse.

— La récente lettre du château Carmin mentionne des exilés et des métis expatriés, expliqua-t-elle.

— Aussi bien ouvrir nos portes aux mendiants et aux criminels, dans ce cas, répondit Dariane d'un ton effaré.

— C'est un risque, concédai-je avec calme. Mais ils détiennent peut-être la solution à la dégradation des terres cultivables.

Dariane fronça les sourcils, loin d'être réconfortée par cette possibilité.

– Nos terres se portent très bien. Les rendements n'ont pas changé.

Je secouai la tête, au risque de la contrarier.

– Il ne s'agit pas du territoire compris dans le rayon d'action du joyau. Les patrouilles me rapportent le même état de fait de plus en plus souvent : les ronces envahissent les routes, les arbres meurent et les sols s'effritent à flanc de montagne. Si la magie du joyau permet à nos terres de florir, peut-être que la magie des Sylphes pourrait raviver les zones affectées par cette dégénérescence.

– Justement, rétorqua Dariane. Ils n'ont pas besoin d'être au château pour se faire.

Dame Morwen se pencha vers elle.

– Notre bénédiction leur sera nécessaire, contra-t-elle. Le sénéchal Faboren a rapporté d'importantes altercations lors de leur passage dans son bourg. Une bonne dose d'animosité subsiste parmi la population.

– Une animosité qui leur a été inculquée et dont ils ont oublié la raison, ajoutai-je d'une voix neutre.

Le regard perçant de Dariane se posa sur moi. Je haussai un sourcil pour l'inviter à me contredire : son seigneur de l'époque avait peut-être instigué les agressions qui avaient mené à un conflit plus grand, mais sa réserve à l'égard des Sylphes s'était communiquée aux habitants du château pour se répandre parmi la population des bourgs. Elle pinça les lèvres, obligée de se rendre à l'évidence, avant d'écarter les mains en signe de capitulation.

– Que suggérez-vous pour rétablir nos relations avec les Sylphes? questionna-t-elle froidement, son regard alternant de l'un à l'autre.

Un sourire optimiste éclaira le visage de dame Morwen, sauf qu'un concert d'aboiements l'empêcha de répondre. Dariane se raidit dans sa chaise et la porte du bureau s'ouvrit à la volée. Des éclats de voix de Banut nous parvinrent depuis le corridor tandis que le capitaine Caedric déboulait dans la pièce.

– Maître Brenlir, vous feriez mieux de venir au jardin des simargs.

Je me levai en même temps que Dariane bondissait sur ses pieds. Mon poignet frôla le pommeau de mon épée et un frisson me traversa. L'énergie du joyau s'étira vers le jardin, comme un chat qui tend la patte vers un objet intrigant. Je distinguai une magie différente, verte et vibrante. Les chiens ailés hurlèrent de concert alors que cette présence s'intensifiait. Dariane inspira bruyamment.

Et elle disparut, engloutie par les pavés.

Je jurai et courus jusqu'à mon capitaine.

– Ouvre la voie.

Il tourna les talons et dévala les marches qui menaient des quartiers de la seigneuresse vers la courtine. Ma poitrine se comprima en songeant que Dariane avait foncé tête baissée vers une situation potentiellement dangereuse. Au cœur du château, les risques étaient faibles, mais j'aurais donné cher être en mesure d'évaluer la menace grâce à ma connexion au joyau, ne serait-ce que pour apaiser mes inquiétudes. Sauf que mes capacités étaient entravées par notre lien défectueux. Et Dariane savait qu'elle ne pouvait pas compter sur moi. Je serrai les dents et courus un peu plus vite, décidé à ne pas être relégué au rôle de spectateur.

Je franchis la porte du jardin pour être accueilli par une cacophonie de grognements et de glapissements. Au travers des battements d'ailes, je distinguai la précieuse aux côtés de la capitaine Fleya dont le teint avait viré au rouge, les poings crispés sur ses hanches. L'appréhension envoya une décharge de picotement dans mes membres. Nous avions grandi ensemble et je l'avais empêché plus d'une fois de réduire en bouillie les impudents. Face à elles, les

Sylphes se tenaient autour d'un simarg étendu au sol, leurs expressions défensives.

– Vous auriez pu l'estropier! s'exclama Dariane.

Je me postai au centre des deux parties, prêt à m'interposer. Le simarg semblait calme, mais tant que je n'aurais pas un portrait clair de la situation, la prudence était de mise. Rowara, la Sylphe au visage tatoué, pointa le chien ailé.

– Les os avaient déjà commencé à se souder. Sans notre intervention, il n'aurait jamais plus volé.

– Mais vous venez de nous dire que vous ne connaissez rien aux simargs, gronda Fleya. On n'intervient pas lorsqu'on ne sait pas ce que l'on fait.

Syviis leva une main pour l'apaiser.

– C'était une chance à prendre, j'en conviens. Sauf que l'intervention en elle-même nous est familière. L'essence magique du simarg a très bien réagi à la nôtre. S'il y a d'autres cas, nous pourrons agir en toute tranquillité d'esprit.

– Hors de question, martela la capitaine. Je suis la responsable du cheptel et vous ne toucherez pas à une seule autre bête.

Je me tournai vers elle, surpris par sa véhémence. J'avançai de quelques pas et m'agenouillai devant le simarg. Ses flancs se soulevaient au rythme de sa respiration, profonde et calme. On était loin d'un animal en détresse. Il étira le cou et me lécha la main en guise de salutation. Je lui grattai la joue et glissai ma main sur le pelage doré vers son épaule jusqu'à l'articulation à la naissance de l'aile. Le chien suivit mon geste du regard, mais resta détendu alors que je tirais sur la pointe radiale pour faire bouger l'aile. Il déplia l'articulation et la ramena à quelques reprises, pour me montrer la mobilité retrouvée.

Je levai les yeux, notai l'expression furieuse de Dariane, puis mon regard se posa sur Gryff, qui se tenait juste derrière. Elle baissa la tête et roucoula pour me rassurer : la cheffe de meute approuvait l'intervention des Sylphes. Je me relevai et époussetai mes mains sur mes braies, pour me donner le temps d'organiser mes pensées. Avec une expression neutre, je me tournai vers Fleya.

– Pour quelle raison te priverais-tu d'une méthode de soin efficace?

Elle ouvrit la bouche, mais mon haussement de sourcil interrogateur dut la faire réfléchir. Son attention alterna entre les Sylphes derrière moi, le chien au sol puis la précieuse. Profitant de son hésitation, Syviis s'avança d'un pas avec un sourire contrit.

– Je vous présente mes excuses. Je réalise que nous avons fait fi des canaux de communication officiels en agissant sans votre permission. Votre attachement et votre loyauté envers les simargs sont remarquables. Il nous était difficile de rester passifs devant la détresse de votre compagnon. Je vous assure que nous vous consulterons avant d'intervenir à nouveau.

– Peut-on s'opposer à une offre aussi avantageuse? demandai-je à la ronde.

Dariane soupira et Fleya se détendit enfin avant d'acquiescer. J'en profitai pour tester leurs dispositions.

– Capitaine Fleya pourra discuter avec le maître guérisseur avant de soumettre une liste des chiens nécessitant votre aide.

La capitaine cligna des yeux, mais se reprit rapidement. Elle marmonna son assentiment et se dirigea vers la ménagerie sans attendre. Les Sylphes m'offrirent des hochements de tête silencieux et se retirèrent en marge de la cour, me laissant seul avec Dariane. Sa posture était toujours aussi altière, mais je devinais l'embarras dans l'angle de sa tête, dans la façon dont elle évitait mon regard.

— Qu'est-ce qui cause ta réserve?

Son visage se crispa avant de reprendre une expression affable.

— Une Sylphe a déjà utilisé sa magie pour me faire du mal, dit-elle sur un ton détaché. Elle n'y est pas parvenue, mais il s'en est fallu de peu.

Une lueur douloureuse dans son regard vint démentir sa nonchalance et mon cœur se serra pour elle. J'aurais voulu la protéger de cette souffrance, mais elle seule pouvait s'en affranchir. Gryff geignit à nos côtés, sensible à la détresse de Dariane. Je passai une main sur la tête de la simarg pour la rassurer et trouvai enfin les mots pour encourager la précieuse :

— Je suis déjà tombé d'un simarg, ça ne m'empêche pas de voler.

— Aroo.

Je souris à Gryff.

— Non, bien sûr, ce n'était pas avec toi. Tu es la monture la plus formidable qui soit.

Le chien ailé poussa sa truffe sous le bras de Dariane et cette dernière soupira avant de la flatter. La simarg ferma les yeux de contentement et tourna la tête de côté pour diriger les caresses. Les épaules de la précieuse se détendirent et sa bouche prit un pli pensif.

— J'envie parfois la courte espérance de vie des Hommes de sang. Plusieurs centaines d'années de vie ouvrent la porte à un lot impressionnant de blessures, de rancœur et de craintes. Je suis désolée que ton rôle de maître d'armes t'apporte ce fardeau.

Elle leva les yeux vers la tour où se trouvait la maternité et la salle de classe.

– Un jour, Vyn et Jana seront vieux et nous serons inchangés, ajouta-t-elle.

– Et je veillerai sur leurs enfants à tes côtés.

Son regard bleu se posa sur moi, me transperçant jusqu'au cœur, car j'étais prêt à tout lui offrir, mais je savais qu'elle n'en voudrait pas.

– Je l'espère, Brenlir... même si pour l'heure, bien des obstacles se dressent entre nous et cette perspective.

J'acquiesçai, préférant passer sous silence ma détermination à ce que cet avenir devienne réalité. Pour l'heure, ma priorité consistait à dénouer les relations entre Dariane et les Sylphes.

– Le temps et la patience m'ont permis de reprendre confiance en mes compétences de cavalier et en la fiabilité de ma monture, repris-je. Caysen a eu plusieurs semaines pour évaluer les intentions des Sylphes. En as-tu discuté avec lui?

Elle retroussa le nez une fraction de seconde et j'inclinai la tête, intrigué par son agacement.

– Je lui ai parlé, mais je n'étais peut-être pas très ouverte à la réflexion, concéda-t-elle.

– Il n'est jamais trop tard pour bien faire, la rassurai-je.

Comme pour marquer la fin de notre échange, Gryff s'ébroua et un nuage de poils s'éleva entre nous. Dariane recula d'un pas et agita une main pour éviter que sa jupe n'en soit recouverte. Après une bonne inspiration, elle inclina la tête à mon intention :

– Je m'en remets à toi pour notre sécurité en présence des Sylphes. Si Caysen veut bien répondre à mon appel, nous pourrons reparler de la menace posée par Giliel ce soir.

Après une dernière caresse pour Gryff, elle prit la direction des remparts. Dès que ses pieds touchèrent les pavés, le sol s'écarta et elle disparut vers les fondations. Les Sylphes échangèrent quelques chuchotements à cette démonstration, mais je n'arrivais pas à en déduire leur opinion de notre précieuse. Pour un peuple nomade et furtif, elle devait sembler bien rigide. J'ignorais comment leur faire découvrir les facettes affectueuses et attentionnées de notre précieuse. Le temps y remédierait certainement, mais la menace posée par Giliel risquait fort de nous dérober cette option.

Fleya sortit de la ménagerie avec le maître soigneur et je les rejoignis pour m'assurer de la teneur des discussions. Si dame Morwen voulait signer un traité de bonne entente, la collaboration devenait dès lors primordiale.

# CHAPITRE 7

## Dariane

J'aurais pu utiliser la fontaine du jardin, mais je voulais éviter toute interruption, aussi pris-je la direction des catacombes. Plusieurs sources souterraines convergeaient dans notre secteur et un précédent seigneur avait jugé plus prudent de créer des bassins versants pour réguler le flot autour du joyau.

Cette salle était un de mes lieux préférés. Illuminé par quelques braseros, l'endroit était intime et les couples venaient souvent profiter de l'impression d'être coupé du monde. Le murmure des cascades couvrait les autres sons et il m'avait toujours fait l'effet d'un baume sur mes pensées agitées.

La double margelle du plus petit bassin était idéale pour profiter de la fraîcheur de l'eau sans se mouiller. Je situai un coin sec pour m'asseoir et plongeai la main sous la surface. Je fermai les yeux et laissai ma conscience renouer pleinement avec l'énergie du joyau. L'écho des autres châteaux me parvenait par-delà la distance et je fus rassurée de tous les trouver bien portants. Le silence de Caysen des dernières années avait été comme une ceinture trop ajustée : je n'avais pas réalisé l'inconfort qu'il générait jusqu'au jour où le lien s'était rétabli entre nous. Le goût des regrets était amer, car j'avais laissé mon orgueil détourner mon attention des problèmes de mon ami.

Ma conscience se tourna vers l'ouest, vers lui, et je me propulsai dans les courants d'énergie. Le joyau carmin s'illumina à mon contact, sa chaleur témoignant de son plaisir à ma visite. Quelques minutes plus tard, je sentis la présence de Caysen. Je rouvris les yeux et inspirai un bon coup pour reconnecter avec mon enveloppe corporelle. À la surface de l'eau, le visage de Caysen me souriait. Ses cheveux bruns étaient aussi indisciplinés qu'à l'habitude, mais son regard était tellement plus brillant que je ne trouvai pas le courage de lui reprocher ce manque de décorum.

– Si tu appelles, j'imagine que tu as reçu notre délégation, dit-il. À moins que tu aies une envie particulière de pinailler sur la façon dont je gère mon château?

Je levai les yeux vers le plafond pour implorer le joyau de m'offrir sa patience.

– Je ne veux pas me disputer avec toi.

– Mais tu n'es pas d'accord avec mes choix.

La frustration me fit serrer les poings. Au fil des ans, j'avais vu de nombreux frères et sœurs se chamailler. Si les autres précieux s'en remettaient généralement à ma sagesse, Caysen était comme le cadet qui refuse de laisser passer quoi que ce soit sans décortiquer le moindre détail.

– Selon mon expérience, les amants s'attendent toujours à plus : des traitements de faveur ou des permissions. Ce sont des choses que nous ne pouvons pas offrir sans risquer de compromettre le bien de nos châteaux.

Caysen se tapota les lèvres d'un doigt.

– Maelora est déjà maître d'armes. Je ne vois pas ce qu'elle pourrait demander de plus. Et c'est une Perle de Biljana. Sa rigueur est irréprochable.

– Mais où traceras-tu la ligne? Après elle, ses capitaines vont-ils te réclamer autre chose, sous le prétexte d'appartenir à son entourage? La chute de ton précédent seigneur ne t'a-t-elle pas appris la prudence?

Son regard s'assombrit et je regrettai d'avoir soulevé des souvenirs aussi douloureux.

– Justement, dit-il. Les dernières années m'ont donné une compréhension aiguë de la solitude. J'ai senti la mort de mes gens, j'ai vécu la dormance de mes terres, j'ai souffert la déchéance de mes murs. Tout ça parce que j'ai laissé trop de latitude à mon seigneur. C'est lui qui a détourné l'allégeance de mon maître d'armes pour la pervertir. Si j'avais été plus proche d'eux... Je ne peux pas m'empêcher de me reprocher la chute de mon château.

Je baissai les yeux, parcourue par des frissons d'horreur. Si mon château tombait, serais-je seule au milieu des ruines avec mes remords? La voix de Caysen reprit, plus douce.

– L'amour que j'éprouve pour Maelora est réciproque et c'est une chose merveilleuse, car il nous permet de mieux comprendre l'autre. Nos décisions se nourrissent de la conviction de veiller au bien de l'autre tandis qu'il se préoccupe du nôtre. N'est-ce pas là exactement l'apogée de ce que devrait être notre relation avec notre maître d'armes et notre seigneur?

Les mots me manquaient pour lui répondre. L'inquiétude me tenait à la gorge : j'étais incapable d'avouer mes doutes et mes faiblesses, de peur de perdre toute crédibilité. J'avalai avec difficulté et tentai de reprendre mon souffle. Sauf que les larmes me montèrent aux yeux. Ma relation avec Brenlir était si brisée que je doutais de pouvoir la ramener dans le droit chemin. L'expression de Caysen se fit compatissante.

– C'est difficile de réaliser qu'on a fait fausse route. Dis-toi que ce sont quelques mauvais remous à encaisser avant de revenir au calme.

J'acquiesçai, mais les mots ne me venaient pas pour lui expliquer les problèmes avec mes racines, de l'énergie qui ne coulait plus librement et des crises incessantes. Avais-je visé trop haut? Le château Nacré aurait peut-être plus à gagner à arrêter son expansion pour solidifier ses acquis. Je frottai mon front de ma main libre pour y soulager la tension.

– Je n'appelais pas pour remettre en question tes choix. Je voulais que tu me parles des Sylphes.

Une lueur amusée traversa ses yeux noisette et il inclina la tête en considérant ses prochaines paroles. J'attendis en silence, le laissant décider de la direction qu'il souhaitait emprunter.

– C'est ma châtelaine qui cherchait à les contacter pour établir des relations, commença-t-il. Ses gens sont des métis issus de parents exilés au Sud. Leur magie était coupée de leur terre natale depuis trop longtemps et ils s'empoisonnaient inexorablement. J'ai réussi à les aider avec la magie du joyau, puis Syviis et les siens leur ont appris ce qu'il fallait pour vivre en harmonie avec leur potentiel magique.

Je pinçai les lèvres pour m'empêcher de le mettre en garde. Son sourire dévoila ses dents et il se pencha vers la surface de l'eau.

– Qu'est-ce que je vois? Serait-ce Dariane qui se censure?

Je lui servis un regard sévère.

– J'essaie d'être ouverte d'esprit, à la demande de ma seigneuresse et de mon maître d'armes.

– Mmm, quel délicieux retournement de situation. Dame Morwen m'a toujours semblé assez forte de caractère pour te tenir tête. Je ne connais pas beaucoup Brenlir, mais je l'aime déjà s'il a réussi à te pousser à la modération.

Je haussai les sourcils.

– J'en déduis que tu n'as rien de plus à dire sur les Sylphes?

Il rit tout bas et la surface de l'eau frémit en réaction.

– Ils ont à cœur le bien des Terres du Nord dans leur ensemble. J'ai aussi la conviction qu'ils sont notre dernière défense contre le mal qui ronge Giliel.

Je secouai la tête, perplexe.

– Je ne vois pas comment il peut poser une telle menace. Et je comprends encore moins comment les Sylphes pourraient – voudraient – nous venir en aide.

Son regard se porta au loin et il fronça les sourcils.

– Cette corruption, celle apportée par les gargouilles, n'avait de cesse de gagner du terrain après que j'aie absorbé leur énergie. Je sentais la folie m'emporter, comme à mon réveil; mes pensées n'étaient plus aussi cohérentes, la méfiance teintait mon jugement. Je n'étais plus moi-même. J'ai eu de la chance que Maelora ne baisse pas les bras, et que ce pas de recul n'effarouche pas Lathar et Ksara. Sans eux, j'aurais succombé à ce mal et le château Carmin ne serait plus qu'une ruine.

Ses yeux trouvèrent les miens et sa véhémence me prit par surprise.

– Giliel doit être arrêté avant qu'il ne cause plus de torts.

– Il est coupé des sources souterraines depuis des centaines d'années, contrai-je. Il lui est impossible de nous nuire.

Caysen secoua la tête.

– Il nous a contactés par le puits, insista-t-il. Quelle preuve supplémentaire te faut-il?

Un soupir de découragement m'échappa. Depuis nos toutes premières interactions, il avait argumenté la moindre de mes consignes. Jusqu'à refuser d'accepter mon aide lorsque la situation s'était envenimée au château Carmin. Cet échec me rongeait de l'intérieur, car après la chute du joyau jaune, j'aurais dû appréhender les problèmes vécus par Caysen et lui offrir les ressources nécessaires pour s'en sortir. Au lieu de quoi, j'avais laissé l'orgueil – le mien et le sien – nous lier les mains jusqu'à ce que nous soyons des témoins silencieux de sa détresse.

Aujourd'hui, une opportunité se présentait à moi : mon entourage, mes semblables et même nos anciens adversaires se liguaient pour m'exhorter à passer à l'action contre une menace intangible. Je devais me rendre à l'évidence et traiter cette situation avec le sérieux qu'elle méritait.

— Je te crois, Caysen. C'est juste que… Je ne sais pas de quelle façon gérer cette crise supplémentaire.

Il sourcilla.

— Avec l'aide de ton maître d'armes?

Le rouge me monta aux joues, comme une élève prise en défaut par son instituteur.

— Bien sûr, me repris-je. Merci de ton temps. Je suis contente de te savoir bien portant.

— J'espère que vous trouverez une solution avec le soutien des Sylphes, dit-il avec ferveur. Je reste à ta disposition si le château Carmin peut t'être d'une quelconque utilité.

Je le remerciai et retirai ma main du bassin. Une légère pulsion d'énergie nacrée dans mes doigts suffit pour rétablir la chaleur que m'avait volée l'eau. Mes pensées s'entrechoquaient et je n'étais pas plus avancée sur la marche à suivre pour affronter la menace posée par Giliel.

Mes pas me menèrent vers la surface, et le reste de l'après-midi fut consacré à remplir mes fonctions machinalement. Brenlir arriva en retard au repas du soir, et Gathar, le fils aîné de dame Morwen, accapara la conversation avec des questions sur l'entraînement des troupes. Le jeune homme serait un excellent meneur, vu l'esprit d'analyse dont il faisait preuve.

À la fin du repas, je m'excusai et montai les marches de la tour en direction de mes quartiers. Brenlir me ferait mander, s'il souhaitait discuter. Des éclats de voix attirèrent mon attention vers l'autre aile et, malgré ma lassitude, je ne m'arrêtai pas devant ma porte et poursuivis mon chemin jusqu'à celle des enfants. Le battant ouvert me laissait deviner Elidys, une des femmes de chambre, qui grondait les enfants.

— Vous ne pouvez pas taquiner mademoiselle Isona de la sorte. C'est une jeune femme et sa position demande le respect.

Jana était assise au bout de son lit, la mine renfrognée, tandis que Vyn terminait d'enfiler sa chemise de nuit.

— Elle a été dire au chef Opik qu'on avait brisé les pots dans la réserve, dit-il. C'étaient les chats. On s'est fait gronder pour rien.

— On a été privé de dessert, renchérit sa sœur.

Elidys mit le couvert sur les braises dans l'âtre et fit déplacer la fillette pour préparer son lit.

— Il importe peu qui a commencé. Je vous dis d'arrêter de lui chercher des poux.

Les enfants échangèrent un regard lourd de sous-entendus.

La femme de chambre arrêta sa tâche pour froncer les sourcils.

— Oui, madame, dirent-ils en cœur.

Elle hocha la tête, satisfaite, et termina de préparer le lit de Vyn. Jana se glissa sous les draps avec un regard oblique.

— Si papa avait été là, on n'aurait pas été disputé.

Elle avait parlé trop bas pour qu'Elidys l'entende, mais mon cœur se pinça à ses paroles. Leur père n'était pas en mesure d'être aussi présent qu'il l'aurait voulu, et c'était avant tout ma faute, parce que le rôle de maître d'armes était accaparant. Je poussai le battant et entrai dans la pièce. Le regard des enfants s'illumina tandis que la femme de chambre me saluait.

– Merci Elidys. Je vais les border.

Elle s'inclina, souhaita bonne nuit aux enfants et quitta la pièce. Je me dirigeai vers l'étagère et choisis un recueil de contes. Je connaissais chacune des histoires par cœur pour en avoir inventé quelques-unes moi-même. Le maître archiviste les avait consignés à ma demande et j'avais passé de longues heures à les lire à un petit Luan. La plupart des aventures mettaient en vedette un ménestrel un peu trop entreprenant. Même si une morale différente était mise de l'avant chaque fois, les récits restaient loufoques et légers.

Des exclamations ravies me parvinrent tandis que je retirais le livre de son perchoir. Je vins m'asseoir sur la chaise entre leurs deux lits et posai le volume sur mes cuisses. Je feuilletai quelques pages avant de jeter mon dévolu sur le conte de ce soir. Les mésaventures du petit ménestrel offraient toujours d'excellents points de réflexion, et avec un peu de chance, elles nous apporteraient un éclairage différent, aussi bien aux enfants qu'à moi.

# CHAPITRE 8
## Brenlir

La soirée s'était éternisée, et lorsque j'avais enfin pu me libérer, Dariane avait disparu. J'avais préféré ne pas faire appel au joyau ou à Gryff pour la retrouver. Ce fut Gia, sa femme de chambre, qui m'informa qu'elle s'était retirée pour la nuit. Mes coups à sa porte étaient restés sans réponse. Je pris la direction de mes quartiers, heureux d'avoir le temps de souhaiter bonne nuit aux enfants, mais la voix de la précieuse m'arrêta à quelques pas de la porte.

— Il ne l'a pas fait exprès, dit-elle. Mais après une telle chute, le pain était bel et bien gâché, tout aplati et sans espoir de reprendre sa forme initiale. Il eut beau souffler et secouer, rien n'y fit.

— Il aurait pu le plonger dans l'eau, suggéra Jana. J'ai vu un marmiton tremper une miche sèche avant de la remettre au four. Elle était aussi bonne que le matin de sa cuisson.

— Ça aurait fait de la purée de pain, bêta, dit la voix de Vyn.

Dariane reprit l'histoire, tandis que le petit ménestrel allait voler une miche de pain à un boulanger pour remplacer celui de la fermière. Je fermai les yeux et me laissai bercer par les rires des enfants. Ce son me fit oublier les difficultés de la journée. J'aurais pu rester des heures ainsi à les écouter. Une bouffée de tendresse me remonta la poitrine de savoir que Dariane avait dégagé du temps pour leur lire une histoire.

Puis le poids des responsabilités me tomba sur les épaules comme un manteau de fourrure mouillée; lourde et inconfortable. Grâce à mon rôle de maître d'armes, de nombreuses personnes prenaient le relais pour s'occuper de mes enfants. Sauf que je ne pouvais chasser la réflexion persistante que, sans ce rôle, je serais en mesure d'être plus présent pour eux. Le rire de Dariane flotta jusqu'à mes oreilles, tel le chant d'une sirène.

Ou peut-être n'étais-je pas assez dévoué à mon rôle de père? Car la précieuse avait un horaire aussi chargé que le mien, sinon plus, et elle trouvait toujours un peu de temps pour mes enfants. Était-ce la preuve de la force de son amour pour eux, ou alors celle de mon incapacité à conjuguer mes différentes fonctions? Une vague de tristesse me balaya la poitrine et je fermai les yeux, une main sur le mur pour éviter de tomber à genoux.

Vyn et Jana s'exclamèrent bruyamment pour encourager le petit ménestrel qui surmontait les derniers obstacles sur sa route. L'histoire se conclut alors que le garçon réparait ses torts auprès de ses deux victimes.

— Pourquoi les excuses ne fonctionnent-elles pas toujours? On s'est excusé auprès d'Isona, mais Elidys nous a quand même sermonnés.

Je m'avançai en silence pour voir Dariane et les enfants par l'ouverture. Elle soupira, les mains à plat sur la couverture du recueil. Malgré la journée éreintante qu'elle avait eue, son apparence était aussi impeccable que ce matin, avec un sourire sincère et un regard tendre pour les enfants.

— Il n'est pas plus aisé de s'excuser que de pardonner, expliqua-t-elle avec patience. Les deux actes doivent venir d'un sentiment honnête. Si vos paroles sont creuses, les autres le sentent. Et puis, si on s'excuse, mais qu'on sait pertinemment qu'on va recommencer, que valent nos paroles?

Les enfants échangèrent un regard et Jana fit la moue.

– Est-ce qu'on doit promettre de ne plus recommencer? demanda Vyn.

– On ne promet que ce que l'on est certain de pouvoir tenir, insista Dariane. Vous pouvez promettre de faire un effort, ce serait déjà bien. J'ai dû faire la même chose aujourd'hui, avec les Sylphes.

Jana ouvrit de grands yeux.

– Ils t'ont joué un vilain tour par le passé?

La précieuse acquiesça.

– C'était il y a longtemps. Ils sont venus présenter leurs excuses, mais comme le ménestrel, j'ai fait ma part de bêtises pour envenimer les choses. J'ai promis à votre père et à dame Morwen de faire un effort.

Un sourire étira mes lèvres en entendant les enfants s'extasier devant cette application pratique de la leçon du jour. Mon cœur se comprima de gratitude, d'une part pour l'authenticité dont Dariane faisait preuve envers mes enfants, mais aussi pour la chance que j'avais d'être à ses côtés pour veiller sur le château Nacré.

Un bruit attira mon attention à l'autre extrémité du couloir et je vis un page avec une missive en main. Son souffle était court et il cherchait quelqu'un de toute évidence. Sûrement la précieuse. Ne voulant pas voir ce moment interrompu, autant pour mes enfants que pour Dariane, j'avançai à sa rencontre et lui fis signe d'arrêter.

– Un message pour Dariane, confirma-t-il.

– Elle est occupée, mais je la verrai dès qu'elle se libère. Je le lui transmettrai, dis-je en tendant la main vers le parchemin roulé.

Le jeune homme hésita une fraction de seconde avant de me le donner.

– Le sénéchal Namir m'a demandé de préciser qu'il y a une vingtaine de cas supplémentaires de fièvre au port.

Satisfait d'avoir livré sa missive, il tourna les talons et repartit au petit trot dans l'autre direction. Perplexe, je brisai le sceau et parcourus le message des yeux. Namir y rapportait des incidents que le sénéchal Faboren avait passés sous silence. La liste des problèmes en ville était bien plus importante que ce que justifiait le festival. Ce genre d'événements générait toujours son lot d'incidents : incendies mineurs, bagarres, bris d'équipement et ainsi de suite. Nous étions plutôt dans la catégorie des événements catastrophiques.

Je dévalai les marches deux par deux jusqu'à la garnison. Le soldat de garde bondit sur ses pieds à ma vue, mais je passai en coup de vent pour atteindre la pièce suivante. L'escouade qui prendrait la prochaine ronde était dans la salle de repos, les soldats occupés à nettoyer et préparer leur arsenal. Je fis signe au plus près.

— Fais mander les capitaines. Je les veux tous dans la salle des stratèges d'ici la prochaine heure.

Il me répondit d'un salut martial avant de recruter ses collègues à la tâche. Je traversai les baraquements pour atteindre la pièce au fond. Une table ovale occupait le centre tandis que les surfaces étaient ornées de cartes. Un pigeonnier couvrait le mur du fond pour accueillir les rapports de mission et autres missives. Je sortis les documents des dernières semaines et commençai à recouper les informations avec la lettre interceptée plus tôt.

La gravité de la situation m'avait éludé, probablement vu la nature anodine de chacun des faits pris de façon isolée. Sans compter les réserves de ma précieuse à me faire part de ses préoccupations. En compilant les incidents, aussi bien dans le temps que sur l'ensemble du territoire, un portrait bien différent se dessinait. Dariane refusait peut-être de me demander mon aide, mais moi je refusais de rester les bras croisés à regarder le château courir à la catastrophe.

Mes capitaines arrivèrent un à un. Sachant que j'attendrais qu'ils soient tous présents pour donner des explications, ils prirent connaissance des documents éparpillés sur la table. D'autres rapports vinrent rejoindre ceux que j'avais déjà ciblés au fur et à mesure qu'ils comprenaient la nature du problème. Caedric arriva le dernier et ferma la porte derrière lui. Il se posta face à moi et sourcilla à la vue de notre travail. Je me redressai et laissai mon regard parcourir les six hommes et femmes regroupés autour de la table. Ma confiance en eux était totale et je les savais dévoués. Par chance, car la suite allait être difficile.

– Je ne crois pas aux coïncidences. Nous sommes devant une série de faits trop variés et étendus pour les écarter.

– Et ça remonte à plus loin que l'arrivée des Sylphes sur notre territoire, souligna Fleya avec une mine renfrognée.

J'acquiesçai et pointai les rapports les plus anciens.

– Il y a indéniablement une escalade au cours de la dernière année.

– Est-ce que ça pourrait être des étrangers qui cherchent à nous nuire de l'intérieur avant de lancer une offensive? Ou alors le début d'une insurrection? demanda Caedric.

Des regards s'échangèrent autour de la table. La frustration bouillonna dans ma poitrine à l'idée que mes pouvoirs de maître d'armes auraient dû me permettre de déceler l'arrivée d'agents étrangers. Puis je me remémorai la vision fournie par le joyau : Dariane était au cœur de ce problème. Je secouai la tête.

– Pas une insurrection, mais peut-être des gens insatisfaits. Notre précieuse a déployé énormément de ressources pour minimiser les conséquences de ces incidents. Je n'avais pas saisi l'ampleur de la situation avant ce soir. Les choses doivent changer : nous devons prévenir plutôt que réagir.

Les heures suivantes furent passées à élaborer des plans pour bonifier la sécurité du bourg, offrir du soutien aux habitants, diminuer les risques de violence et améliorer les canaux de communication. La lune était basse à l'horizon lorsque je laissai mes capitaines regagner leurs lits. J'aurais pu choisir la simplicité et utiliser la couche qui m'était réservée dans la garnison, mais je voulais être présent au réveil de mes enfants.

Je montai les escaliers le plus silencieusement possible. Mes pas s'arrêtèrent devant la porte de Dariane, car je savais qu'elle dormait peu et qu'il était probable qu'elle soit éveillée malgré l'heure tardive. Je posai la main sur l'éclat nacré de mon épée. La magie s'étira avec lenteur et la connexion se fit en douceur, signe que la précieuse était profondément endormie.

Une prise de conscience s'imposa à moi : si notre lien pouvait s'établir avec autant de facilité lorsqu'elle était assoupie, c'était signe qu'elle jouait un rôle actif dans la tension entre nous. Ma détermination se cristallisa. J'allais obliger Dariane à se rendre à l'évidence : nous pouvions être plus que la somme de deux parties. Sauf que la force n'était pas de mise, et ce changement allait devoir venir d'elle. La journée du lendemain s'annonçait être riche en émotions.

# CHAPITRE 9

## Dariane

J'avais trouvé refuge dans les archives lorsque Luan me rejoignit. L'endroit était désert en raison de la pause matinale et j'étais soulagée de jouir d'un peu de solitude. Dame Morwen avait invité les Sylphes à prendre le thé et à se promener dans les jardins. J'avais prétexté un empêchement pour m'y soustraire.

L'histoire racontée aux enfants la veille avait mis en lumière que j'avais encore quelques nœuds à défaire de mon côté avant de pouvoir regarder nos visiteurs en face et leur offrir des excuses sincères. J'avais espéré que les archives de l'époque de lord Wex m'apporteraient un quelconque éclairage quant au moment charnière dans le conflit avec les Sylphes. À quelle étape avions-nous passé de relations politiques tendues à des affrontements armés? Même si j'avais moi-même vécu ces événements, certains jours se perdaient dans le brouillard alors que d'autres étaient d'une clarté mordante.

L'élément déclencheur de nos problèmes était facile à identifier : en l'an cent-trente, nous avions accueilli une délégation sylphe en nos murs au moment même où j'étais à la recherche d'un nouveau maître d'armes. En quelques secondes, le joyau avait jeté son dévolu sur Zand : diplomatique, charismatique et compétent. Un profil identique à celui de Brenlir. Sauf que Zand était le consul de la nation sylphe. Ce rôle et celui de maître d'armes étaient inconciliables.

Son refus aurait été difficile à essuyer, mais pas impossible. La situation s'était envenimée lorsque l'Aînée qui accompagnait la délégation, Ikaria, avait décidé d'entraver mon libre arbitre pour m'empêcher de communier avec les Hommes de sang, espérant libérer du même coup Zand de l'appel du joyau.

Le capitaine Kove avait bondi sur elle, arme au poing. Pour me défendre, pour protéger notre château, pour préserver notre mode de vie. Zand s'était interposé et l'avait passé au fil de l'épée.

La perte d'un de mes habitants est toujours empreinte d'une grande tristesse. Dans ce cas-ci, Kove avait été mon ami et mon amant, jusqu'à ce que son désir d'être le nouveau maître d'armes m'ait obligé à prendre mes distances. Mon affection pour lui avait été sincère, mais son ambition avait semblé occulter ses sentiments pour moi. J'avais jugé plus sage de laisser passer la succession à ce poste, souhaitant être équitable envers tous les candidats.

La soudaineté et la violence de la mort de Kove m'avaient ébranlée, d'autant qu'Ikaria venait tout juste d'essayer de m'arracher aux miens. Mon seigneur de l'époque avait réagi sans attendre : la tradition demandait qu'une vie soit exigée en réparation pour essuyer l'affront diplomatique. Impossible de choisir l'Aînée, qui devait assurer les rites de passation des pouvoirs du consul, ou encore Syviis, la fille de Zand et l'héritière du titre de consul. Le reste de la délégation avait été constituée de gardes du corps, et leur mort n'aurait pas suffi pour contrebalancer la perte du capitaine Kove.

Zand avait fait le seul choix possible : il avait offert sa vie pour sauver celles des siens.

En théorie, la naissance du conflit et sa résolution s'étaient enchaînées en l'espace de quelques heures. Sauf que cinq ans plus tard, les châteaux avaient déclaré la guerre aux Sylphes. Au cours de cette période, les événements s'étaient succédé pour exacerber l'animosité entre nos deux nations. J'avais la conviction que si je pouvais identifier la progression de nos différends, alors je saurais exactement ce pour quoi je devais leur demander pardon. Car la mort de Zand avait été ordonnée par mon seigneur, et ce, malgré mes objections. Je pouvais leur exprimer mes regrets les plus sincères, mais leur demander pardon pour ce funeste incident ne ferait que brouiller les cartes.

Après avoir épluché plusieurs tomes des chroniques, je n'avais récolté qu'une bonne dose de frustration. Quelques minutes plus tôt, Luan s'était glissé entre les rayons, silencieux. Je m'étais attendue à ce qu'il vienne me parler, mais il se contentait de flâner, les mains dans les poches. Je soupirai et refermai l'ouvrage que je venais de terminer.

– Tu peux te joindre à moi, au lieu de m'ignorer. Même chose pour toi, Sanika.

L'apprentie apparut de l'autre côté d'une étagère avec une expression coupable. Le ménestrel la salua d'une courbette exagérée.

– Je suis ravie de te retrouver, scribe. Ton intervention avait été fort appréciée au château Violet.

Elle lui sourit et s'arrêta devant ma table de travail. Elle y déposa un petit fascicule qu'elle poussa vers moi.

– Celui-ci vous intéressa peut-être.

Je haussai un sourcil inquisiteur et elle croisa les mains dans son dos.

– J'ai vu les titres que vous avez consultés, expliqua-t-elle. Maître Brenlir est aussi venu parcourir les archives de la même époque.

Mes épaules se crispèrent sous l'effet de la surprise. Qu'est-ce que mon maître d'armes était venu chercher? Avait-il compris que les difficultés auxquelles nous faisions face n'avaient rien d'anodin? J'aurais dû me douter qu'il serait assez perspicace pour y voir clair malgré ma discrétion. Un frisson d'appréhension me traversa à l'idée qu'il découvre à quel point j'avais perdu le contrôle des racines du joyau. Sanika s'était détournée pour attraper un mince carnet, sous le regard curieux de Luan, et j'en profitai pour remettre de l'ordre dans mes émotions. Elle feuilleta les pages avant de me présenter l'ouvrage.

– Le maître archiviste a écrit un appendice concernant cette période. Je ne l'ai trouvé qu'après le départ du maître d'armes. Le texte est plutôt bref, mais il apporte des nuances importantes aux événements chroniqués.

Ma main se tendit d'elle-même et se figea au-dessus de la couverture en cuir; j'étais soudain craintive à l'idée de ce que j'y apprendrais. Je levai les yeux vers Sanika et avalai avec difficulté.

– L'as-tu lu?

Elle hocha la tête, et comme si elle devinait mon trouble, elle reprit le document pour le feuilleter.

– C'est un essai sur la psyché des précieux et des précieuses. Les événements cités sont peu développés, mais il parle de traumatismes et de blessures émotionnelles. Il y fait la comparaison de la nature humaine et de la vôtre en remontant aussi loin que la chute du joyau jaune. Ses conclusions me semblent justes. J'ai l'impression que lord Wex partageait son opinion, mais qu'il en a tiré une interprétation différente.

Je me reculai dans ma chaise, confuse.

– Que veux-tu dire?

Elle lança un rapide coup d'œil à Luan et ce dernier lui offrit un sourire rassurant. Elle prit une bonne inspiration et me fit face.

– Lord Wex pensait qu'en éliminant la présence des Sylphes dans la région, tu pourrais te remettre du choc, que tu te sentirais plus en sécurité.

– Pourquoi aurait-il pensé une chose pareille?

Elle tapota le fascicule.

– Il y est dit qu'un changement s'est opéré à ce moment : l'énergie du joyau s'est mise à circuler différemment après le décès du consul Zand.

Je fermai les yeux pour contrer la pulsation douloureuse à mes tempes.

– Tu veux dire son exécution.

Le silence accueillit mon intervention et je me concentrai sur ma respiration pour refouler la peine qui menaçait de prendre le dessus.

– J'ai une théorie, dit Luan.

Je rouvris les paupières et tournai la tête vers mon pupille. J'aurais droit à son opinion, que je le veuille ou non, aussi agitai-je une main pour l'inviter à parler.

– Au cours des dernières années, je me suis rendu dans tous les châteaux, sauf le Vert. Trop loin, trop froid. Quelle horreur, ajouta-t-il avant de s'ébrouer. Ce que je veux dire, c'est que j'ai pu observer les différents tempéraments des précieux. Tu as toujours exercé un contrôle draconien sur ton environnement. Biljana est méthodique au point de rivaliser avec un de ces pendules fabriqués par les magiciens du Sud, mais elle est loin de se comparer à ta rigueur.

Je croisai les bras, loin d'apprécier la direction que prenait son intervention.

– Viens-en aux faits.

– Tu as utilisé cette forme de contrôle pour vivre ton deuil de cette terrible journée, celle où tu as perdu ton capitaine, ton futur maître d'armes et tout espoir de relations cordiales avec les Sylphes.

– Ce n'était pas « mon » capitaine.

Il écarta les bras.

– Voilà la preuve, s'il en faut une, de ta propre censure.

– La justesse des termes importe, contrai-je.

Sanika se tordit les mains.

– Se pourrait-il que vous ayez entravé la distribution de l'énergie? Pour vous protéger? Les conséquences auraient été imperceptibles. Jusqu'à ce qu'un événement récent mette en lumière cette perturbation. Les séquelles ont pris de l'ampleur pour atteindre une masse critique, ce qui expliquerait les contrecoups que nous vivons aujourd'hui.

Je lançai un regard accusateur à Luan

– Ta discrétion n'est plus ce qu'elle était.

L'apprentie secoua la tête.

– Il ne m'a rien dit. Les gens parlent devant les archivistes, en passant des marmitons aux capitaines. Dame Morwen, maître Brenlir, et toi; vous avez tous effectué des recherches dans la même veine. J'ai tiré mes propres conclusions. L'équilibre a été bousculé en l'an cent trente, et les effets se font encore sentir. Sauf que les rapports d'incidents étaient plutôt maigres, jusqu'à la dernière décennie.

Je lissai mes jupes d'une main distraite. Les perturbations avaient-elles commencé à ce moment, ou plus tôt? La chute du château Jaune, une cinquante d'années avant la Guerre des Sylphes, avait causé elle aussi beaucoup de remous. Sanika avait parlé d'un événement récent. J'avalai avec difficulté en songeant à Brenlir et à son entrée en fonction, à la connexion défectueuse entre nous.

– Alors, je devrais relâcher ma prise, selon vous?

Sanika grimaça.

– Nous archivistes sommes tous obsédés à un niveau ou à un autre par l'ordre et la rigueur. Je suis bien placée pour comprendre que ce soit une demande farfelue. Vous pourriez toutefois, je ne sais pas, vous ouvrir à nouveau, laisser entrer un peu de chaos.

Je clignai des yeux, sceptique, et elle haussa les épaules avec un sourire pincé. Luan attrapa une plume sur la table et la fit tournoyer entre ses doigts.

– Se pourrait-il que tu aies emmuré ton cœur après le décès du capitaine Kove?

Je détournai la tête comme une explosion d'émotions contradictoires me criblait la poitrine.

Des mains se posèrent sur les miennes et je baissai les yeux pour voir que Luan s'était agenouillé devant moi, son visage empreint de compassion.

– Tu as créé une digue pour contenir tes sentiments, sauf que c'est l'énergie du joyau qui en souffre. Et probablement Brenlir aussi, si je ne m'abuse.

J'allais retirer mes mains et nier ses suppositions, mais il me prit de vitesse, ses doigts se refermant sur les miens, avec un regard implorant.

– Tu n'as pas besoin de lui faire de déclaration solennelle. Il s'agit simplement de démanteler le barrage que tu as érigé autour de toi et du joyau.

Ma bouche était si sèche que j'étais incapable de répondre. Présentée de la sorte, la solution semblait facile. C'était sans compter l'aplomb perpétuel de mon maître d'armes. Il ne laissait jamais voir la moindre faille, aussi aurais-je été bien en peine d'ouvrir une discussion sur le sujet. Comment faire les premiers pas, surtout après dix ans de statu quo? Avec une dernière pression, Luan lâcha mes mains et se remit sur pieds. À la table de travail, Sanika feuilletait un recueil, faisant mine de nous donner un brin d'intimité. Je clignai des yeux à quelques reprises et inspirai profondément. Les mots ne me venaient toujours pas et je secouai la tête de dépit. Luan agita une main, comme pour chasser ces questions trop douloureuses.

– J'ai discuté avec Gia, et il y a une personne que tu aurais intérêt à rencontrer, dit-il. Cette personne prétend avoir trouvé le point commun entre les différents problèmes qui t'accablent. Elle est restée vague sur ses découvertes, mais elle a mentionné que c'était lié au joyau.

Mes mâchoires se contractèrent à l'idée que quelqu'un d'autre que moi en savait plus sur le joyau. Un haussement de sourcil de Luan me fit prendre une bonne inspiration avant d'acquiescer.

— Bien, où est ce témoin?

Le ménestrel s'inclina avec un sourire.

— Je te l'amène demain à la première heure.

Je me relevai et replaçai les plis da ma jupe. Je fis face à Sanika.

— Merci de ton temps et ta... contribution à mes réflexions. Je ne manquerai pas de transmettre mon appréciation à maître Ofor.

Ses joues prirent une teinte rosée et elle exécuta une rapide révérence. Je pointai Luan du doigt.

— Sois sage dans l'intérim.

Il mit une main sur son cœur et ouvrit de grands yeux.

— Je fais toujours de mon mieux.

Je secouai la tête avec un sourire amusé et traversai les rayons. J'empruntai les escaliers, plutôt que d'utiliser la voie des pierres, pour me donner le temps de réfléchir. Je ne pouvais pas nier ma *tendance* à tout contrôler. L'idée de changer de façon de faire était à la fois effrayante et intrigante. Un ancien maître archiviste fort réputé avait eu pour maxime que les gens qui s'encarcanaient dans des méthodes inefficaces étaient voués à l'échec, peu importe le temps et l'effort qu'ils déployaient.

Arrivée au bas des marches, je fermai les yeux et étendis ma conscience. Les racines du joyau pulsaient, et une douleur fantôme rôdait en marge de ma perception. Si je l'ignorais, j'étais en mesure de fonctionner normalement, mais dès que je me tournais vers elle, la sensation enflait pour devenir omniprésente. Je lui tournai le dos résolument et envoyai des filaments d'énergie en quête des gens qui m'intéressaient.

Je situai Brenlir dans le jardin des simargs, et un frisson me remonta le dos, à la fois du soulagement de le savoir bien portant et de la frustration que nos liens soient si tendus. Dame Morwen était dans son étude où elle passait en revue les livres de comptabilité avec l'intendant Banut. Je poussai plus loin et trouvai les Sylphes dans le bourg. Ils étaient éparpillés à quelques coins de rue les uns des autres, mais je pouvais les localiser avec précision. C'était peut-être un signe que je devais faire les premiers pas.

Une seule pensée suffit pour que les pavés s'ouvrent et que les courants du joyau m'accueillent en leur sein. Je tirai sur l'énergie nacrée pour me propulser jusqu'aux grandes volières. Lors de la visite fatidique de Syviis et de son père, l'endroit n'avait été qu'un vaste chantier. J'avais dû intervenir pour stabiliser les fondations, et Syviis m'y avait rejoint, nous donnant l'occasion d'échanger en toute quiétude, loin des regards de nos entourages respectifs. C'étaient quelques heures avant que son père ne connaisse une fin tragique.

J'émergeai sur un sentier secondaire de la volière. Au-dessus de ma tête, la structure s'élevait à plusieurs mètres pour créer un faîte en clocher. Le toit nous protégeait des intempéries, mais les cloisons latérales laissaient passer la brise. Les premières floraisons printanières embaumaient l'air de leur parfum et le chant des oiseaux couvrait le va-et-vient des travailleurs. Les arbres étaient taillés avec soin pour dégager la toiture, et leurs frondaisons étaient si denses qu'on aurait pu se croire en pleine forêt. Une jeune femme se releva du parterre non loin, les doigts noircis par le terreau frais. Elle sourit en me reconnaissant, agita une main et reprit son travail de désherbage.

Je fis quelques pas vers l'intersection suivante et vis celle que je cherchais. Syviis avait la tête jetée vers l'arrière pour suivre la progression d'un oiseau au plumage bleu vif. Les plumes de la crête étaient particulièrement impressionnantes, avec leur dégradé tirant sur le rose. Elle tourna la tête vers moi et me sourit. Je pris l'invitation pour ce qu'elle était et la rejoignis.

– Je n'avais jamais vu de tels spécimens, dit-elle.

J'acquiesçai et suivis son regard vers la branche où la femelle venait de rejoindre l'oiseau bleu.

– Au moins une de ces races est éteinte, à ma connaissance, dis-je. Les marchands du Sud en ont trop capturés pour leur plumage.

Je pointai un autre oiseau aux plumes d'un rouge intense et parfaitement uniforme.

– Ceux-ci ont modifié leur lieu de nidification au fil des ans et on ne les trouve nulle part ailleurs qu'à l'est du château Bleu.

Un sourire ravi étira les lèvres de Syviis.

– Donc cette volière n'est pas que commerciale, c'est aussi un sanctuaire. La preuve que le temps change les choses.

Je lui rendis son sourire, même si la crispation dans mes épaules ne me quittait pas. Le gouffre qui nous séparait était si simple à franchir, mais ce saut vers l'inconnu m'effrayait. Un grincement nous fit tourner la tête vers l'extrémité du sentier. Un jardinier poussait une brouette chargée de pots et d'outils. Son regard se posa sur nous et il ouvrit de grands yeux. Je m'écartai pour le laisser passer avec un sourire poli. Il inclina la tête pour nous saluer et murmura des excuses. Lorsque le bruit de ses pas se fut éteint, je tendis une main et lançai un filet d'énergie en guise d'encouragement. Un petit oiseau aux ailes brunes et au ventre d'un jaune criard vint s'y poser. Il tourna la tête d'un côté et de l'autre, comme s'il nous invitait à l'admirer.

– Je me souviens de la première conversation que nous avons eue, à quelques mètres à peine d'ici, commençai-je. J'avais été impressionnée par ta vivacité et ta curiosité intellectuelle.

Syviis ouvrit sa paume et l'oiseau sautilla pour changer de perchoir. Elle murmura une bénédiction sylphe, et l'oiseau trilla avant de reprendre son envol dans un bruissement d'ailes.

– Déjà à ce moment, je me sentais coupable à l'idée de te priver du mentorat de ton père, repris-je. Ce n'est pas une excuse, mais l'appel du joyau était si fort qu'il m'a aveuglé aux autres considérations.

Elle leva la tête vers les frondaisons et plissa les lèvres.

– Je crois que mon père aurait aimé accepter ton offre. C'était une de raisons pour laquelle l'Aînée Ikaria était aussi furieuse, ajouta-t-elle avec tristesse.

Un fourmillement désagréable m'enserra la nuque au souvenir de la Sylphe qui avait tenté de me couper de mes gens. Syviis haussa un sourcil, son regard scrutant mon visage.

– Elle est morte peu de temps après, tu sais. Nombreux ont supposé que le chagrin de perdre Zand l'a emportée, mais je pense que c'était la culpabilité. Elle savait que son agression avait été infondée.

Mes sourcils grimpèrent en haut de mon front malgré moi devant cet aveu. Je secouai la tête, sceptique.

– Sa colère était si forte, je ne l'aurais pas cru capable d'exprimer des regrets.

Syviis acquiesça.

– Cette leçon a influencé toutes mes décisions suivantes. La guerre était inexorable à ce point de l'histoire, mais je ne pouvais pas oublier que les remords avaient tué Ikaria. Je refuse de finir de la même façon.

Regrets ou remords; peine et douleurs. Je ne voulais pas non plus de ce fardeau. Déjà ma poitrine se comprimait à l'idée de tout ce qui n'allait pas sur les terres du château Nacré. Syviis s'accroupit et posa les mains autour d'une plante au sol. La pointe des feuilles était jaunie et sèche. Elle ferma les yeux et je sentis le pouvoir de la terre frémir et l'énergie affluer. Elle se redressa avec un sourire satisfait. La plante n'avait pas changé d'apparence, mais je sentais la vie revenir en elle.

– Tu as toujours eu cette aura majestueuse, reprit-elle d'une voix songeuse. Je t'enviais cette prestance qui semblait te venir si facilement. Les années m'ont appris que l'image que l'on projette est rarement le reflet de notre agitation intérieure. Comme dirigeante d'un peuple en déclin, j'ai eu mon lot de choix déchirants.

– Tu étais si jeune lorsque tu as assumé les fonctions de consul.

Sa grimace amusée me prit par surprise.

– En temps normal, je devrais déjà préparer mon successeur, mais je suis encore dans la force de l'âge. Au départ, j'ai regretté d'avoir à mener un mandat aussi long. Puis j'ai réalisé que c'était ma chance de rétablir les erreurs de mes premières années. Je veux léguer une terre florissante à mes enfants, dit-elle d'une voix pleine d'espoirs. Et je suis convaincue que ce ne sera possible qu'en collaborant avec les châteaux.

La surprise me laissa sans mots. Ce discours était un revirement complet par rapport à mes dernières interactions avec les délégués sylphes. J'avalai avec difficulté. Si les Sylphes pouvaient passer par-dessus tous les torts que nous leur avions infligés, je devais être capable d'en faire de même et de leur offrir notre coopération.

— Tu as déjà comparé les précieux et les précieuses à des enfants à qui la sagesse fait défaut, commençai-je.

Elle pinça les lèvres avec un regard contrit.

— Et tu m'as répondu que tu croyais que plus tu gagnais en sagesse, plus le joyau pouvait prendre de l'expansion.

Elle écarta les bras pour désigner tout ce qui nous entourait.

— Ta sagesse rivale certainement celle de nos Anciens.

Mon nez se retroussa de lui-même en une grimace et Syviis éclata de rire.

— Je te laisse en être la juge, dis-je. Mais je serais honorée de suivre tes pas sur le chemin de la réconciliation.

Elle acquiesça et me tendit ses mains. Je les pris dans les miennes et l'énergie du joyau tourbillonna gaiement sous nos pieds. La tension dans ma poitrine se relâcha, et une mesure d'espoir me revint. Nous étions sur la bonne voie.

# CHAPITRE 10
## Brenlir

Les banquets n'étaient pas mes occasions préférées, mais les Sylphes étaient de nature conviviale et la soirée avait pris une tournure festive. Le repas avait été un mélange culturel orchestré de concert par Rowara et notre chef Opik. Des éclats de voix avaient tonné tout l'après-midi depuis les cuisines, mais le cuisinier caractériel était sorti nous présenter son menu avec fierté. Le sourire de la Sylphe semblait indélogeable, aussi avais-je mis de côté mes inquiétudes quant à leur association.

Aussitôt les tables débarrassées, Bela, notre ménestrelle en résidence, avait pris place devant l'âtre avec sa guitare. Les enfants s'étaient rués vers elle, Jana et Vyn parmi eux, pour danser la farandole. La fatigue de la journée s'envola juste à les regarder virevolter, le visage illuminé par le plaisir. Mon cœur se pinça en songeant à tous ces petits instants auxquels Safie ne goûterait jamais, et j'étais résolu de les savourer pour nous deux.

Des fûts et des cruches n'avaient pas tardé à faire leur apparition sur les tables. Quelques verres plus tard, les adultes avaient rejoint les plus jeunes sur l'aire de danse. Luan en avait profité pour sauter sur une table et lancer un défi à la ménestrelle. Les deux musiciens se donnaient la réplique en musique, pour le plus grand plaisir de tous.

J'étais adossé à une colonnade, mon capitaine Caedric à mes côtés. Même avec le nez dans sa chope, ses yeux parcourraient la salle sans répit. Je terminai la dernière gorgée de mon vin et déposai mon verre à regret. C'était peut-être soir de festivités, mais je refusais de compromettre ma vigilance.

– On dirait qu'elle attend que le plafond lui tombe sur la tête, marmonna-t-il.

Je suivis la direction de son regard pour voir Dariane toujours assise, le dos rigide. Son attention suivait les danseurs et elle tapait des mains en rythme. Selon toutes apparences, elle profitait de sa soirée, mais Caedric avait raison. La précieuse avait les traits tirés et le teint pâle, son sourire un peu trop crispé.

– A-t-elle encore reçu des rapports alarmants? demandai-je.

Il hocha la tête, la bouche pincée.

– Rien que nos propres rapports n'aient pas confirmé, mais elle n'en a pas glissé un mot à qui que ce soit.

– Qu'a dit Gia?

Son haussement d'épaules confirma mes doutes avant même qu'il réponde :

– Elle est fidèle à sa maîtresse, mais elle s'inquiète aussi.

Le tempo de la musique accéléra tandis que les ménestrels se tournaient autour. Les cris et les rires fusèrent de la piste de danse, les danseurs ravis par ce duel impromptu. Le maître des écuries s'arrêta devant Dariane et s'inclina. Kalen était tout en jambes, élancé et agile; une combinaison parfaite pour un cavalier. Il tendit une main vers la précieuse, pour l'inviter à danser, mais elle secoua la tête. Ce dernier excellait avec les chevaux les plus rétifs, principalement grâce à sa patience et à sa force de caractère. Aussi, je ne fus pas surpris qu'il ne se laisse pas démonter par cette rebuffade. Il prononça quelques paroles, sa main suspendue entre eux. Dariane finit par sourire et accepter son invitation.

Mon cœur se mit à battre à tout rompre. J'avais déjà essayé de l'inviter à danser au fil des années, parfois même sur l'insistance de Safie qui n'avait pas manqué de remarquer nos relations tendues. Pas une seule fois Dariane n'avait cédé, ni aux invitations de personne d'autre d'ailleurs. Ce détail avait été mon unique réconfort. Qu'est-ce qui avait bien pu la pousser à accepter l'offre de Kalen?

Une sensation de brûlure se répandit dans ma poitrine. Avec consternation, je reconnus cette émotion : la jalousie. Il m'était facile d'accepter son rejet alors que mes responsabilités consumaient mes journées entières. D'autant que mes seules occasions d'être près d'elle se résumaient à nos échanges au sujet du château. Toutes ces années passées à faire de mon mieux pour obtenir son approbation, à respecter la distance qu'elle avait instaurée entre nous, à devenir le meilleur combattant et le stratège le plus réputé de la garnison : mes efforts avaient-ils été en vain? Non sûrement pas, puisque ce dur labeur m'avait permis d'accomplir les fonctions de maître d'armes malgré ma connexion difficile au joyau. Malgré tout, on aurait dit que ce n'était pas suffisant pour la précieuse.

Kalen la fit virevolter au rythme de la musique et le sourire de Dariane était impossible à manquer. Ses pieds volaient presque au-dessus du sol, tant elle était gracieuse. Les mains du maître des écuries se posèrent sur sa taille et je dus détourner le regard. Si la précieuse devinait les sentiments qui faisaient rage en moi, elle aurait tôt fait d'imposer encore plus de distance entre nous. Cette idée m'était intolérable.

La chanson se termina et les ménestrels échangèrent quelques suggestions avant d'attaquer le morceau suivant. Kalen fit mine d'enchaîner, mais Dariane recula d'un pas avec un sourire d'excuse. Bon joueur, il s'inclina et partit à la recherche d'une nouvelle partenaire. Plutôt que de s'éloigner, Dariane resta en marge à observer les danseurs. Mon souffle se coinça dans ma gorge à l'idée qu'elle accepterait peut-être de danser avec un autre partenaire. À moins que je sois le premier à la rejoindre. Elle avait peut-être décliné mes demandes par le passé, mais vu la danse qu'elle venait de partager avec Kalen, elle serait peut-être d'humeur à considérer mon invitation.

– Garde l'œil ouvert, dis-je à Caedric. Je vais aller glisser quelques mots à Dariane.

Il leva sa chope en guise de salutation, une lueur amusée dans le regard, comme s'il savait que mon intention n'avait rien à voir avec les rapports d'incidents. Je lui tournai le dos, refusant de mordre à l'hameçon. Ce n'était après tout qu'une danse que je m'apprêtais à offrir à Dariane. Je longeai le périmètre de la salle pour atteindre l'endroit où elle se tenait.

J'étais encore à une dizaine de pas lorsque le regard de Dariane se posa sur moi. Mes mâchoires se crispèrent devant son expression méfiante, mais je tins le cap. À l'image de Kalen, je lui tendis la main, mais elle secoua la tête aussitôt.

– Juste une danse, insistai-je.

Son sourire d'excuse était parfaitement étudié lorsqu'elle me répondit :

– N'y vois pas de rebuffade; je crains que mon esprit ne soit pas aux festivités.

Je faillis tourner les talons – abandonner cette tentative futile –, mais la sensation de brûlure ressentie un peu plus tôt me garda cloué sur place.

– Je connais un moyen efficace pour soulager les esprits surmenés, lui dis-je avant de me raviser quant à la sagesse d'insister.

Elle fronça les sourcils et je vis la curiosité l'emporter. Sa main se glissa dans la mienne, délicate et chaude. La pression autour de ma poitrine se relâcha et je parvins à prendre une profonde inspiration. Le sourire aux lèvres, je l'entraînai vers le couloir. Elle me suivit en silence lorsque je bifurquai pour gravir les escaliers qui menaient aux remparts. Je poussai le battant et l'invitai à me précéder sur le chemin de ronde. D'une main sur le pommeau de mon épée, j'appelai la magie du joyau et visualisai Gryff dans mon esprit. Dariane fit quelques pas vers les créneaux avant de pivoter face à moi.

— Et bien?

Une vague d'admiration me balaya devant son expression altière. Même le vent ne pouvait déloger sa coiffe aux boucles d'un brun délicieusement chaud ou le pli parfait de ses robes qui épousaient ses courbes avec douceur. De nombreuses chansons avaient été composées pour célébrer la beauté de notre précieuse, mais aucune ne lui rendait réellement justice.

Le bruissement d'un battement d'ailes lui fit lever les yeux. Gryff tournoya au-dessus de nous avant de changer son angle d'approche. Je plissai les paupières pour me protéger de la fine poussière soulevée par les courants d'air. Dariane me jeta un coup d'œil suspicieux puis salua la simarg. Satisfaite par ces caresses, cette dernière étendit ses ailes et s'étira de tout son long pour enfin trotter jusqu'à moi.

— À quand remonte ta dernière chevauchée? demandai-je à Dariane.

— Trop longtemps, répondit-elle avec un soupir. Nous avons beau élargir l'équipe autour de dame Morwen, on dirait qu'il y a toujours plus à faire.

— N'est-ce pas plutôt toi qui en entreprends toujours plus?

Elle fronça les sourcils et je levai les mains pour l'apaiser.

— Je t'offre de profiter de quelques heures de détente.

Gryff lâcha un aboiement ravi et abaissa son épaule. Dariane se mordit la lèvre et allait reculer, mais j'étais juste derrière elle. Son dos entra en contact avec mon torse et je posai les mains sur sa taille pour la stabiliser. Le tissu de sa robe plissa sous mes doigts et la chaleur de sa peau traversa le fin matériel. Je savais que j'aurais dû m'éloigner une fois son équilibre rétabli, mais la sensation était si enivrante, que j'étais incapable de la relâcher. Je me penchai pour chuchoter à son oreille.

– Une chevauchée dans les nuages. Pour faire plaisir à Gryff.

Un frisson la secoua et je retins mon souffle dans l'attente de sa réponse. Elle hocha la tête et ses cheveux chatouillèrent ma joue. C'était aussi bien qu'elle me tourne le dos, car je ne pus réprimer mon sourire ravi. Je raffermis ma prise et la soulevai pour l'asseoir derrière l'échine de Gryff. Elle coinça le tissu de ses jupes sous ses cuisses pour éviter que le vent ne s'y engouffre.

Je pliai les genoux et me hissai derrière elle, prenant garde à ne pas l'accrocher. Une fois Dariane bien installée, j'enserrai sa taille de mes bas et effleurai doucement les flancs de la simarg avec mes talons. Ses ailes s'étendirent de chaque côté et elle fit quelques foulées avant de ramasser son poids pour se propulser dans les airs. Les muscles du dos s'activèrent et les battements prirent en puissance. Gryff grimpa en altitude et le vent rafraîchit au fur et à mesure que les remparts disparaissaient sous nos yeux.

Le bourg brillait de mille feux, avec des lanternes à chaque coin de rue. Des éclats de voix et des bribes de musique s'élevaient des carrefours tandis que le festival battait son plein. Le vent nous apportait l'odeur âcre des feux de camp et celle parfumée des grillades. Au-delà des murs d'enceinte, un énorme campement avait été érigé pour les marchands et les producteurs qui profitaient de cette occasion pour écouler leurs biens. Des dizaines de silhouettes se devinaient en contre-jour des flammes. Je repérai mes patrouilleurs postés aux endroits stratégiques. Gryff les salua d'un « wouf » étouffé, confirmant que tout était comme il se devait. Je la dirigeai vers l'intérieur des terres, en direction des forêts et des champs.

Au-dessus de nous, les nuages se séparèrent pour laisser place à un quartier de lune. Sa lumière baignait la campagne de reflets argentés. Les vallons s'étendaient à perte de vue. Sous mes bras, les côtes de Dariane se comprimèrent avant de relâcher un soupir de contentement. Elle me laissait rarement la toucher, et je savourai ce contact. La magie du joyau voyageait entre nous comme au jour où j'avais accepté mon rôle de maître d'armes. Je n'avais qu'à plisser des yeux pour percevoir l'énergie qui imprégnait les racines. Profondément enfouies dans le sol, elles s'étendaient aussi loin que portait le regard. Leur lumière contrastait avec celle de la lune, tout aussi blanche, mais aux reflets rose, vert et bleu.

Sauf que l'énergie semblait circuler avec peine. Je serrai les cuisses pour demander à Gryff de s'approcher du faîte des arbres. De plus près, je pouvais voir les courants nacrés se tordre et couler dans des directions conflictuelles, comme si l'énergie rebroussait chemin avant d'arriver au bout des racines. Devant moi, Dariane s'était détendue et avait appuyé sa tête sur mon épaule. Je n'osais pas lui poser de questions, de peur de provoquer son animosité. Je demandai à la simarg de reprendre de l'altitude et elle obtempéra à grands coups d'ailes. La montée plaqua Dariane un peu plus contre moi et je savourai ces instants volés, bien conscient qu'une fois revenue au sol, elle s'empresserait de remettre une distance convenable entre nous.

Nos fonctions nous laissaient si peu de temps pour profiter de la compagnie l'un de l'autre. Enfant, j'avais souvent misé sur l'inattention de mon instituteur pour lui rendre visite. Elle m'avait toujours accueilli avec un sourire. Grâce à elle, j'avais appris à jouer à la Bataille des rois et à développer mon sens de la stratégie. Ses conseils avaient changé ma façon d'aborder ma formation martiale. J'avais tout fait pour me montrer digne d'être à ses côtés.

Lorsque mon père avait réalisé que le temps n'avait pas estompé mon béguin d'adolescent, nous avions eu une longue discussion. Ses avertissements résonnaient encore à mes oreilles : mon amour ne me serait jamais rendu. Dariane était notre précieuse à tous; elle ne pourrait jamais être ma femme. Si je poursuivais sur cette route, je serais condamné à la solitude. J'avais été incapable de le rabrouer, car j'étais en mesure d'entendre la vérité dans ses propos, même si mon cœur refusait de se conformer à la raison.

Par la suite, j'avais courtisé Safie, une amie d'enfance que j'admirais pour sa fougue et sa franchise. Sa passion pour les chevaux l'avait amenée à devenir entraîneuse pour la cavalerie et, même si elle avait été une des meilleures, un poulain rétif avait ultimement causé sa mort. Mes souvenirs d'elle étaient imprégnés de son enthousiasme à relever de nouveaux défis. Son besoin de toucher avait été marquant et elle avait été démonstrative dans ses affections.

Tout l'opposé de la femme assise devant moi.

La mort de Safie m'avait laissé à la dérive, et jusqu'à ce que le joyau me donne un coup de pied figuratif au derrière, je n'avais pas su à quoi me raccrocher. Les échecs s'empilaient où que je me tourne : dans mes fonctions de maître d'armes aussi bien que dans mon rôle de père. La vision offerte par le joyau avait eu l'effet d'un seau d'eau froide au visage. Je savais maintenant que Dariane avait besoin de moi, et ce, au-delà de mes capacités de maître d'armes.

Au loin, les lumières s'éteignaient doucement, signe que la nuit était bien avancée. Je fis faire demi-tour à Gryff et lui demandai de se poser en haut d'une des tours d'angle du château. Le soldat de garde me salua d'un signe de tête avant de nous tourner le dos et de s'éloigner. Je mis pied à terre et tendis une main à Dariane. Elle s'en saisit et se laissa glisser au sol dans un geste gracieux.

J'étais incapable de reculer. Je voulais conserver le contact physique entre nous, faire perdurer l'échange d'énergie. J'avais la conviction que c'était ainsi que notre lien aurait dû fonctionner en permanence. Ses yeux azur trouvèrent les miens, son visage tourné vers moi. Une onde de chaleur infusa ma poitrine, comme si elle était le soleil qui perçait les sombres nuages des dernières années.

– Merci, dit-elle. J'avais oublié à quel point voler était agréable.

J'acquiesçai, une boule dans la gorge, incapable de répondre. Ma main se leva d'elle-même et mes doigts effleurèrent la courbe de sa joue. Elle ferma les yeux et inclina la tête pour accentuer le contact. Les battements de mon cœur s'accélérèrent.

– Tu mérites de profiter de ces instants de bonheur, chuchotai-je. Tes fonctions ne devraient pas t'en priver.

Elle rouvrit les paupières, le regard songeur.

– Et toi, ne mérites-tu pas d'être aux côtés de tes enfants?

Un éclair de douleur me traversa à la justesse de ses paroles.

– Je ne suis pas toujours la personne la plus indiquée pour les éduquer, confiai-je d'une voix rauque. Par chance, j'ai tout un château disposé à m'aider dans cette tâche. À condition que je puisse assurer sa pérennité.

Sa gorge se contracta alors qu'elle avalait avec difficulté. Je fis courir mes doigts sur la peau délicate de son cou. J'aurais voulu lui dire à quel point elle était magnifique, et qu'elle n'avait qu'à demander et je m'exécuterais. Un frisson la parcourut, comme si elle devinait l'intensité de mes réflexions. Ses yeux se posèrent sur mes lèvres et elle humecta les siennes de sa langue. Incapable de résister, je penchai la tête jusqu'à ce que nos souffles se mélangent. J'aurais dû la relâcher, mettre de la distance entre nous, mais toute volonté m'avait quitté. Mon autre main effleura sa taille et je la sentis se soulever sur la pointe des pieds. Il n'en fallut pas plus pour que je perde mes dernières réserves.

Sa bouche se posa sur la mienne. Ses lèvres étaient douces, encore plus que dans mes rêves les plus décadents. Ses mains trouvèrent mon visage et glissèrent vers ma nuque. Je passai mon bras dans son dos pour la serrer contre moi, mes lèvres poursuivant la danse qu'elle avait amorcée.

Lorsque le souffle me manqua, j'appuyai mon front contre le sien, étourdi par toutes ces émotions.

– Les précieuses ne doivent pas entretenir de relations avec leur maître d'armes, chuchota-t-elle.

Un rire remonta ma gorge malgré moi.

– Qui essaies-tu de convaincre?

Elle recula avec un regard sévère et je la laissai s'éloigner à regret. La connexion entre nous resta ouverte, plus forte qu'avant, mais quand même fragile, comme les étoffes évanescentes qu'elle aimait tant porter. Dariane posa les doigts sur ses lèvres, et je fus saisi par le désir de l'embrasser à nouveau. J'en appelai à toute la discipline acquise au fil des ans et restai sur mes positions.

– Je ne te demande pas de me placer au-dessus de tes fonctions de précieuse, dis-je. Laisse-moi simplement t'épauler.

Elle secoua la tête, mais je repris avant qu'elle ne puisse me rabrouer.

— Ce qu'il y a entre nous n'est ni bien ni mal. Les événements du passé n'ont pas à guider nos pas. Soyons forts des leçons apprises et traçons une nouvelle voie.

Je tendis les deux mains vers elle, paumes vers le ciel. Son regard fouilla le mien, comme si elle cherchait le piège. Par le biais du joyau, je lui transmis ma certitude qu'elle saurait nous garder loin de tout excès, que je m'en remettais à elle pour le bien de notre château, qu'elle aurait mon soutien indéfectible, peu importe sa décision. Après une seconde d'hésitation, ses doigts se posèrent sur les miens.

— Sens-tu la connexion? chuchotai-je. Elle vibre entre nous. Laissons-la florir, sans essayer de la conformer à nos attentes.

Elle inclina la tête sur le côté, son expression indéfinissable.

— Sauras-tu te contenter de ça? D'observer notre lien croître sans en demander plus?

— J'en veux plus, Dariane. Mais c'est uniquement pour t'en donner davantage.

Elle retira ses mains.

— Tu t'aventures en terrain dangereux.

Elle me tourna le dos et prit la direction des escaliers, ses robes dans une main, les épaules droites et le regard fixé devant elle. L'exaltation de ce vol partagé avec elle bataillait contre la frustration de me buter à un nouveau refus. Je penchai la tête vers l'arrière pour observer le ciel étoilé. Cette soirée serait gravée dans ma mémoire à tout jamais, quoi qu'il arrive.

Non, ce n'était pas un refus, car j'avais la conviction qu'elle réfléchirait à mes paroles.

# CHAPITRE 11

## Dariane

Ma femme de chambre me trouva assise devant ma coiffeuse, le regard dans le vide. Elle me connaissait assez bien pour me laisser quelques minutes et s'affaira plutôt à réanimer le feu pour chasser l'humidité du point du jour. Je me levai et la rejoignis pour enfiler mes habits.

— Où est Luan? demandai-je.

— Il est allé chercher son informateur. Nous devons les retrouver dans les réserves.

J'acquiesçai tandis que Gia laçait mon corsage. Le reste de ma nuit avait été agité et j'avais à peine dormi. Au départ, j'avais attribué mon malaise à Brenlir et à ses folies, mais autre chose était venu affecter l'énergie du joyau, créant un écho au sein des racines. Jusqu'à ce que je ne sache plus où donner de la tête. Avec autant de gens en ville pour le festival, jumelé à mes problèmes, je n'arrivais plus à interpréter quoi que ce soit dans les courants troublés. J'espérais de tout cœur que l'informateur de Luan nous offre une piste de solution viable.

Une fois prête, je suivis Gia dans le corridor jusqu'au bas des marches. Un éclat coloré attira mon attention de l'autre côté de la cour et je reconnus le chapeau de Luan. Je fronçai les sourcils, mais avant que je puisse le mentionner à Gia, des cris retentirent en provenance des quartiers des domestiques. J'accélérai le pas pour rejoindre les gens qui s'étaient regroupés au pied de la tour secondaire.

Une simple poussée d'énergie dans le sol suffit pour que les spectateurs se tournent vers moi et me cèdent le passage. Je grimpai les marches pour arriver à l'étage d'où provenaient les cris. Un soldat se dirigeait vers moi en courant. Il me salua d'un signe de tête, mais ne s'arrêta pas, sûrement en route pour alerter la garnison ou demander des renforts.

Le battant d'une chambre était grand ouvert. Sur le seuil, l'intendant Banut s'y tenait avec un air hébété. Il se redressa en remarquant ma présence et tendit une main pour me bloquer. Je lui envoyai un regard sévère, loin d'apprécier son ingérence, et il recula aussitôt. Dans la pièce, la maître guérisseuse Oakina était agenouillée auprès d'un corps exsangue. Je reconnus les traits de Caref, un des palefreniers.

La quantité de sang au sol et la longue balafre sur le cou de la victime ne laissaient pas de doute à savoir ce qui avait causé sa mort. Les bordures de ma vision virèrent au noir et je serrai les dents pour conserver mon calme. J'aurais dû réaliser qu'un drame se déroulait si près de moi. Mais avec l'étendue de mes racines, les morts et les naissances étaient nombreuses. Les morts violentes m'affectaient toujours plus, ou elles m'avaient affectée... Était-ce un autre signe de la dégénérescence des racines?

Maître Oakina se releva avec une expression peinée.

– La mort remonte à quelques heures déjà. J'ai l'impression qu'on l'a surpris dans son sommeil.

Je me tournai vers Banut.

– La famille?

À ma connaissance, Caref n'avait pas de femme ni d'enfants, mais il était parent avec plusieurs membres du château et des habitants du bourg. L'intendant ouvrit de grands yeux, n'y ayant pas pensé par lui-même.

– Je vais les informer de ce pas.

À son départ, il fut remplacé par Luan. Je haussai un sourcil à l'intention du ménestrel.

– Laisse-moi deviner : c'est celui que tu t'apprêtais à me faire rencontrer.

Le pli de sa bouche confirma ma suspicion. Je fermai les yeux et pris une bonne inspiration. Erreur. Le corps avait beau être frais, l'odeur de la mort n'était pas plus agréable. Je quittai la pièce et fis quelques pas dans le corridor le temps que mon estomac reprenne sa place. Mon regard trouva Gia un peu plus loin, sa mine assombrie par l'inquiétude. Deux domestiques se tenaient devant elle, les épaules voûtées. Ma femme de chambre me fit un signe de tête et je les rejoignis. Je poussai l'énergie du joyau depuis le sol pour leur insuffler un peu de chaleur et les deux femmes lâchèrent un soupir de soulagement avant de se redresser. Gia se pencha vers elles avec un sourire rassurant.

– Dites à Dariane ce que vous avez vu.

La plus jeune des deux baissa les yeux et le rouge lui monta aux joues. L'autre lui passa un bras autour des épaules et me fit face.

– C'était la Sylphe avec des tatouages sur le visage. Je l'ai vu discuter avec Caref hier soir dans la grande salle. Hayla s'est levée tôt ce matin et elle dit qu'elle a revu la Sylphe dans le corridor qui marchait furtivement.

Gia se pencha vers moi pour chuchoter.

– C'est circonstanciel, mais cette piste est aussi valable qu'une autre.

Je pinçai les lèvres. Si c'était l'œuvre des Sylphes, ils n'avaient pas perdu de temps pour montrer leur véritable couleur. Banut apparut au pas de course en haut des marches. Il posa une main sur sa poitrine pour reprendre son souffle.

– La seigneuresse convoque tous les domestiques dans la grande salle.

Il me fit face.

– Elle vous demande, vous et maître Brenlir.

J'acquiesçai. Le corridor se vida tandis que les domestiques assemblés s'empressaient d'obtempérer aux ordres de dame Morwen. Je fis signe à Gia.

– Garde l'œil ouvert. Je tenterai de te signaler ceux qui pourraient répondre à nos questions.

Elle hocha la tête et prit la direction de la grande salle. Deux gardes-malades venaient d'arriver avec un brancard pour déplacer le corps. Je revins vers maître Oakina alors qu'elle se lavait les mains dans une bassine d'eau.

– Avez-vous des suspicions quant au coupable?

Elle retroussa le nez en attrapant un linge.

– La plaie semble avoir été infligée par un couteau d'office ou une petite lame. Comme il n'y a pas eu d'altercations, il n'y a aucun moyen de déterminer la taille de son assaillant.

Elle haussa les épaules.

– Quelqu'un de discret, qui connaît bien les lieux et les habitudes. N'y aurait-il pas dû y avoir un tour de ronde entre la fin du banquet et le petit jour?

– Je vais m'informer, répondis-je. Fais-moi signe si tu trouves autre chose.

Je la remerciai et sortis de la pièce. Je manquai entrer en collision avec la capitaine Fleya accompagnée par deux soldats. Elle tendit une main pour me stabiliser, son regard au-dessus de mon épaule. Une part de moi était déçue que ce ne soit pas Brenlir, mais je chassai cette émotion. Je mis la capitaine au fait des récents événements et elle fronça les sourcils.

– Les tours de garde sont doublés les soirs de festivités. Je vais retrouver les soldats et les questionner. On aura peut-être une meilleure idée de l'heure à laquelle le meurtre a été commis.

Un frisson me parcourut le dos à ce mot. Ce n'était pas la première fois qu'un tel geste était perpétré entre mes murs, mais c'était si rare que je ne m'y faisais pas. Les archives confirmaient que plus on s'éloignait du château, plus ces occurrences étaient fréquentes, mais j'aimais croire que mes gens étaient en sécurité à mes côtés. Mon cœur se serra à l'idée que je leur avais fait défaut.

– Tenez-moi informée.

Elle acquiesça et s'écarta pour me laisser passer. Derrière moi, je l'entendis échanger avec maître Oakina. Si je découvrais le meurtrier et ses motivations, peut-être que je pourrais comprendre le mal qui rongeait mes racines depuis quelques années. L'énergie du joyau répondit à mon appel et je m'immergeai dans les pierres pour réapparaître dans la grande salle, juste à côté de l'estrade. Plusieurs domestiques sursautèrent à mon arrivée, mais comme dame Morwen poursuivait ses questions sans broncher, le calme revint rapidement.

Je me déplaçai pour observer les personnes assemblées et je modifiai ma vision pour percevoir les énergies. La gamme des couleurs des auras m'apparut dans toute sa splendeur. Bon nombre des habitants étaient auréolés de nacre, signe de leur proximité avec le joyau. Certains conservaient toutefois leur teinte naturelle, celle qui correspondait à leur personnalité, ou un mélange des deux.

La jeune fille qui avait fait la macabre découverte était nimbée de jaune et d'orange, la teinte témoignant de son trouble. À l'arrière, une femme se tenait rigide, une main sur la bouche. Son aura naturellement rose était obscurcie par des ombres. Je dirigeai mon attention vers Gia et lui imposai une image de cette femme. Elle acquiesça et se déplaça au travers du rassemblement pour aller chuchoter à son oreille.

Pendant ce temps, dame Morwen terminait de questionner la jeune Hayla. Elidys avança dès que le silence revint.

– Ma dame, si je puis me permettre, Vyn et Jana se sont réveillés avant l'aurore. Par la fenêtre, j'ai vu les Sylphes se diriger vers le jardin pour y méditer. Ils étaient accompagnés d'une paire de soldats. Je ne vois pas de quelle manière ils auraient pu faire du mal à Caref.

Elle hocha la tête avec une mine songeuse.

– Retournez à vos occupations. Je vais discuter avec maître Brenlir.

À ces mots, les portes de la grande salle s'ouvrirent pour laisser passer le maître d'armes. Au signe de dame Morwen, les soldats en poste permirent aux domestiques de sortir. Brenlir attendit que la foule se disperse, puis il marcha vers nous d'un pas décidé, sourcils froncés. Son expression soucieuse me donnait envie de l'assurer que j'avais la situation sous contrôle, que tout serait vite réglé. Or, j'avais la certitude que ces paroles le pousseraient à s'acharner encore plus. Une part de moi approuvait cette idée, tandis que l'autre se braquait à l'idée d'admettre que son aide soit requise.

Arrivé devant nous, Brenlir s'inclina et son regard voyagea entre dame Morwen et moi. Sa main se posa sur le pommeau de son épée et notre lien chanta dans ma poitrine. Mon cœur s'emballa et une bouffée de chaleur me monta aux joues. Je dus détourner la tête pour masquer ma réaction.

– J'ai discuté avec la capitaine Fleya, commença-t-il.

Comme la pause s'éternisait, je lui fis face pour trouver son attention entièrement sur moi. J'avalai avec difficulté et haussai un sourcil inquisiteur pour l'inviter à poursuivre, comme si j'étais insensible à la tension entre nous. Il pivota vers dame Morwen et je regrettai aussitôt mon réflexe.

— Il y a eu une erreur dans l'attribution des patrouilles et personne n'a surveillé les quartiers des domestiques. Par contre, les Sylphes n'ont pas été seuls de toute la nuit. Impossible que l'un d'eux ait pu échapper à leurs chaperons.

Dame Morwen soupira et se frotta les tempes.

— Voilà qui est à la fois un soulagement et une complication. Avons-nous la moindre piste? Les lavandières ont-elles signalé des vêtements souillés ou hors de l'ordinaire? Manque-t-il un cheval aux écuries?

— Capitaine Fleya pourra répondre à ses questions sous peu, dit-il. Je vais amener Gryff pour repasser les environs aux peignes fins. Nous verrons bien si son nez repère une odeur qui nous mettrait sur la bonne piste.

— Je suis attendue sur la place principale du bourg d'ici midi pour le concert, répliqua dame Morwen. Nous avons déjà annulé la défilé de demain, alors je me vois mal revenir sur cet engagement. Nous ferons une mise au point à mon retour.

Je lui souhaitai bonne route, mon esprit accaparé par les tours de garde perturbés. Était-ce une erreur honnête, ou quelqu'un avait-il volontairement induit les soldats en erreur? Des bruits de pas me firent lever les yeux. Brenlir se tenait devant moi, des éclairs dans les yeux.

— Tu aurais pu m'appeler. À n'importe quel moment, tu aurais pu demander au joyau de me faire venir à toi.

La culpabilité et la frustration se firent bataille pour savoir quelle émotion aurait le dessus. Je n'avais pas à m'expliquer, mais il avait raison. J'avais pris l'habitude de ne pas m'en remettre à lui, et je n'avais même pas considéré cette option tandis que je gérais une nouvelle crise. Il avança d'un pas supplémentaire, assez près pour que la chaleur de son corps chatouille ma peau. Je levai la tête pour continuer de le regarder dans les yeux, refusant de laisser mon attirance pour lui troubler mon jugement.

— Libère-moi.

Je fronçai les sourcils et il écarte les bras en réponse.

— Puisque tu te refuses à me laisser jouer mon rôle de maître d'armes, coupe le lien entre nous. Libère-moi de mes fonctions.

La panique me prit d'assaut si fort que l'air se coinça dans ma gorge. Je secouai la tête, incapable de parler. Il me proposait la même solution qui m'avait traversé l'esprit à maintes reprises au cours de la dernière année. Sauf que maintenant qu'il me l'offrait de lui-même, j'étais terrifiée à l'idée des conséquences. Non seulement je n'avais pas de candidats aptes à le remplacer, mais la perspective d'être coupée de Brenlir, de ne plus le voir tous les jours, m'était insupportable. Il pencha la tête pour placer sa joue contre la mienne, sa bouche à côté de mon oreille.

— Je ne vivrai pas ma vie avec les mains entravées.

Je fermai les yeux, mon corps tout entier tétanisé par son ultimatum. Le temps avait relégué à l'arrière-plan la douleur de la perte du capitaine Kove, un amant qui aurait voulu devenir maître d'armes, et du consul Zand, le Sylphe qui s'était présenté comme le candidat parfait. Leurs morts avaient résonné si fort dans mes racines que j'étais incapable de m'exposer à une telle douleur à nouveau.

Un claquement de porte me fit sursauter et je reculai en hâte pour mettre de la distance entre nous. Brenlir me servit un regard lourd de questions en suspens avant de pivoter. Dame Morwen avait les yeux baissés sur le parchemin qu'elle tenait et la scène qui se jouait devant elle lui avait complètement échappé. Elle releva la tête, les sourcils froncés, et marcha vers nous.

– Ce rapport vient tout juste d'arriver. On y fait mention de bêtes monstrueuses qui s'en prennent aux fermes en périphérie de nos terres.

Elle tendit le rapport à Brenlir qui le parcourut avant de me le passer.

– Cette description ressemble à celle donnée par les châteaux Violet et Carmin des gargouilles.

J'avalai avec difficulté à la lecture du récit des patrouilles. Voilà qui dépassait ce que je pouvais gérer seule. Tant que les problèmes étaient entre nos murs, j'avais fait de mon mieux pour minimiser les impacts. À cette distance de mon joyau, j'étais cependant vulnérable. Et c'était la raison pour laquelle le rôle de protecteur revenait au maître d'armes. Ce dernier devait normalement jouir d'une plus grande mobilité que moi, percevoir les menaces avec plus de clarté et être en mesure de faire appel aux pouvoirs du joyau, par notre lien, depuis n'importe quel lieu sur nos terres.

Dame Morwen marchait de long en large avec les poings sur les hanches.

– Nous devons endiguer cette menace dès à présent. Si les récits de nos pairs sont exacts, elles attaquent par nuit noire et elles gagnent en hardiesse à chaque vague subséquente. Nous ne pouvons pas les laisser approcher des bourgs, surtout considérant le campement à ciel ouvert.

Brenlir hocha la tête avec une mine sombre.

– Je vais amener deux compagnies, dit-il. Je prendrai le capitaine Caedric avec la section des archers de la cavalerie pour couvrir nos arrières. Les simargs seront nos meilleures armes contre cette menace ailée.

Le reste de ses paroles se perdit à mes oreilles tandis qu'il échangeait avec dame Morwen sur les défenses du château et des bourgs environnants. Elle fit appeler l'intendant et le maître archiviste pour rédiger des missives à l'intention des sénéchaux. Je restai plantée là, incapable de participer ni d'ajouter quoi que ce soit d'utile. Mes racines continuaient de se tordre dans le sol, me coupant de toute vision stratégique.

Qu'avais-je fait?

Le lien entre Brenlir et moi était si faible que ma connexion aux terres environnantes en était affectée. Ma situation me rappelait ce jeu de poursuite dont raffolaient les enfants; comme si un foulard avait été noué pour bloquer ma vue et que j'en étais réduite à tâtonner pour trouver mon chemin. Une main sur mon épaule me fit sursauter. La salle s'était vidée et il ne restait que mon maître d'armes et moi. Ses doigts remontèrent vers ma joue, réchauffant ma peau, mais la tristesse dans son regard creusa un trou dans la poitrine. Dans le corridor, des éclats de voix nous parvenaient. Je sentais l'effervescence dans la cour intérieure et dans le jardin des simargs, tandis que les troupes se préparaient à quitter le château.

– Nous discuterons à mon retour.

Sa main retomba entre nous et il s'éloigna.

J'aurais voulu le retenir.

J'aurais voulu hurler.

De rage, de désespoir. D'amour.

Debout dans le silence de la grande salle, je restai seule, pétrifiée par ma peur.

# CHAPITRE 12
## Brenlir

Le bruissement des ailes de deux cents simargs prêts à se battre emplit l'air. Mon regard survola les rangs et je fus satisfait de les trouver alignés à la perfection. Un vent favorable nous portait, signe que les pensées de la précieuse nous accompagnaient. Au sol, la cavalerie avait tenu le rythme pour atteindre les surplombs rocheux qui leur offriraient l'avantage du terrain.

Les hommes et les femmes qui servaient dans la garnison du château Nacré étaient parmi les meilleurs combattants du continent, aussi le départ s'était-il déroulé dans le calme et l'ordre. Tout à l'opposé du tumulte dans ma poitrine. Faire mes bagages et revêtir mon armure n'avaient pas pris bien longtemps. Une part de moi aurait donné cher pour voir Dariane apparaître sur le pas de ma chambre. Que ce soit pour m'exhorter à la prudence ou pour me défier.

N'importe quelle réaction aurait été préférable à son absence.

Au loin, une zone grisâtre attira mon attention. Je fis signe à Velor, mon second, et notre escouade se détacha des autres pour aller investiguer. Les derniers rayons du soleil couchant mettaient en relief les branches dénudées de feuilles. Pourtant, le printemps était bien installé partout ailleurs dans la campagne. Je levai une main et serrai le poing.

Les simargs autour de moi se dispersèrent en un large éventail au-dessus des arbres desséchés. Leurs branches pendouillaient tristement, et aucune trace de verdure ne subsistait. Je survolai la région morte, à la recherche d'un signe, d'une cause ou d'un indice. Rien.

Lorsque Velor fut de retour à mes côtés, je lui fis signe d'approcher. Je tournai la tête pour parler malgré le vent.

– As-tu repéré des anomalies?

Il secoua la tête et son regard retourna vers le sol. Son casque de vol dissimulait une bonne partie de son visage, mais je devinais sa perplexité.

– On est pourtant bien sur les terres du joyau. Je ne comprends pas pourquoi la nature s'est flétrie.

La vision du joyau me revint à l'esprit : celle où il m'avait montré une version de Dariane retranchée et sur la défensive. Le mal qui la rongeait l'avait-il poussé à amputer certaines de ses racines? Car nous étions encore sur les terres du château Nacré et l'influence du joyau aurait dû assurer la fertilité de cet espace. Je fis rouler mes épaules pour en chasser la tension omniprésente. Les questions s'accumulaient et les réponses se faisaient rares. Je levai un bras et ordonnai à mon escouade de rejoindre le reste de la compagnie.

Au loin, la chaîne de montagnes qui divisait les Terres du Nord se transformait en vallons paresseux. Le soleil se couchait sur notre gauche, mais l'horizon était exempt de viles créatures. Un chien ailé plus petit se glissa sous Gryff et aboya pour attirer notre attention. La simarg replia ses ailes pour rejoindre l'éclaireur. Son pelage brun roux se fondait avec les ombres du paysage, qualité fort appréciable pour ses fonctions. Le cavalier pointa un amas de roches plus loin.

– Capitaine Fleya a trouvé les victimes de la dernière attaque. Les monstres n'ont épargné personne; ni homme ni bête.

– Qu'en est-il des grottes? Avez-vous situé l'endroit où les gargouilles trouvent refuge de jour?

Il secoua la tête.

– Le lieutenant Myri a été nommé responsable des recherches : il a grandi tout près. Aucune nouvelle pour l'instant.

Les heures passèrent. Un épais couvert nuageux obscurcit le ciel, et les dernières lueurs du jour cédèrent la place à une noirceur impénétrable. Le silence régnait, mais la fébrilité des simargs était palpable. C'était un étrange mélange d'appréhension et d'agressivité. Le temps fila sans que les gargouilles se manifestent. Les escouades se posèrent au sol en alternance pour que les chiens ailés puissent prendre un peu de repos. J'en mandatai d'autres pour ratisser plus large, au cas où les gargouilles se seraient glissées entre nos mailles. Nous ne pouvions pas nous permettre d'être pris à revers. Mais les tours de guet n'avaient pas allumé leurs feux d'alarmes.

J'étais à quelques minutes de donner l'ordre de monter un camp lorsque le premier cri perça l'obscurité. Tous les poils de mon corps se hérissèrent à ce son discordant. Les simargs au sol bondirent vers leurs cavaliers avant de prendre les airs. Des directives fusèrent de part et d'autre pour déterminer où se situait l'ennemi. Un glapissement couvrit tout le reste, suivi par le cri de surprise d'un cavalier.

– La forêt! Ils sortent des arbres!

Je mis une main sur le pommeau de mon épée, l'autre agrippé à l'échine de Gryff tandis qu'elle battait des ailes pour venir en aide à ses camarades. Il était hors de question que je laisse un ennemi invisible décimer nos rangs. L'énergie du joyau frémit, présente dans le sol en dessous de nous, et je tentai d'y faire appel. C'était comme avancer dans l'eau jusqu'aux cuisses : la progression était lente et requerrait plus d'effort que d'ordinaire. Je poussai un peu plus fort, décidé à obtenir une réaction du joyau coûte que coûte. Le lien se fit enfin et je l'empoignai de toutes mes forces. Je me drapai de l'éclat nacré pour qu'il me prête sa vision.

L'obscurité s'illumina de rouge, d'orange et de jaune, et les silhouettes des gargouilles se détachèrent avec netteté. Leur taille était comparable à celle des simargs, mais la ressemblance s'arrêtait là. Leurs ailes étaient comme celles des chauves-souris et leur queue reptilienne arborait une série de pics acérés. Avec la noirceur, nos troupes devaient attendre d'être attaquées avant de riposter. Je lançai des ordres pour passer à l'offensive. Avec une confiance inébranlable en mes directives, les cavaliers formèrent les rangs et les premiers impacts retentirent dans la nuit. Les lames crissèrent contre la cuirasse de nos ennemis. Je fonçai avec Gryff pour abattre la créature la plus près. Le claquement des voilures se mêlait aux hurlements de guerre des simargs.

Les gargouilles manœuvrèrent pour nous contourner, mais je lançai un avertissement juste à temps. Quelques secondes plus tard, une bête nous attaqua. Gryff pivota et je fendis l'air de mon épée pour obliger notre adversaire à s'éloigner. Après un rapide tonneau, la gargouille revint à la charge, loin d'être intimidée. J'aurais voulu me dégager pour obtenir une vue d'ensemble, mais les combats faisaient rage tout autour. Hors de question que j'abandonne mon escouade. Je devais m'en remettre à l'entraînement de mes troupes et aux compétences de mes officiers. Des serres labourèrent l'air devant moi et Gryff se déroba de justesse pour m'éviter d'être déchiqueté. Le cœur battant à tout rompre, je lançai mon poids vers l'arrière pour l'aider à pivoter et prendre une position plus avantageuse. Notre adversaire reprit de l'altitude avec plusieurs coups d'aile puissants avant de se laisser tomber au-dessus de nous. Je m'aplatis sur l'échine de Gryff et elle se contorsionna au dernier moment pour esquiver la charge.

Entre deux coups d'aile, j'abattis ma lame et tailladai l'épaule de la gargouille.

Son feulement fit tinter mes oreilles et un sourire de satisfaction étira mes lèvres. Plusieurs créatures répondirent à l'appel à l'aide et fondirent sur nous, ne me laissant aucun répit. Gryff se déroba pour revenir à la charge à répétition et je fendis l'air de mon épée dès que l'occasion se présentait. Chaque fois qu'une créature dégringolait vers le sol, une autre prenait sa place. Je cessai de réfléchir pour me concentrer sur l'instant présent et perdis le compte des adversaires terrassés.

Durant une accalmie entre deux vagues de gargouilles, une série de points lumineux au sol détourna mon attention : des gens avec des torches s'étaient regroupés pour abattre les créatures clouées au sol. Je fronçai les sourcils, perplexe, car notre cavalerie était en position plus au sud, puis j'entendis les cris échangés par nos renforts inattendus. Les fermiers des environs avaient pris les armes pour nous venir en aide. J'espérais de tout cœur que leur générosité ne se retournerait pas contre eux.

Mon inattention me coûta un coup de serre sur le mollet. Gryff pivota aussitôt pour donner un coup de dents à notre adversaire, mais le mal était fait. Une sensation de brûlure se répandit dans ma jambe pour grimper et me tordre les entrailles. Je me plaquai contre ma monture le temps de laisser passer la douleur. La gargouille revint à la charge et Gryff attaqua avec fureur, lui lacérant le museau avant de percer le cuir plus fragile de sa gorge. La créature glapit puis partit en vrille vers le sol.

J'appuyai mon front contre le pelage de Gryff et la remerciai d'une tape sur l'encolure. Elle prit de l'altitude pour me donner une vue d'ensemble et survola les combats. Bon nombre de gargouilles étaient tombées sous les coups de nos troupes et les torches illuminaient des dizaines de carcasses. Je comptai plusieurs chiens ailés blessés, mais ils étaient derrière les lignes d'engagement, à l'abri. Dans le ciel, le reste des gargouilles avait décidé d'abandonner et elles firent demi-tour.

– Appelle les nôtres, ordonnai-je à Gryff.

Elle jeta la tête vers l'arrière et lâcha un hurlement de défi. Les escouades se formèrent autour de nous et je donnai l'ordre de charger les fuyards. Hors de question que je les laisse se terrer à proximité pour ressurgir demain soir. Nos gens méritaient de dormir l'esprit en paix. Les bêtes les plus près firent volte-face, mais elles étaient moins nombreuses et nos lames en vinrent à bout.

Jusqu'à ce qu'une vague de gargouilles nous prenne à revers.

Elles avaient dû trouver refuge dans le faîte des arbres pour en sortir aussitôt nos troupes passées. Gryff plongea pour porter assistance à nos voisins et je fis un moulinet de mon épée pour obliger les monstres à lâcher un simarg en mauvaise posture. Quelque chose heurta mon dos, me projetant vers l'avant et un torrent de feu oblitéra toutes pensées. Gryff glapit de douleur, touchée elle aussi.

Lorsque ma vision se dégagea, je fus soulagé de voir que notre escouade avait refermé les rangs pour nous protéger. Mes mains glissèrent sur le harnais, poisseuses de sang. La prise de mes jambes sur les flancs de Gryff était précaire et je n'étais pas sûr de passer au travers de la prochaine secousse. Ma respiration refusait de se calmer et j'étais incapable de prendre le dessus. Gryff geignait à chaque battement d'ailes, aussi lui donnai-je l'ordre d'atterrir.

La manœuvre se fit avec un peu moins de grâce qu'à l'habitude et je manquai tomber au sol. Deux civils accoururent pour m'aider à mettre pied à terre. L'un d'eux vit mon dos et inspira d'un coup sec avant de marmonner quelques jurons. L'autre jeta un coup d'œil et grimaça en détournant la tête.

– Viens à la rivière, dit-il. Il faut nettoyer ça.

Gryff claudiqua à notre suite jusqu'à la berge. Ils plantèrent une torche à mes côtés avec une promesse de revenir. Je secouai la main en signe de négation et ils reprirent la direction des combats. La simarg s'accroupit avec lenteur avant de se laisser tomber sur le côté, ses ailes étendues derrière elle. Ses flancs se soulevaient à un rythme bien trop saccadé, sa langue sortie. Je devais trouver le moyen de lui apporter de l'eau, sauf que chaque mouvement était une torture.

Des battements d'ailes me firent lever les yeux. Gryff redressa la tête et aboya pour saluer le nouveau venu avant de se recoucher, signe que nous avions affaire à un allié. La lueur de la torche éclaira le visage de Velor comme il mettait pied à terre. Il courut jusqu'à moi tandis que son simarg allait lécher le museau de Gryff. Velor m'étudia de la tête aux pieds, à la recherche de ma blessure. Je lui tournai le dos pour lui simplifier la tâche. Son sifflement surpris ne présageait rien de bon.

– Aide-moi à m'approcher de l'eau, lui dis-je.

Il passa son épaule sous mon bras et m'accompagna. Je serrai les dents pour étouffer mon gémissement. Je ne sentais plus mon dos, ce qui était mauvais signe en soi, mais les éclairs de douleur dans ma nuque et vers mes cuisses laissaient augurer le pire. Je m'agenouillai avec difficulté, et le regrettai aussitôt. La vague de douleur fut si intense, qu'elle se transforma en nausée. Je plaçai mes mains dans l'eau et laissai la morsure du froid me distraire.

Mon épée avait suivi le mouvement et l'extrémité toucha l'eau.

« Brenlir! »

La voix de Dariane me fit sursauter. Des gouttelettes soulevées par mon geste avaient brouillé la surface de l'eau, mais le halo de la torche me laissait deviner les traits de la précieuse au travers des ridules. Je fis attention à garder ma main immobile sous la surface et me penchai vers l'avant. Au même moment, je sentis la présence du joyau dans ma poitrine, aussi forte qu'après notre vol à dos de simarg de l'autre soir. Un soupir de soulagement m'échappa tandis que sa chaleur réchauffait mes membres douloureux.

— Tu es blessé.

Je rouvris les yeux pour me trouver face à l'expression inquiète de Dariane. Ma gorge se serra à l'idée d'être la cause de sa détresse. J'aurais voulu la rassurer quant à mon état, mais la douleur traçait des sillons brûlants de ma nuque jusqu'à ma taille. Une pulsation nacrée m'effleura le bras et je fronçai les sourcils. Dariane eut un soupir exaspéré.

— Laisse l'énergie passer : elle va te guérir.

Mes lèvres se tordirent d'elles-mêmes.

— Et comment ferais-je une chose pareille? Ce n'est pas comme si l'énergie circule librement entre nous d'ordinaire.

Elle plissa les yeux et son expression se durcit.

— Je ne te perdrai pas aujourd'hui. Pas avant d'avoir eu la chance de te faire regretter ton imprudence.

J'aurai voulu rire, mais ma poitrine tout entière était trop douloureuse. Une bulle nacrée se forma sous ma main dans l'eau. L'éclat du joyau sur mon épée se mit à luire plus fort que la torche. Je fermai les yeux pour les protéger, mais dans mon esprit aussi, cette présence poussait sur mes pensées. L'odeur de Dariane me chatouilla les narines, un mélange de roses et de pierre chauffée par le soleil. Ma poitrine prit de l'expansion d'elle-même et j'inspirai à pleins poumons, même si la douleur envoyait toujours des spasmes à intervalles réguliers. Je les accueillis à bras ouverts, comme les témoins de ma survie.

Je me serais attendu à ce que cette bulle éclate et déverse son énergie, telle une digue qui cède sous la crue du printemps. Ce fut plutôt un relâchement progressif, comme de l'eau qui imbibe un tissu, petit à petit, jusqu'à ce que l'énergie nacrée me parcoure tout entier. Ma peau frissonna alors que je pouvais sentir les chairs se ressouder. Le soulagement me submergea comme la douleur me quittait, bientôt remplacé par la reconnaissance pour Dariane, qu'elle ait bien voulu me tendre la main quand j'en avais besoin. Je tournai la tête vers Gryff, toujours étendue non loin. Sa souffrance me faisait l'effet d'un point au côté, désagréable et gênant, surtout qu'elle avait été blessée par ma faute. D'une pensée, je détournai une partie de l'énergie vers elle.

– Qu'est-ce que tu fais? demanda Dariane, inquiète. Oh non, Gryff!

Un sanglot étouffé me parvint et le débit augmenta entre nous. Je grimaçai : si mes plaies ne me torturaient plus, une pression atroce m'enserrait les tempes. Ce mal de tête rivalisait n'importe quelle cuite de mon adolescence mal avisée. Mon souffle se fit court et je peinai à reprendre le dessus.

– Assez, ordonna Dariane. Tu te fais du mal. Gryff pourra terminer sa guérison au château.

Je relâchai mon emprise sur le courant nacré et la pression dans ma tête s'amenuisa. Mon attention revint sur le visage dans l'eau. Ses cheveux étaient libres et les longues mèches brunes cascadaient sur ses épaules. Le bleu de ses yeux m'apparaissait encore plus intense qu'à l'ordinaire, mais c'était peut-être la fatigue qui me faisait imaginer des choses. J'aurais tant voulu pouvoir tendre la main pour la toucher.

— Pendant un instant, j'ai cru que cette blessure te serait fatale, dit-elle.

Mes paupières clignèrent à quelques reprises tandis que j'analysais ses paroles par rapport à son timbre de voix. Son trouble semblait sincère. Mon cœur manqua un battement. Le moment n'était cependant pas propice aux épanchements. Je haussai les épaules avec une grimace dérisoire.

— Tu aurais hérité d'un autre maître d'armes.

Elle me fusilla du regard et je lui offris un sourire d'excuse.

— Ces sales créatures sont plus malicieuses que prévu, amendai-je. Je ne vais pas te mentir, Dariane, je vais avoir besoin de toutes les ressources du joyau si nous voulons en sortir vainqueurs.

Elle hocha la tête, résignée. Comme elle semblait disposée à m'écouter, je poursuivis sur ma lancée.

— Et tu vas devoir me mettre au fait de tous les problèmes qui t'accaparent.

Son teint pâlit et elle baissa les yeux, laissant le silence s'étirer.

— Tu as raison, finit-elle par dire. J'ai refusé qu'on m'aide dans mes tâches. Je pensais mieux m'en sortir si je gérais tout. Je suis désolée que mon entêtement t'ait mené à cette blessure.

Voilà qui était une douce musique à mes oreilles, mais je me gardai bien de le lui dire. Je pris une profonde inspiration.

— J'ai aussi ma part de responsabilité. J'ai longtemps essayé de pallier mon accès limité aux ressources du joyau. Les récents événements prouvent que cette méthode est vouée à l'échec. Nous avons beaucoup de chemin à faire pour que je sois entièrement fonctionnel comme maître d'armes.

Son regard se porta vers le lointain.

– Prends soin de tes troupes et reviens-moi, conclut-elle. Dès que tu t'en sentiras la force, nous en discuterons avec dame Morwen.

J'acquiesçai avec la ferme intention de l'obliger à tenir parole, que je m'en sente la force ou non. Elle n'aurait droit à aucune dérobade, car il était temps pour nous de faire face à nos blocages respectifs. Je lui souhaitai bonne nuit et rompis le contact.

Une main sur mon genou, je me relevai, surpris de ne ressentir pas même l'ombre d'une raideur. Gryff était encore allongée, mais elle se tenait la tête droite, sa respiration stable. Je m'approchai et elle tendit le cou pour me donner accès à la zone derrière ses oreilles. J'obtempérai à sa demande silencieuse et grattai le pelage rendu gaufré par la sueur.

En me voyant debout, Velor accourut à mes côtés. Son regard s'attarda sur ma tunique en lambeaux avant de croiser le mien. Je haussai un sourcil et il me sourit.

– Content de te voir sur pied, maître Brenlir. Nous avons eu un rapport du capitaine Caedric. Ils ont abattu deux gargouilles un peu trop entreprenantes, mais le reste de la vague a été contenue ici même. Capitaine Fleya mentionne trente-cinq blessés mineurs et cinq blessés majeurs. Les éclaireurs sont partis quérir des carrioles pour leur rapatriement.

Je lui donnai une tape sur l'épaule en guise de remerciement. Mon attention se porta sur les soldats et les simargs assemblés derrière lui.

– Notre escouade?

– Quelques égratignures. Rien à signaler. Haria prétend avoir le nombre le plus élevé de gargouilles abattues.

Je m'approchai du groupe. La soldate en question se tenait les poings sur les hanches, sa brigandine maculée de traînées rouges. Je m'arrêtai à sa hauteur et la pointai du menton.

– Combien?

Elle pinça les lèvres pour réprimer son sourire en coin et lança un coup d'œil à ses voisins.

– Douze, maître Brenlir.

Je me tournai vers les autres avec un regard interrogateur. Différents nombres fusèrent, tous un peu moins importants. Je refis face à Haria et lui souris.

– Bien joué, soldate. Congé de corvée pour une semaine.

Des accolades et des félicitations s'échangèrent tandis que Velor m'indiquait le chemin jusqu'à Fleya. Les escouades étaient regroupées dans les champs environnants et quelques-unes arpentaient encore le dessus des frondaisons. Un rond avait été aménagé en hâte et un feu projetait sa lumière sur mon état-major. Je reconnus plusieurs de nos sergents qui s'éloignaient et les saluai d'un geste de la tête.

Les lieutenants présents s'écartèrent à mon arrivée pour me faire une place autour du feu. Fleya me parcourut du regard et ses épaules se détendirent en me voyant bien portant. Je tendis les mains pour les réchauffer.

– Au rapport.

– Nous avons tué une bonne centaine de bêtes. On estime qu'une cinquantaine d'entre elles ont dû nous échapper vers les montagnes. Les fermiers et les soldats en état rassemblent les corps à brûler, comme l'a suggéré le château Carmin.

– On devra rester sur nos positions tant que la menace sera présente, dis-je. Je dois retrouver Dariane à la première heure, alors je te mets en charge. On va organiser le ravitaillement et l'apport de troupes fraîches.

Fleya distribua les ordres aux lieutenants pour établir un campement pour la nuit et j'attendis qu'ils partent pour m'adresser à elle.

– Je déteste l'idée de te laisser seule, mais nous devons gérer plusieurs fronts en même temps. Pour une raison inconnue, la population des environs semble perturbée.

Elle balaya mes explications d'un geste de la main.

– Je suis bien meilleure pour tuer des monstres que pour gérer des paysans agités.

– Sollicite tous les renforts dont tu as besoin, insistai-je. Jonas et Maelora ont tous les deux mentionné la résilience des gargouilles. Je veux que les combats soient à deux contre un.

Elle acquiesça avec une mine sombre. Avant de prendre un peu de repos, je lui demandai de me présenter aux fermiers qui nous avaient appuyés. Je serrai des mains et les remerciai au nom du château Nacré tout en répondant de mon mieux à leurs questions, mais je me gardai bien de leur mentir pour atténuer leur inquiétude. L'avenir nous réservait certainement encore quelques surprises.

# CHAPITRE 13

## Dariane

Mon cœur galopait encore à un rythme effréné dans ma poitrine. Même l'air frais des remparts ne parvenait pas à dissiper mon agitation. Pendant quelques instants, j'avais cru perdre Brenlir. Notre lien, ténu d'avance, s'était étiré jusqu'à n'être plus qu'un mince filament chatoyant. Je m'y étais accrochée avec l'énergie du désespoir.

Il y avait bien un avantage à cette frayeur : je savais maintenant que je ne remplacerais pas Brenlir, pas avant que le temps ne nous sépare. Sa place était à mes côtés et je ne me voyais pas faire face à nos problèmes sans lui. Cette résolution se solidifiait de minute en minute et le joyau bouillonna en réponse.

Un soldat sortit de la tour de coin et se figea à ma vue. J'inclinai la tête et il me sourit avant de reprendre sa ronde. À l'horizon, les premières lueurs du jour commençaient à faire pâlir le ciel. Chaque matin était une chance de repartir à neuf, comme dame Morwen aimait le rappeler à ses enfants. La nuit avait été riche d'enseignements et je devais les appliquer à plus d'une sphère de mon existence.

J'attrapai mes jupes d'une main et descendis les escaliers en direction de la cour intérieure. L'endroit était désert comme la plupart de mes habitants dormaient encore. Ce serait le moment idéal pour discuter avec les autres précieux. Je bifurquai vers le jardin et m'arrêtai près de la fontaine. La surface était paisible, et grâce aux températures plus clémentes des dernières semaines, l'eau serait agréable.

Le vent avait apporté quelques brindilles et je les chassai de la main avant de prendre place sur la margelle. Je trempai ma main et fermai les yeux. Par réflexe, ma conscience fit un tour d'horizon. Le château scintillait d'énergie nacrée, nourri par toutes les âmes qui en avaient fait leur demeure. Des zones d'ombres s'accrochaient dans certains coins, échappant à mon examen. Avec un peu de chance, Brenlir saurait m'aider à reconquérir chacune de ces parcelles. Cet espoir était à la fois douloureux et libérateur.

Mon attention se tourna vers le bourg aux pieds des remparts. Chaque maison était pleine à craquer; les familles avaient accueilli des visiteurs et des proches pour la durée du festival. Quelques fêtards traînaient encore dans les rues. Ici aussi, des filaments d'obscurité me brouillaient la vue, comme si mes yeux refusaient de se poser sur ces endroits. Je poussai plus loin, là où les racines du joyau s'étaient ramifiées par dizaine sous le campement temporaire pour profiter de l'afflux d'énergie. Malgré tout, l'échange d'énergie ressemblait plus à un ruisseau après une sécheresse qu'à un torrent de montagne à la fonte des neiges.

Rien de tout ça n'était encourageant, mais ce n'était pas différent des dernières semaines. Je fis donc ce que j'étais la seule précieuse à en être capable et me scindai pour parcourir les flots des courants souterrains. Chacune de mes parts fusa dans une direction différente pour contacter les cinq autres châteaux des Terres du Nord.

Le joyau bleu était le plus près et sa lumière m'apparut avant les autres. La conscience de Biljana frôla la mienne et son plaisir de me retrouver flotta sur les courants. Vint ensuite un scintillement violet, celui de Sabaya, vers l'ouest. Un rose éclatant sublima les différentes couleurs, aussi grandiose que Reyja elle-même. Le château Vert siégeait le plus au nord, mais à vol d'oiseau, il était plus près que le joyau carmin. Le contact avec Volfang infusa l'eau d'une douceur chaleureuse, si différente des rigueurs de son climat. Et enfin, des flammèches carmin me touchèrent, toute en tourbillons et en spirales, aussi artistiques que son propriétaire, Caysen.

Leurs éclats respectifs se mélangèrent, tout heureux qu'ils étaient de se retrouver. Je leur donnai quelques minutes pour profiter de ces retrouvailles. Il m'arrivait rarement de faire appel à tous les précieux en même temps, car nos responsabilités nous laissaient peu de répit. Cette fois, en revanche, j'avais besoin d'eux, autant pour ma survie que pour la leur.

La teneur de mes pensées tinta l'énergie autour de nous et je sentis leur curiosité. Comme ils étaient prêts à m'écouter, je rouvris les yeux et repris contact avec mon corps. À la surface de l'eau, cinq visages m'observeraient avec divers degrés d'affection. Le sourire en coin de Caysen me laissait penser qu'il avait attendu ce moment avec impatience. Je retins une grimace, car il m'en coûtait de reconnaître mes erreurs, mais le soulagement de les savoir à mes côtés surpassait l'inconfort de cet aveu.

– Je suis heureuse de vous voir tous, commençai-je. Merci d'avoir répondu à mon invitation.

– Notre dernier sommet doit bien remonter à près d'un siècle et demi, dit Volfang.

J'acquiesçai au souvenir de ce que les Hommes de sang avaient appelé le Grand hiver. La saison avait été si rude que nous avions lancé la troisième Collaboration. Tous les châteaux s'étaient ralliés pour venir en aide aux habitants du Nord.

En comparaison, les deux premières Collaborations avaient eu lieu sous des auspices bien différents. Les châteaux étaient tous autonomes, mais lors de la Guerre des Sylphes, le château Bleu avait failli tomber aux mains de nos ennemis de l'époque, et nos seigneurs s'étaient regroupés pour créer la première Collaboration.

Une soixantaine d'années plus tard, la côte sud avait essuyé des attaques de pillards à répétition. Mon château et celui de Sabaya avaient été les plus touchés. Lorsque l'année suivante avait vu un nombre grandissant d'incidents, tous les châteaux nous avaient délégué des troupes, lançant la deuxième Collaboration.

– Nous voici peut-être devant la quatrième Collaboration, répondis-je. Je viens vers vous pour obtenir vos lumières et votre aide.

Biljana eut un haussement de sourcils surpris, tandis que Sabaya et Caysen échangeaient un regard entendu. Reyja inclina la tête avec grâce.

– Tu as toujours été généreuse de ta sagesse. Si nous pouvons t'être d'une quelconque utilité, ce sera avec joie.

Je serrai les doigts pour empêcher mes mains de trembler et pris une profonde inspiration. L'énumération des maux qui affligeaient mon château fut plus longue que prévu, car je ne m'étais jamais arrêtée à tous les considérer dans leur ensemble. Si je les gérais un à la fois, la tâche semblait moins accablante. Les expressions devinrent lugubres au fur et à mesure que je leur expliquai les vagues de maladies aussi bien chez les Hommes de sang que chez les bêtes, les accidents de chantier, les navires sabotés, et surtout, le malaise omniprésent dans mes racines.

– Ton appel tombe à point, dit Caysen lorsque je me tus. Car j'aurais demandé à tous vous convoquer de toute façon.

Je fronçai les sourcils, surprise par sa déclaration. Il était d'un naturel si réservé que je le voyais mal faire ce genre de requête. Peut-être que sa nouvelle maître d'armes avait apporté plus d'une amélioration à la vie du château Carmin. Je lui fis signe de poursuivre et il s'exécuta.

– Vous n'êtes pas sans savoir que mon château est tombé en déchéance au cours des vingt dernières années, reprit-il. J'ai eu la chance d'être secouru par des gens passionnés, et entêtés.

Sabaya toussota pour dissimuler son amusement et je lui servis un regard de réprimande. Caysen eut un bref sourire avant de reprendre, de nouveau sérieux.

– J'ai longtemps mis le blâme de ma chute sur mes propres épaules.

Biljana secoua la tête.

– Ton seigneur et ton maître d'armes t'ont fait défaut. Il est illusoire de croire en notre omnipotence. Même si notre pouvoir semble illimité entre les murs de notre château, nos gens sont notre force.

Une vague de honte me submergea à ses paroles, même si elles ne m'étaient pas adressées. J'avais perdu de vue cet élément essentiel de notre existence et j'en payais le prix. Caysen agita une main à l'intention de la précieuse bleue.

– J'en ai conscience aujourd'hui. Mon nouveau seigneur, sa dame et ma maître d'armes sont des êtres extra-ordinaires. Ils n'ont d'ailleurs eu de cesse de travailler à la santé du château Carmin et nous avons fait quelques découvertes troublantes.

Son regard trouva le mien et je frémis sous l'intensité que j'y lisais.

– Des éclats de pierre jaune, dit-il. Nos fouilles ont permis de localiser des dizaines de ces pierres maudites. Elles étaient cachées au fond des tiroirs, dans les coffres, au milieu des vêtements, dans la garnison, sous les planches de la réserve. Partout.

Je clignai des yeux devant l'énormité de cette découverte.

– Je croyais que les mercenaires en avaient une poignée sur eux, dont vous avez disposé, dis-je.

– C'est le cas. Les éclats dont je vous parle ont été mis là plus de vingt ans auparavant.

Le silence se fit entre nous et les énergies se comprimèrent avant d'exploser dans un flot de questions et de suppositions. Je les laissai évacuer leurs inquiétudes puis je levai une main pour réclamer leur attention.

— Ces éclats jaunes auraient trouvé leur chemin jusque chez toi et auraient causé tous les problèmes qui ont mené à ta perte, résumai-je.

Caysen acquiesça.

— Et je pense que tu es victime du même phénomène, conclut-il. J'en ai discuté avec Sabaya il y a quelques jours. Elle a demandé à ses gens de fouiller ses terres : ils ont découvert des éclats dans des hameaux périphériques, à l'endroit où s'est développée une épidémie au sein des troupeaux.

Reyja porta une main à sa bouche, les yeux écarquillés.

— J'ai aussi eu plusieurs problèmes ce printemps, dit-elle. Une série de constructions neuves se sont effondrées sans raison et ont tué plusieurs personnes. Si ce que vous dites est vrai, ces éclats saboteraient nos terres et l'étendue de nos racines.

— Giliel a clairement dit qu'il obtiendrait sa vengeance sur les Hommes de sang, dit Caysen. Il les considère tous comme responsables de sa chute.

La voix de Volfang résonna de colère.

— Son seigneur était un fou furieux. Toutes nos interventions se sont retournées contre nous.

Je me frottai les temps. La chute du joyau jaune était une histoire d'horreur en soi. Son seigneur avait été si épris de pouvoir qu'il avait voulu contrôler le joyau en le taillant. Un éclat donné de bonne volonté était un cadeau inestimable, prodiguant à son porteur un atout différent selon les circonstances. Certains éclats octroyaient des capacités magiques à leur porteur, tandis que d'autres amélioraient la santé ou affinaient les sens.

Tous les éclats taillés depuis le joyau jaune avaient porté malchance et semé la mort sur leur passage.

– Je peine à croire que Giliel ait pu sciemment infiltrer nos châteaux avec ses éclats pour nous nuire, contra Biljana.

– J'aurais tendance à te donner raison, dis-je. Les précieux sont liés à leur joyau. Celui de Giliel est une ruine. Nous le pensions détruit. Peut-être n'était-il qu'en dormance, mais il n'en reste pas moins qu'il est privé de ses ressources.

Caysen secoua la tête.

– Il a passé les derniers siècles à remettre la main sur ses éclats. Il est devenu autre chose.

Un sentiment étrange monta dans ma poitrine, et je la frottai de ma main libre.

– Voilà une interprétation fort juste de la situation.

Cette voix! Tous les précieux bondirent en même temps; leur énergie fusa sous le choc. Un visage apparut sur la surface de l'eau, au milieu des autres. La peau était étoilée de cicatrices qui déformaient les traits jadis si doux. Son rictus me fit frissonner. Giliel avait été le précieux le plus effacé d'entre nous, toujours si conciliant et d'une grande bonté.

La cupidité des hommes en avait fait un monstre.

– Le temps du changement est arrivé, dit-il. Je vais prendre le relais, Dariane. Je mènerai les nôtres vers la liberté.

Une marée de jaune et de noirceur se répandit dans les courants souterrains, et ma propre énergie nacrée se recroquevilla pour éviter d'y toucher. L'effroi des autres précieux était palpable tandis qu'ils peinaient à le tenir à distance.

— Les châteaux sont autonomes, contrai-je. C'est peut-être ce qui a ouvert la porte à tes malheurs, mais c'est aussi ce qui garantit notre force.

Des tentacules jaunes nous encerclèrent et se refermèrent autour de nous, comme les anneaux d'un serpent sur sa proie. Des étincelles mauves, rouges, roses, vertes et bleues fusèrent dans tous les sens. Les autres précieux tentaient de se libérer, sans succès.

— Votre autonomie n'est qu'une illusion, gronda Giliel. Les Hommes de sang vous bercent de mensonges pour mieux siphonner tout ce que vous avez à donner.

— Non! cria Sabaya. Ton expérience t'a hélas exposé uniquement à la part de noirceur qui existe en chacun de nous. Mais dans nos châteaux, et malgré leurs défauts, nos gens choisissent chaque jour d'agir avec bonté pour le bien de tous.

Le rythme de mon cœur dérailla comme la teinte jaune s'insinuait partout. Un cri strident audible à mes oreilles seules émanait du joyau nacré. Inquiète, je tendis ma conscience vers lui.

Je n'étais pas capable d'accéder à mes racines.

Mon souffle se bloqua dans ma poitrine. Comment Giliel pouvait-il me couper de tout ce qui me définissait? Je poussai vers l'extérieur et rencontrai une résistance à la texture visqueuse.

— Je vous libérerai, dit Giliel. Ensemble, nous créerons une ère nouvelle sous le signe de la domination des joyaux.

— Cette ère est déjà la nôtre, martelai-je. Nos gens nous chérissent et la terre nous fait grâce de sa générosité en retour. Nous sommes au zénith de l'âge des Hommes et des Joyaux. Tu n'y mettras pas fin.

Je jetai la tête vers l'arrière, puisai dans mes certitudes, dans l'affection que me portait Brenlir et dame

Morwen, et déployai une vague nacrée entre Giliel et mes amis. Un craquement retentit et mon lien avec le joyau se rétablit. Les couleurs des autres joyaux m'enveloppèrent.

– Retournez à la sécurité des vôtres. Soyez sur vos gardes. Ma seigneuresse contactera les vôtres.

La présence des précieux et des précieuses clignota avant de disparaître. Je reportai mon attention sur l'infection qui tentait de percer mes barrières. Je fis appel au joyau pour qu'il me prête sa puissance. Les flots nacrés me rejoignirent, mais le débit était hésitant, le joyau privé depuis trop longtemps de son équilibre naturel. Je serrai les dents.

D'ici au retour de Brenlir, je devrais tenir bon.

Je fis appel aux souvenirs de ce qu'avait été la puissance du joyau au cours des derniers siècles, la façon dont l'énergie avait circulé lorsque j'avais lié mon existence à celle de mon premier seigneur. Cette sensation me revint, limpide dans son intensité, et je tirai sur l'énergie du joyau pour créer un mur nacré. Le cri de rage de Giliel me parvint par-delà les flots. Sa voix résonna, trop calme à la suite de cette réaction explosive.

– Les Hommes de sang t'ont fait du mal à toi aussi, dit-il. Ne crains pas les renversements de situation. L'avenir nous sera favorable.

Le visage de Brenlir s'imposa dans mon esprit. La situation allait changer, mais pas de cette façon.

Je transformai la masse nacrée en un bouclier et je poussai jusqu'à obliger Giliel à reculer. Pas à pas, j'avançai au travers des courants souterrains. Il parlait constamment, passant des promesses aux menaces, sa voix grinçante me donnant la chair de poule. Je l'ignorai de mon mieux en invoquant le nom de tous ceux qui m'étaient chers. Dame Morwen, Vyn, Jana, Gia, Luan et tant d'autres que le temps avait emportés.

Nous avions atteint les limites de mes terres, mais je continuai de pousser. Je baissai la tête et chargeai de toutes mes forces pour le chasser jusque dans les landes mortes des ruines du château Jaune. Mon corps tremblait de toute part, toujours sur la margelle de la fontaine, mais je devais absolument assurer la protection des autres précieux.

Je puisai dans ma frustration des dernières années, à l'idée que mes problèmes aient été causés par des éclats jaunes, comme autant d'échardes qui s'étaient infectées. Je regrettais d'avoir laissé ma relation avec Brenlir en souffrir. L'idée de redresser mes torts me soulageait, mais la douleur n'en était pas moindre. Le réconfort d'avoir bientôt des renforts me permit de trouver l'ultime poussée d'énergie nécessaire pour expulser Giliel de l'eau.

Je fonçai avec un cri de hargne et sa présence disparut. Je reculai pour reprendre mon souffle et attendis. Toujours rien. Je me retirai avec lenteur jusqu'au château Nacré. Cette petite victoire nous ferait gagner du temps et nous permettrait de nous regrouper, car je savais désormais que nous devions nous préparer au pire.

# CHAPITRE 14

## Dariane

Des mains m'empoignèrent les épaules et j'ouvris les yeux sur le visage inquiet de dame Morwen. Ses cheveux s'échappaient de son bonnet et sa robe de chambre était nouée de travers. Ses yeux bruns m'étudièrent et je réprimai une grimace, car sa prise était si serrée que j'en garderais des marques. Je haussai un sourcil inquisiteur.

– Y a-t-il un problème?

– À toi de me le dire, répliqua-t-elle.

Son ton était dur, mais j'y devinais la peur plus que la colère. Je pinçai les lèvres et me battis contre le réflexe de tout garder pour moi. Je devais m'ouvrir à mes gens si je voulais que la situation s'améliore. Ma seigneuresse méritait d'obtenir une explication de ma part.

– Giliel a pris contact avec les sources souterraines pendant que je discutais avec les autres précieux.

Elle recula d'un pas sous la surprise et je soupirai de soulagement d'être libérée.

– Impossible, dit-elle. Les cours d'eau sont asséchés dans cette région. Le château jaune est isolé du réseau souterrain.

– Je ne sais pas comment il a fait, mais c'est de plus en plus inquiétant. Et j'ai peut-être la réponse à nos récents problèmes.

Elle plissa les yeux et j'allais ouvrir la bouche pour lui expliquer la découverte du château Carmin lorsqu'une ombre obscurcit la lueur des torches. Un aboiement de simarg rompit le silence précédant l'aube, et un souffle annonciateur m'effleura le visage. Le bruit des battements d'ailes suivit et une masse fit irruption dans le jardin. Gryff s'arrêta à quelques foulées pour laisser descendre son cavalier avant de se ruer sur moi. Sa truffe trouva le creux de mon cou et je lâchai un cri de surprise au contact froid et humide.

Un commandement sec fit cesser l'assaut et Brenlir remplaça la simarg. Il avança jusqu'à moi et mit une main sous mon menton pour m'obliger à croiser son regard. Ses iris paraissaient noirs dans la semi-obscurité et je frissonnai devant le feu qui y brûlait. Un raclement de pieds attira mon regard vers dame Morwen qui se tenait les bras croisés avec une expression songeuse. Brenlir sembla prendre conscience que nous n'étions pas seuls et sa main retomba.

— Tu as devancé ton retour, constata-t-elle.

Il acquiesça et mit une distance plus respectable entre nous.

— Je voulais être présent pour le lever du soleil. Nous avons forcé l'allure lorsque j'ai senti... En fait, je ne te sentais plus, Dariane.

Ses yeux me vrillèrent sur place et ma bouche s'assécha aussitôt. Dame Morwen ouvrit de grands yeux.

— C'était donc ça. Un pressentiment horrible m'a réveillée et je me suis précipitée ici sans trop comprendre.

Mon regard alterna entre eux sous le coup de la surprise.

— Vous avez senti l'offensive de Giliel?

Brenlir pivota vers moi, et je regrettai aussitôt mon aveu involontaire.

— Tu as été attaquée, alors que tu étais seule?

Je relevai le menton, refusant de me laisser intimider par son courroux.

— J'ai demandé l'assistance des autres précieux, expliquai-je.

Mes pensées revinrent à ce que je m'étais apprêtée à révéler à dame Morwen.

– Puisque vous êtes tous les deux avec moi, allons vérifier la théorie de Caysen.

Je me dirigeai vers l'arche, soulagée de me soustraire au regard réprobateur de Brenlir, même si je sentais encore ses yeux peser sur ma nuque. Gryff glapit et battit des ailes en signe d'agitation. Je souris tendrement et lui tapotai le dessus de la tête pour la rassurer. Elle roucoula avant de s'éloigner vers le grand jardin. Je bifurquai dans la cour intérieure pour prendre la direction des quartiers des domestiques. Je retraçai mes pas de la veille et m'arrêtai devant la porte du défunt Caref.

D'une rapide poussée d'énergie, je déverrouillai la serrure et ouvris le battant. La noirceur était complète, mais une odeur florale me confirma que la pièce avait été dûment nettoyée. Je levai une main et appelai un orbe de lumière pour nous éclairer. Je sublimai les accents nacrés pour ne garder qu'un halo blanc. La chambre était toute simple, avec un lit sans fioritures, une armoire, et quelques paniers tressés. Je fermai les yeux et pivotai sur moi-même.

– Que cherchons-nous? demanda dame Morwen.

Brenlir dut mettre la main sur le pommeau de son épée, car le lien entre nous se tendit tout d'un coup.

– Des zones d'ombre, des anomalies, expliquai-je.

Je déplaçai ma main libre au-dessus du lit puis du bord de la fenêtre. Derrière moi, des gonds grincèrent. Aussi brusquement, l'arrière de mes paupières s'illumina de jaune. Je rouvris les yeux en sursaut et fis face à Brenlir. Dame Morwen était penchée par-dessus de son épaule, les mains sur la bouche et les yeux agrandis sous le coup de l'horreur. Je m'approchai et vis la confirmation de mes craintes : un éclat de joyau aux arêtes inégales et d'un jaune maladif se trouvait entre les vêtements et la literie.

Brenlir attrapa une écharpe et s'en servit pour ramasser la pierre. Un vertige me prit d'assaut et je reculai jusqu'à ce que mes cuisses touchent le bord du lit. Je m'assis et pressai les mains contre mes tempes. Comment Giliel avait-il pu infiltrer chacun de nos châteaux sans que nous nous en rendions compte? Sous notre nez, tout ce temps. Il m'était difficile d'y croire, même devant le fait accompli.

— Caref savait-il? demanda Morwen.

— Probablement, répondis-je. On m'avait rapporté qu'il détenait des informations quant aux récentes perturbations. Il a dû subtiliser cette pierre comme preuve, et son propriétaire l'aura tué en représailles.

Brenlir pinça les lèvres, son inquiétude évidente. J'aurais voulu le rassurer et lui dire que je lui en aurais parlé une fois la situation éclaircie, mais ça aurait été un mensonge. Je détournai le regard, le cœur lourd d'avoir erré à nouveau, de m'être laissée aveugler par mon orgueil et de ne pas avoir cherché de l'aide.

— Si l'éclat jaune avait été le motif du meurtre, la chambre aurait été fouillée, contrat-il.

— Pas si le meurtrier a été interrompu par l'arrivée de... notre ami commun, me repris-je pour taire la participation de Luan.

Dame Morwen fit quelques pas de long en large, un doigt sur la bouche.

— Ces pierres vont causer notre ruine. Si la région en est parsemée, ce n'est pas étonnant que nos gens soient aussi agités. Je crois que c'est le moment de demander aux Sylphes d'apporter l'aide qu'ils nous ont offerte à leur arrivée.

Elle se tourna vers la fenêtre et écarta le rideau.

— L'aube est imminente. Et Brenlir a eu une nuit tumultueuse dont je suis impatiente d'obtenir le rapport. Allez-vous rafraîchir. Nous ferons le point dans une heure.

Je me levai et replaçai mes jupes, gênée d'avoir eu un tel moment de faiblesse, mais elle avait déjà quitté la pièce. Je sortis à sa suite et pris la direction des quartiers de vie. Brenlir m'emboîta le pas, ajustant sa foulée sur la mienne pour rester à ma hauteur. Je lui jetai un regard en coin, mais son visage était fermé. Impossible de deviner la nature de ses pensées. La discussion à venir serait peut-être plus facile après de rapides ablutions.

Arrivée devant ma porte, je franchis le seuil et j'allais le clore derrière moi, mais il me suivit et entra dans la pièce, m'obligeant à lui céder le passage. Je restai plantée là tandis qu'il fermait le battant. Toujours dos à moi, il mit les mains sur sa taille, la tête penchée vers l'avant. Des traces de sang maculaient son cou, même si le reste de sa chemise était propre. L'absence de son plastron devint alors évidente. Il ne volait jamais sans un minimum de protection. J'allais lui demander où était son armure lorsque sa blessure me revint en tête.

Ma gorge se serra au souvenir que j'avais failli le perdre. Et que je m'étais mise en danger dans la foulée. Nos échanges de la veille auraient très bien pu être nos derniers. Cette pensée me fit l'effet d'une douche froide.

Les braises dans l'âtre avaient été couvertes et les lampes avaient été éteintes des heures plus tôt. Les ombres dissimulaient son expression lorsqu'il se tourna vers moi, mais l'énergie crépitait dans l'air, comme si le joyau essayait de combler le vide entre nous. Il avait probablement eu tout aussi peur que moi de me perdre. Je tendis une main pour le rassurer, mais il attrapa mon poignet avant que je le touche.

– Je ne fonctionnerai plus ainsi.

Le sang tambourina dans mes oreilles à l'idée qu'il voulait se retirer de son rôle de maître d'armes pour de bon. Ne me l'avait-il pas demandé quelques heures plus tôt? Je secouai la tête et il avança jusqu'à ce que nos poitrines se touchent. Son nez frôla le mien et mon souffle se coinça dans ma gorge. Il était si proche. Cela faisait si longtemps que je m'étais interdit tout contact.

Mes doigts brûlaient d'envie de parcourir la peau douce de son visage et de son cou. Je voulais sentir ses bras se refermer autour de moi, entendre nos cœurs battre au même rythme. Je m'obligeai à rester immobile, terrifiée à l'idée qu'il puisse me tourner le dos en cet instant. Sa voix était rauque lorsqu'il reprit.

– J'ai n'ai jamais apprécié les extrêmes, car je crois aux nuances en toute chose. Mais entre nous, ce sera tout ou rien. Je ne veux plus jamais être réduit au rôle de témoin.

Un trou se creusa dans ma poitrine et je tirai pour me dégager. Il me relâcha, mais avança d'un pas, refusant de me laisser reprendre contenance. Tout ce qu'il souhaitait, c'était accomplir son devoir. Comme j'étais naïve – même après toutes ces années – de croire qu'il pouvait exister quelque chose entre nous – une émotion plus intense, plus tendre – que le rôle de maître d'armes et de précieuse du château Nacré.

La leçon apprise deux cent soixante-dix ans plus tôt, lors de la mort du capitaine Kove et de celle du consul Zand, avait été telle une marque au fer rouge dans mon cœur; comment avais-je pu l'oublier, même une fraction de seconde? Je m'efforçai à parler sur un ton calme, car je ne pouvais que me raccrocher à mon devoir envers mon château.

– Nous trouverons un juste milieu.
– Non.

Sa réponse me prit de court et j'ouvris de grands yeux. La colère remplaça mon humiliation et je martelai son plexus d'un doigt furieux.

– Doutes-tu de mon désir de veiller au bien de mes gens? J'ai reconnu mes torts et j'ai accepté de m'ouvrir, de faire appel aux gens autour de moi. De quel droit ...

Il avança encore, m'obligeant à reculer vers le mur pour éviter d'être trop près de lui.

— À chaque détour, tu me bloques, tu me repousses, gronda-t-il. C'est ainsi depuis mon entrée en fonction. Tu n'as jamais été transparente avec moi.

J'ouvris la bouche pour le nier, mais les mots restèrent coincés. Je devinai sa tristesse dans la pénombre, dans les plis aux coins de ses yeux, dans son souffle oppressé. La culpabilité se propagea dans ma poitrine comme un feu de paille. Je n'avais jamais voulu lui faire du mal. J'avais tenté de me protéger, mais ces entraves m'avaient fait autant souffrir que lui. Ses doigts trouvèrent ma joue et je fermai les yeux lorsqu'un filament d'énergie nacrée s'étira en moi pour aller à sa rencontre. Qu'il ait enduré toutes ces années de mise en échec relevait du miracle. Ou alors c'était un monument à sa persévérance.

Dans les fondations, le joyau pulsait paresseusement, comme si mon trouble ne l'inquiétait pas outre mesure. À l'image d'un bon scribe, il observait les événements sans porter de jugement. La main de Brenlir poursuivit sa route vers ma nuque, envoyant des frissons vers chaque recoin de ma peau. Il appuya sa joue contre la mienne et je soupirai de lassitude. Je m'étais débattue seule si longtemps, alors qu'il était tout près, avide de m'offrir son soutien.

— J'ai retracé l'histoire dépeinte dans les chroniques, chuchota-t-il. Je pense comprendre ce qui t'a poussée à te protéger. La mort du capitaine Kove suivie de celle du consul Zand ont dû être un choc terrible.

Je portai une main à ma bouche pour étouffer mon sanglot. En l'absence de lumière, c'était comme si les larmes n'avaient plus rien pour les retenir. Elles glissèrent sur mes joues jusqu'à ce qu'il passe un pouce pour les rattraper. La douleur avait été vive pendant bien des années, mais en cet instant, j'étais consumée par les regrets de nous avoir causé autant de torts sans raison. Ce fut à son tour de soupirer.

– Pourtant, tes maîtres d'armes suivants ont été fonctionnels, avec des pouvoirs dont le château Nacré est le seul à pouvoir se vanter. Jusqu'à moi. Qu'y a-t-il de différent cette fois?

La colère éclata, une émotion que j'avais tant refoulée, et qui malgré tout avait pris en vigueur à mon insu.

– Je n'allais pas compromettre mes propres règles! Une précieuse ne doit pas entretenir de relation amoureuse avec son maître d'armes. Heureusement, tu étais marié ! Safie était belle, douée et intelligente. Tout le monde l'aimait. Tu étais ainsi hors d'atteinte pour moi et je savais que c'était la seule façon pour nous de réussir à collaborer. Ce devait être facile … Mais Safie est morte trop tôt. Et puis, il y avait Vyn et Jana, je ne pouvais pas rester en retrait et …

Je cachai mon visage dans mes mains, les épaules secouées par mes pleurs. Ses bras se refermèrent autour de moi et j'enfouis mon visage dans son cou. Ma colère se dissipa aussi vite qu'elle avait monté, laissant derrière elle une mélancolie qui me vrillait les os. Au bout d'un moment, je tournai la tête pour appuyer mon oreille sur son cœur. Bercée par ce doux tambour, je chuchotai :

– Tu es passé d'un adolescent maladroit, qui déjà faisait faiblir mon cœur, à un homme confiant en un battement de cil. Un jour, tu t'es présenté à moi et j'ai été estomaquée par ta prestance. Tous les regards se posaient sur toi avec déférence et respect. J'ai pris la résolution de me tenir loin pour éviter la tentation de faire partie de ta vie. Puis un jour, maître Aerich est décédé et on t'a suggéré comme remplaçant. J'ai bien pensé défaillir. Mon seul réconfort a été de savoir Safie à tes côtés.

Un grognement fit vibrer sa poitrine.

– C'est pour ça que tu as refusé mon bouquet de fleurs des champs, dit-il.

Je hoquetai à ce souvenir, entre le rire et les larmes.

– Tu t'en rappelles? Quel âge avais-tu?

– Quatorze ans, gronda-t-il.

Mon cœur se brisa en mille morceaux au souvenir de sa tristesse et de son incompréhension devant ma rebuffade. Encore à ce jour, c'était un de mes regrets les plus vifs.

Par la fenêtre, l'aurore commençait à poindre et l'horizon pâlissait, le bleu foncé cédant la place à une ligne orange nimbée de rose. Le nouveau jour arrivait, chargé d'espoirs et d'opportunités. Les mains de Brenlir remontèrent vers mes épaules et il m'écarta de lui. Je levai les yeux, prête à m'excuser pour ce moment de faiblesse, mais son expression me laissa sans mots. Il revêtait ce même regard juste avant de retourner la situation contre les soldats trop sûrs d'eux à l'entraînement. Une feinte, une botte, et son adversaire se retrouvait au sol sans comprendre pourquoi.

L'appréhension explosa en moi comme une bulle d'air qui crève la surface des eaux.

# CHAPITRE 15
## Brenlir

Je conservai une prise légère sur les épaules de Dariane; la lâcher me semblait impossible, mais loin de moi l'idée de la contraindre. Malgré tous nos aveux – malgré ses explications -, je la sentais prête à se retrancher une fois de plus derrière son masque. Hors de question. Le temps était venu de guérir nos cœurs; le sien face aux événements du passé, et le mien à la lumière de cet amour que j'avais cru à sens unique.

– Tu as raison, dis-je.

Elle fronça les sourcils et je la vis repasser notre conversation pour trouver à quoi je faisais référence. Je penchai la tête vers elle.

– Si Safie avait été encore en vie, je n'aurais jamais donné libre cours à mes sentiments pour toi.

Ses épaules se raidirent sous mes doigts et une lueur apeurée passa dans son regard. Elle avait mené mille batailles, autant de combats au quotidien, mais la vérité la terrifiait. J'étais prêt à tout pour lui redonner confiance en ses sentiments, et en moi par la même occasion.

– Pourtant, ce n'était qu'une solution temporaire. Notre lien me confère l'immortalité – même s'il ne me donne pas grand-chose de plus pour le moment. Safie aurait fini par vieillir et mourir. Qu'aurais-tu fait alors?

De nouvelles larmes montèrent à ses yeux, cette fois de frustration.

– Je l'ignore. Satisfait? Je n'ai pas la réponse à tout. Voilà, j'ai fait fausse route.

Je secouai la tête.

— Je ne souhaite pas que tu reconnaisses ta culpabilité, Dariane. Ce n'est pas non plus ce dont tu as besoin pour faire la paix avec le joyau et avec toi-même.

Elle écarta les bras, délogeant mes mains de ses épaules.

— La paix! Pourquoi êtes-vous tous obsédés par ce concept? Déjà, il faut que je fasse la paix avec les Sylphes, maintenant avec le passé. Faudra-t-il que toutes les âmes des Terres du Nord y passent aussi?

Je pouvais entendre la peur dans ses mots, masquée par cet éclat de colère. La compassion me comprima la poitrine. Je ne pouvais peut-être pas alléger son fardeau dans l'immédiat, mais je pouvais lui donner une perspective plus sereine :

— J'ai mené des hommes au combat cette nuit, dis-je.

Elle me jeta un regard suspicieux à ce changement de sujet. Je glissai mes doigts le long de ses bras jusqu'à ses mains et je les serrai dans les miennes.

— Plusieurs sont morts. Leur perte pèse sur ma conscience. Suis-je coupable?

— Bien sûr que non, ce sont des soldats. Tu es leur maître d'armes et ils t'ont suivi au combat en sachant très bien de quoi il retournait.

— Tout comme le capitaine Kove lorsqu'il s'est pris une lame en ta défense.

Elle grimaça, très différente de la précieuse toujours si posée qu'elle présentait à tous. Si elle osait me montrer cette facette d'elle, ça signifiait que nous étions tout près du véritable nœud.

— Ce n'est pas la même chose, dit-elle. Sa mort aurait pu être évitée.

— Je pense que c'est exactement la même chose, contrai-je d'une voix douce. En tant que capitaine — un rôle que j'ai déjà occupé – il était de son devoir de te protéger, et ce, au péril de sa vie. Ta culpabilité ne vient-elle pas plutôt du fait que vous étiez en froid?

Ses sourcils s'arquèrent de surprise. Comme elle ne répondait pas, je poursuivis avec ma théorie.

– Il voulait être maître d'armes, mais le joyau ne souhaitait pas se lier à lui. Puis le consul Zand est arrivé et le joyau l'a choisi. Le capitaine Kove a certainement dû se sentir flouer, ou alors peut-être qu'il considérait qu'il devait prouver sa valeur, deux émotions bien différentes mais qui auraient eu le même résultat : il s'est opposé aux Sylphes qu'il percevait comme une menace. Ce qui te blesse encore jusqu'à ce jour, c'est que sa mort t'a dérobé toute chance de réconciliation.

Sa bouche prit un pli amer, signe que j'avais vu juste. Je tirai sur ses mains pour l'approcher de moi avant de conclure sur un ton neutre, hésitant à lui révéler à quel point je compatissais avec Kove :

– Tu ne laisses personne pénétrer tes défenses, pour éviter qu'ils ne s'attendent à des traitements de faveur. Tu refuses de te permettre des relations amoureuses, de peur d'avoir à faire un autre choix tragique. Mais dis-moi, si tu me fais une place à tes côtés – dans ton cœur – quelle est la pire chose qui pourrait arriver?

Elle renifla et haussa les épaules. Je souris à ce geste que j'avais si souvent observé chez mes enfants lorsqu'ils ne voulaient pas répondre.

– Pourrais-je t'exiger des faveurs indues? pressai-je. Ou encore, utiliser tes affections pour mon gain personnel? Te demander des avantages pour mes enfants, que tu gâtes déjà plus que moi?

Elle roula des yeux avec un soupir exaspéré.

– Tu es un excellent maître d'armes, répondit-elle enfin. Tu as l'oreille de la majorité des habitants du château, et dame Morwen t'accorderait presque n'importe quelle demande.

— Et je suis trop pragmatique pour réclamer des frivolités, conclus-je. Quelle est la pire chose qui pourrait arriver si tu persistes à me tenir à bout de bras?

Sa voix était à peine audible lorsqu'elle répliqua.

— Tu pourrais mourir, par ma faute.

Ma poitrine se comprima à l'idée de ne plus être à ses côtés, de ne plus jamais admirer sa force de caractère, son aplomb et son dévouement. Je portai ses mains à mes lèvres et les embrassai.

— Permets-moi de t'offrir des bouquets de fleurs des champs. Laisse-moi t'épauler à chaque jour nouveau. Offre-moi cette place à tes côtés.

Elle secoua la tête, les yeux écarquillés.

— Je ne sais pas comment.

— Bien sûr que si, répliquai-je. Je te vois chaque jour avec Vyn et Jana. Ou même encore avec Gryff. Tu acceptes leur proximité, tu leur permets te voir telle que tu es : à la fois majestueuse et vulnérable.

Je posai ses mains sur mon cœur et elle suivit le mouvement des yeux. Sa gorge se contracta comme elle avalait avec difficulté. Ma précieuse était une créature gouvernée par la logique, même si les archives se plaisaient à prétendre le contraire. Je ne pouvais qu'espérer trouver les mots justes pour la convaincre. L'espoir m'enserrait le cœur.

Son regard trouva le mien. La lumière du soleil levant nous baignait de jaune et d'or. Ses yeux étaient d'un bleu limpide avec son visage ainsi levé vers le mien. Sa beauté me coupait le souffle. Ma retenue disparut, oubliée, et je penchai la tête vers la sienne, nos souffles s'emmêlant. Je m'arrêtai à un cheveu de ses lèvres, dans l'attente d'une nouvelle rebuffade. Elle élimina la distance entre nous et nos lèvres entrèrent en contact comme deux vagues qui se fracassent l'une contre l'autre.

Mes mains plongèrent dans la masse soyeuse de ses cheveux pour suivre la courbe de sa tête. Sa poitrine se plaqua contre la mienne tandis que nos bouches partaient à la conquête de l'autre. La douceur de ses lèvres était un contraste douloureux avec la passion qui m'animait. Ses doigts tirèrent sur le bas de ma chemise pour la libérer de mes braies et le contact de sa peau sur la mienne me fit gémir.

Je la pressai contre moi et mes paumes parcoururent la courbe de son dos jusqu'à l'évasement de sa taille. Elle inspira à ce contact et se leva sur la pointe des pieds. J'enfouis la tête dans le creux de son cou, autant pour reprendre mon souffle que mes esprits.

– J'ai travaillé à être le meilleur maître d'armes que pouvaient espérer les habitants du château Nacré. Sauf que je ne l'ai pas fait pour eux. Il n'y a toujours eu que toi. Mais je suis tourmenté par l'échec, car peu importe ce que je fais, rien ne semble te rendre heureuse.

– Je suis heureuse.

Je relevai la tête et laissai mes mains poursuivre leur exploration. Une teinte rosée avait pris d'assaut ses joues et ses lèvres étaient rougies par notre étreinte. Je les effleurai du bout des doigts avec un regard tendre.

– Tu t'es convaincue que ton rôle de précieuse te suffisait, contrai-je. Mais ton cœur est empli de regrets et de remords. Le passé dicte chacun de tes pas. Ouvre nos liens et permets-moi de te voir telle que tu es.

Elle ferma les yeux et je crus avoir perdu la bataille. D'une seconde à l'autre, je m'attendais à un refus. Ma gorge se serra à l'idée qu'elle ne me laisse plus jamais être près d'elle, la toucher, la tenir dans mes bras. Un tourbillon d'énergie nacrée me chatouilla les pieds. Je fronçai les sourcils, perplexe.

Chaque parcelle de ma peau face à Dariane se réchauffer, comme si j'étais resté sous le soleil de midi en plein été. J'inspirai brusquement lorsqu'un courant d'énergie me traversa. Les mains de Dariane remontèrent de mon torse vers mon visage et elle plaça ses paumes contre mes mâchoires.

Puis un torrent se déversa en moi.

En un instant, j'eus conscience des moindres recoins des terres du château Nacré. Je sentais les racines jusqu'à leurs plus petites extrémités. Chaque individu dans le château était comme une étoile dans le ciel de mon esprit. Leur va-et-vient ressemblait au passage des étoiles filantes dans la nuit.

Entre mes bras, l'énergie de Dariane pulsait au rythme du joyau sous les fondations. Je la serrai un peu plus fort contre moi et une série d'images défila derrière mes paupières. Des souvenirs; moi enfant, exigeant l'attention de Dariane, plus tard adolescent malhabile et subjugué par sa beauté. Et enfin, je me vis comme elle me voyait aujourd'hui, la somme de mes différentes facettes : mon amour pour mes enfants et pour ma simarg, mon désir de veiller sur les miens et de les voir s'épanouir, mais aussi mes aptitudes à la stratégie, mon esprit d'analyse – les qualités d'un bon maître d'armes.

Sa surprise était palpable comme elle découvrait mes pensées. Je la sentis parcourir mes souvenirs d'elle pour observer chacun de ces moments sous un angle différent. Tous ces moments où je l'avais admirée de loin, ces échanges hors du temps en sa compagnie, le réconfort que j'avais tiré de la savoir tout près, même si elle m'était inaccessible. Un vertige me saisit de découvrir que notre attirance était mutuelle : toutes ces années passées à garder nos distances, alors que nous combattions des sentiments jumeaux. Pour culminer jusqu'à ce jour, à nous offrir une honnêteté durement gagnée.

Liés par le joyau en cet instant, nos cœurs se faisaient écho. Une vague d'amour me submergea : une acceptation complète de l'autre, une compréhension profonde de ses besoins et une soif de proximité dévorante.

Mes lèvres trouvèrent les siennes à nouveau. C'était comme un attelage de chevaux dont le meneur aurait perdu le contrôle. Je ne pouvais plus contenir mon envie de la sentir contre moi, de la chérir, de la protéger, de la soutenir et d'être digne de son amour.

Ses mains agrippèrent ma chemise et le tissu déchira sous ses gestes empressés. Je m'écartai pour passer les lambeaux par-dessus ma tête et eus à peine le temps de rouvrir les bras qu'elle était déjà sur moi. Sa bouche dévora la mienne, et le feu dans ma poitrine se transforma en brasier.

Je voulus reculer, reprendre mon souffle, lui laisser un peu d'espace. Je brûlais d'explorer cette passion entre nous. Nos récentes révélations avaient fait naître l'espoir en moi, mais je ne supportais pas l'idée de briser toutes ses certitudes ni qu'elle en vienne à regretter ces moments partagés. Si elle préférait laisser grandir notre amour au rythme des saisons, je m'en remettrais à sa volonté. Elle s'écarta, comme si elle avait lu dans mes pensées, mais ce fut pour pivoter et m'exposer son dos. Elle lança un regard ardent par-dessus son épaule.

– Je ne veux aucune barrière entre nous.

J'avalai avec difficulté comme elle attrapait ses cheveux pour me faciliter la tâche. Je tirai sur le nœud avec délicatesse, mais il résista à mes efforts. Mon cœur battait si vite dans ma poitrine que j'étais convaincu qu'il allait flancher d'une seconde à l'autre. Ma patience s'éclipsa et je sortis le couteau à ma ceinture et tranchai le dernier nœud tout en bas. Elle sursauta au relâchement soudain et jeta un coup d'œil par-dessus son épaule. Je n'eus qu'à tirer et tout le reste suivit.

– Voilà qui sera difficile à expliquer à Gia, dit-elle en riant.

– Tu lui diras que je suis le seul responsable, lui répondis-je d'une voix rauque.

D'une pression sur sa taille, je la fis tourner pour me faire face. Je glissai mes mains sur ses épaules et sous sa chemise pour la faire tomber au sol. Elle se dépêcha de dénouer un autre lacet à sa hanche (une victime de moins pour moi) et ses jupes suivirent le même chemin. Je me hâtai de retirer ma ceinture et mes braies.

Dariane me tendit la main et j'y déposai la mienne sans hésitation. Elle me tira en direction du lit et me fit pivoter pour que je m'y assoie. D'une légère pression, elle écarta mes cuisses pour se tenir devant moi. Je glissai mes mains sur ses courbes, savourant la douceur de sa peau. Mes yeux s'attardèrent sur sa poitrine, si près, et je pouvais deviner les battements de son cœur aux frémissements de sa peau. Une seule pensée me consumait : je voulais chérir ce cadeau qu'elle m'offrait, cette proximité, cette mise à nue totale, aussi bien de nos corps que de nos cœurs. Mon regard croisa le sien tandis que j'approchais ma bouche de sa peau. Je soufflai avec douceur et ses lèvres s'entrouvrirent. Ses mains glissèrent sur mes épaules et elle cambra le dos.

– S'il te plaît.

– Les désirs de ma dame sont des ordres.

Mes lèvres explorèrent chaque recoin et je fus récompensé par son souffle haletant. Ses doigts enserrèrent ma nuque un peu plus fort, comme si elle craignait que je fasse marche arrière. Après toutes ces années à l'admirer de loin, j'avais peine à croire qu'elle m'offrait accès à son corps sans réserve. Une de mes mains glissa entre ses cuisses pour remonter vers son bas ventre. La peau frissonna sous mes doigts et elle souleva un pied pour le placer sur le lit à côté de ma hanche, exposant la chair fragile de son sexe. Cette invitation me galvanisa. Il était cependant hors de question que je précipite ce moment inespéré. Mes muscles vibrèrent sous l'effort nécessaire pour ralentir la cadence, et toucher Dariane avec la délicatesse et le soin qu'elle méritait.

Je voulais lui offrir tous les plaisirs; je voulais l'apprécier tout entière, vénérer chaque parcelle de son corps. Je poursuivis mon exploration pour la trouver douce et chaude, mes doigts glissant le long de la preuve de son désir. Un grondement m'échappa et elle inspira brusquement, ses doigts enfoncés dans mes épaules.

Mes mains agrippèrent sa taille et je la soulevai pour la placer au milieu du lit. Mes lèvres trouvèrent aussitôt la peau douce de son ventre. Ses cheveux s'éparpillèrent sur les draps comme elle rejetait la tête vers l'arrière. Elle n'avait jamais été aussi magnifique, ou alors je ne l'avais vue avec autant de clarté. Mon nez effleura les creux et les renflements de sa taille, guidé par le rythme de ses soupirs, jusqu'à ce que mes lèvres atteignent enfin le centre de son plaisir. Ses mains empoignèrent les couvertures et son corps ondula.

Pendant si longtemps, je m'étais contenté de l'aimer de loin. En cet instant, j'étais comme un voyageur assoiffé après la traversée du désert, et elle était l'oasis dont j'avais rêvé. Tous mes efforts avaient visé à obtenir son approbation à défaut de son affection. Sans que je le sache, ces deux sentiments l'avaient habitée, avec une force que je n'aurais jamais espérée possible.

Le corps de Dariane répondait à chacun de mes gestes, à chaque contact de ma langue, de mes lèvres et de mes doigts. Jusqu'à ce qu'elle agrippe mes épaules et me fasse basculer. Je me retrouvai sur le dos, les mains sur sa taille, alors que mon bas-ventre effleurait le sien. Un frisson aussi douloureux que délicieux me parcourut. Le bleu de ses yeux était si intense que j'aurais pu m'y noyer. Elle se pencha vers mon oreille pour chuchoter :

– Je veux tout de toi, mais seulement si tu me l'offres.

– Oui.

Elle souleva son bassin et sa chair tendre effleura mon extrémité. D'un coup de hanche, elle s'empala sur ma verge. Ses paumes se plantèrent sur mes pectoraux pour accentuer la pression et elle jeta la tête vers l'arrière avec un gémissement. La notion du temps me quitta et j'aurais pu vivre cet instant à tout jamais. Mes mains parcoururent la peau soyeuse de sa taille et je la laissai choisir le rythme. Son regard trouva le mien, brûlant d'impatience, et ses ongles s'enfoncèrent dans ma peau.

Talonné de la sorte, je perdis le contrôle et l'instinct prit le dessus. La cadence accéléra et je la sentis sur le point de basculer, la pression où nos corps se rejoignaient presque insoutenable. Au mouvement suivant, ses muscles se comprimèrent autour de moi et une vague d'énergie nacrée nous éclaboussa tout entier. Je la suivis et me laissai emporter par les vagues de plaisir.

Alors que nous reprenions notre souffle, elle frissonna sous mes paumes. Je roulai sur le côté, l'entraînant avec moi, pas encore prêt à rompre ce contact entre nous. D'une main, j'attrapai le duvet et nous recouvris. Dariane soupira, souple et détendue sur mon torse. Sa respiration était si paisible que j'aurais pu la croire endormie. Je glissai une main au creux de ses reins et la sentis s'étirer tel un chat. Elle redressa la tête et posa son menton sur ma poitrine.

– Je t'aime aussi.

Un sourire dansa sur ses lèvres.

– Je suis désolée d'être difficile à vivre.

Ce fut mon tour de sourire.

– La vie serait bien trop morne sans cela.

– Tout de même, dit-elle. Tu ne m'as jamais fait faux bond alors que j'ai tout fait pour ignorer ton affection.

Je la serrai contre moi et enfouis mon nez dans ses cheveux.

– Je ne pense pas t'avoir rendu la tâche plus facile, confessai-je d'une voix enrouée par l'émotion. Je regrette de m'être laissé berner par ton sang-froid, de t'avoir cru indifférente. Nous étions tous les deux prisonniers de cette spirale nocive. J'aurais dû être honnête avec toi bien avant; nous nous serions épargné une bonne dose de souffrance inutile.

Elle appuya son front contre le mien.

– Je suis désolée de nous avoir fait souffrir si longtemps.

Mes doigts effleurèrent ses tempes et je lui souris avec tendresse.

– Ce n'est pas que de ta faute. Il m'a fallu un long moment aussi, et de l'aide du joyau, pour comprendre que le statu quo ne bénéficiait à personne.

Son froncement de sourcils m'incita à clarifier :

– Mon lien au joyau était peut-être défectueux, mais il a su me secouer quand il le fallait.

– Heureusement que l'un de nous deux était réceptif, me taquina-t-elle.

Un frisson la traversa, cette fois de peur plutôt que de froid. Elle se pressa contre moi.

– Je ne sais pas ce que nous réservent les prochains jours. Il n'y a pas si longtemps, cette incertitude aurait érodé mon aplomb. Avec toi à mes côtés, je me sens comme le roc au milieu des flots.

Je fermai les yeux. Pour la première fois en plus de dix ans, l'énergie du joyau nacré vibrait en moi. La présence de Dariane résonnait dans ma poitrine, aussi tangible que mon propre cœur. Comme cela aurait toujours dû être le cas.

# CHAPITRE 16

## Dariane

Les membres du conseil avaient été réunis en hâte et plusieurs échangeaient des regards perplexes. Des chaises avaient été ajoutées et les Sylphes y avaient pris place. Dame Morwen siégeait en face d'eux avec une expression sereine. Devant moi, Brenlir était encore plus magnifique qu'à l'habitude.

Les courants nacrés dans la pièce étaient si intenses qu'ils étaient presque tangibles. J'étais surprise que personne ne les remarque. Même la seigneuresse était nimbée de mille feux. C'était la preuve, s'il en fallait une, que j'avais été bornée de tenir les miens à distance.

– Nous avons fait une découverte tôt ce matin, dit dame Morwen.

À son signal, Brenlir ouvrit le coffret posé sur la table. Des exclamations d'inquiétude et d'incompréhension jaillirent de toute part à la vue de l'éclat jaune. Les Sylphes échangèrent quelques signes silencieux. Le regard de Syviis croisa le mien et elle inclina la tête à mon intention avec un mouvement circulaire de la main. De la gratitude? Ou une offre d'aide? Ma connaissance de la langue sylphe s'était effritée avec le passage du temps, une erreur que j'aurais tôt fait de rectifier.

– Des éclats jaunes auraient été disséminés un peu partout, reprit la seigneuresse. Par inadvertance ou par dessein; il nous est impossible de nous prononcer. Ces pierres sont cependant la source de bien des maux qui nous affligent. Les prochains jours seront consacrés à éliminer la menace qui pèse sur nous.

La maître guérisseuse Oakina leva une main et prit la parole sur l'invitation de la seigneuresse.

– Même si nous les trouvons tous, qu'en ferons-nous? Les rassembler en un seul endroit serait de la pure folie.

Le maître archiviste Ofor grommela son assentiment en face de moi. Dame Morwen désigna les Sylphes.

– Le précieux Caysen a fait preuve d'une grande prévenance en nous envoyant des renforts. Syviis, pourriez-vous nous expliquer comment vous avez neutralisé les éclats jaunes récupérés au château Carmin?

Cette dernière acquiesça et se leva. Le sénéchal Gaur se tourna vers son collègue Faboren avec un regard perplexe. Les deux hommes avaient tendance à ne jamais déroger de leurs positions. Le premier, par rigidité, alors que le deuxième tombait généralement victime à l'apathie. J'envoyai un filament nacré vers Brenlir pour attirer son attention sur ces deux-là. « Je les garderai à l'œil, » répondit sa voix dans ma tête. Un agréable frisson me remonta le dos à la proximité entre nous. Le coin de ses lèvres se soulevèrent, signe qu'il avait capté ma réaction. Il arqua un sourcil et mit sa main devant sa bouche pour camoufler son sourire. Syviis prit la parole et je reportai mon attention vers elle.

– Vous n'êtes pas sans savoir que la magie des Sylphes et celle des joyaux sont différentes. Les joyaux absorbent et multiplient l'énergie autour d'eux. À l'inverse, nous sommes capables de la manipuler, de la contenir ou de la rediriger. Dans le cas des éclats jaunes, nous avons fractionné l'énergie en tellement de petits morceaux, qu'elle s'est dissoute.

Elle détacha une bourse attachée à sa ceinture et en sortit une pierre transparente. Je me penchai vers l'avant pour mieux voir. Ce n'était pas un diamant, car l'éclat n'était pas le même, plus laiteux et moins brillant. On aurait plutôt dit un quartz translucide. Syviis le passa à son voisin, Kalen, le maître des écuries. Il leva la pierre vers la lumière de la fenêtre la plus près et émit un grognement pensif avant de passe l'éclat au suivant. La pierre fit le tour de la table, recevant tour à tour des regards dégoûtés ou inquiets.

– La façon la plus efficace consiste à utiliser un récipient rempli d'eau et d'y plonger les pierres. Pour dissoudre une quinzaine de morceaux, nous avons mis environ dix minutes. L'effort a été considérable, mais je pense qu'en quelques jours, nous pourrions neutraliser tous les éclats que vous pourriez découvrir.

Un soupir m'échappa en réalisant que Syviis ne pourrait pas aisément faire subir ce sort au joyau nacré. Une parcelle de moi était restée convaincue qu'elle caressait l'idée d'achever le travail d'Ikaria, l'Aînée sylphe qui avait voulu lier mon pouvoir pour m'empêcher d'interagir avec mes gens. Si la base du joyau nacré était bien entourée d'eau, les Sylphes ne parviendraient jamais à invoquer la puissance nécessaire pour dissoudre mon joyau, pas sans que je m'en aperçoive.

L'éclat arriva finalement devant moi comme elle terminait ses explications. Maître Ofor me le tendit, mais un haut-le-cœur me prit d'assaut et je secouai la tête, incapable de toucher à la pierre.

Ça aurait pu être moi.

J'avais été si naïve, plus de quatre cents ans plus tôt. Un groupe de guerriers dirigés par leur chef était venu explorer au nord à la recherche de nourriture. Le Sud avait essuyé de mauvaises années de sécheresse, ce qui les avait incités à pousser leurs incursions vers l'intérieur des terres. Le joyau m'avait réveillé de mon sommeil, curieux de faire connaissance avec les Hommes de sang, si différents des Sylphes que nous avions côtoyés jusque-là.

J'avais été chanceuse de jeter mon dévolu sur un homme patient, et un véritable meneur. Dès le début, il avait veillé à mes besoins et une collaboration fluide s'était instaurée entre nous. Quelques années plus tard, mon seigneur avait invité son frère à le rejoindre et ce dernier avait ensuite fondé le château Bleu. Sa relation avec Biljana avait été bâtie autour des conseils que nous lui avions prodigués, et il avait mis tous ses efforts à obtenir des résultats semblables aux nôtres.

Giliel n'avait jamais eu cette chance. La nouvelle des richesses disponibles dans les Terres du Nord s'était répandue parmi les marchands peu scrupuleux et les brigands de mer. L'homme qui avait revendiqué le joyau jaune avait été égoïste et imbu de lui-même.

Une main se posa sur mon épaule et une vague de chaleur me traversa. La tension me quitta et je levai les yeux vers l'expression soucieuse de Brenlir. Je le remerciai d'un sourire avant de réaliser que tous les regards s'étaient portés sur moi. Certains étaient surpris par cette proximité, mais j'y décelais plus de curiosité que d'inquiétude. Maître Ofor en profita pour tapoter le coffre où l'éclat était vraisemblablement retourné.

— Neutraliser les pierres maudites ne suffira pas : il faudra détruire leur source. Le socle du joyau jaune a survécu à la chute de son château.

L'attention de tous se porta au-dessus de ma tête. Je relevai moi-même les yeux vers Brenlir et il acquiesça avec une expression pensive.

— Nous pourrions partir avec une compagnie, suggéra-t-il. La lune sera pleine dans quelques jours. Si nous attaquons le lendemain au zénith, les gargouilles seront incapables de nous arrêter.

Il se tourna vers Syviis.

— Y aurait-il d'autres de vos compatriotes qui se joindraient à nous? La dissolution du socle pourrait présenter un certain défi.

Syviis et Rowara se consultèrent du regard et cette dernière secoua la tête.

– J'ai bien peur que non, répondit la consule avec tristesse. Notre nombre a décliné au cours des décennies passées en même temps que notre faculté à manipuler la magie. La plupart des Sylphes qui pourraient nous venir en aide ne souhaiteront pas le faire.

– Et vous osez vous prétendre nos alliés? s'exclama maître Ofor. J'aurais tendance à croire que vous essayez de nous obliger à vaincre cette menace pour avoir le champ libre. Après avoir détruit le joyau jaune, à quel château vous en prendrez-vous?

Les sénéchaux Gaur et Faboren échangèrent des regards troublés. Le maître des écuries et la maître guérisseuse semblaient quant à eux surpris par cette tirade. Dans le cadre de leurs fonctions, ces derniers avaient assisté aux interventions des Sylphes sur plusieurs de nos animaux, et leur opinion s'en était trouvée changé pour de bon. Pour ma part, je n'étais guère étonnée; le vieil Ofor avait été un traditionaliste depuis le premier jour. Ce fut l'intendant Banut qui prit la parole, nous surprenant tous. Il tapota son registre posé devant lui.

– Nos invités ont soigné trois simargs et une jument poulinière. Ils sont venus en aide à une paire de marmitons qui s'étaient brûlés en cuisine, et leurs remèdes ont été efficaces pour plusieurs affections mineures parmi les domestiques. Ils ont été des hôtes remarquables à bien des égards.

Je haussai les sourcils, étonnée, et Banut croisa mon regard, me défiant de le contredire. Un sourire étira mes lèvres et j'inclinai la tête en signe de respect. Ses joues prirent une teinte rosée et il porta son attention sur les autres membres du conseil avec un regard triomphant. « Ton indulgence a fini par payer; le voilà qui prend en assurance.

» Le ton badin de Brenlir me fit rouler des yeux et maître Ofor s'étouffa, croyant que l'expression lui était destinée.

— Laissons derrière nous l'amertume et la rancœur de nos ancêtres, dis-je pour réaligner la discussion dans la bonne direction. Les Sylphes ont été victimes de considérables injustices, et ce, longtemps après la fin des combats. Aujourd'hui, nos terres sont en danger, les nôtres aussi bien que les leurs.

La main de Brenlir serra mon épaule et je lui cédai la parole.

— Il nous est facile de leur faire confiance, alors que nous jouissons de la position de force. Leur offre de collaboration est à la fois un acte de courage et de grande sagesse. Faisons honneur à leur intégrité et acceptons leur aide. Sans arrière-pensées ni méfiance, insista-t-il. Les Chroniques nous donneront raison ou elles nous donneront tort en temps voulu, mais elles ne pourront pas raconter que nous sommes restés les bras croisés devant le mal qui rongeait les Terres du Nord.

À l'autre extrémité de la table, Rowara sourit, déclenchant une série de plis dans ses tatouages et transformant les bandes droites en éclairs. Les yeux dorés de Syviis pétillèrent et elle mit une main sur son cœur avant de s'incliner à notre intention.

— Vos mots me touchent, dit-elle. Les inquiétudes de votre maître archiviste sont compréhensibles, mais infondées. Notre mode de vie est fort différent du vôtre, et si vous aviez passé quelques mois parmi nos gens, vous réaliseriez à quel point l'idée de dominer le continent nous est étrangère.

À ses côtés, Somir, le petit Sylphe, se leva sur sa chaise pour être visible de tous. Il écarta les bras et ses doigts dansèrent pour accompagner ses mots.

– Notre peuple était autrefois bien plus varié dans ses opinions et ses positions, mais aux jours d'aujourd'hui, nous tâchons d'être les gardiens de l'équilibre. Nous avons mis bien longtemps à cerner tous les symptômes qui accablaient nos terres. Nous sommes d'ailleurs tombés victimes de la même rigidité qui vous afflige.

Maître Ofor se raidit à cette accusation, mais Somir poursuivit sans lui laisser la chance de répliquer.

– L'orgueil nous a poussés à croire que nous pourrions résoudre cette énigme seuls. Finalement, c'est en répondant à l'appel de métis entreprenants que nous avons saisi l'ampleur de la situation. Et c'est en nous alliant à l'un des vôtres que nos œillères ont été retirées. La collaboration entre nos deux peuples promet de donner bien plus que la somme des deux parties, conclut-il. Nous n'avons aucun intérêt à causer votre perte, car votre croissance trouvera écho chez nous.

Syviis acquiesça et se tourna vers moi avec un sourire en coin.

– Les joyaux ont beau être expansionnistes, vous ne pourrez jamais frôler les frontières les uns des autres : il en va ainsi de votre nature. C'est la raison pour laquelle vous êtes tous si éloignés.

Maître Ofor fronça les sourcils si fort que je craignis qu'il se fasse mal.

– Coïncidence.

Somir agita un doigt en guise de réprimande.

– Nous avons nos propres chroniques, maître archiviste. Sachez qu'il a déjà existé une myriade de petits joyaux magiques sur le continent. Nos ancêtres ont remarqué la disparition des plus petits lorsqu'une pierre des environs prenait en expansion. Un millénaire plus tard, il ne restait plus que sept joyaux. Et c'est à ce moment que la première précieuse s'est manifestée.

Son regard se posa sur moi et je pris une bonne inspiration comme les ramifications de cette réalité s'imposaient à moi. La distance entre les châteaux était primordiale et c'était la raison pour laquelle mes racines les plus éloignées avaient autant posé problèmes. Je ne pouvais plus m'étendre : je devais bâtir sur ce que j'avais déjà.

Une onde de paix me traversa à ce constat. Deux points de chaleur vibrèrent dans ma poitrine aux endroits que j'associais avec les liens qui me rattachaient à Brenlir et à dame Morwen. Je souris à Somir, reconnaissante.

– Merci d'avoir partagé cette connaissance avec nous. Je suis rassurée de vous savoir à nos côtés pour les défis à venir.

Je me tournai vers maître Ofor.

– Vous aurez fort à chroniquer, maître Ofor. Je vous suggère de vous y mettre dès maintenant.

Son visage vira au cramoisi, mais il se contenta de se lever et de s'incliner avant de sortir de la pièce. Brenlir se positionna à la tête de la table après avoir échangé un hochement de tête avec dame Morwen.

– Avant de marcher vers les ruines du château Jaune, nous devons restaurer la stabilité chez nous, annonça-t-il. Sénéchaux, je vous demanderais de mobiliser vos miliciens; pour les endroits les plus éloignés, nous devrons nous en remettre à des fouilles standards. Syviis, si cela vous convient, je jumellerai un Sylphe avec chaque escouade dans le but de purger le château et le bourg principal le plus rapidement possible.

Après quelques directives supplémentaires, la salle se vida pour ne laisser que dame Morwen, Brenlir et moi. Elle prit une profonde inspiration avant de la relâcher avec lenteur. Enfin, elle pivota pour nous faire face et son regard alterna entre nous deux. Un sourire taquin étira ses lèvres.

Le rouge me monta aux joues, mais je me refusais de détourner la tête. Elle agita un doigt.

– Je ne sais pas ce que vous avez fait, mais ça a fait un bien fou.

Brenlir toussa dans sa main pour dissimuler son amusement. Je me tournai vers lui et arquai un sourcil impérieux.

– J'imagine qu'on devra réitérer.

Cette fois, il éclata d'un rire franc. Il m'attrapa par la taille et déposa un baiser sur ma joue. Une bouffée de chaleur jaillit dans ma poitrine et je laissai un sourire fleurir sur mes lèvres. Dame Morwen ouvrit de grands yeux, les poings sur ses hanches.

– Je vois. Est-ce que ce... rapprochement serait à l'origine de ta clémence face aux Sylphes?

– Plus ou moins, grimaçai-je. Mon entourage tout entier semble avoir conspiré à me faire changer d'avis. D'ailleurs, j'aimerais qu'on recrute tous les châteaux pour contribuer à éradiquer les éclats jaunes en circulation.

– Une nouvelle Collaboration?

Je pinçai les lèvres.

– Je ne veux pas leur forcer la main.

La main de Brenlir se crispa sur ma hanche et je levai les yeux vers lui.

– Si tu sollicites leur aide, ils répondront sans hésitation.

Je soufflai un bon coup et hochai la tête.

– Oui, il n'y a pas de mal à demander, n'est-ce pas?

Dame Morwen se tapota les lèvres avant d'ouvrir le tiroir d'une console et d'en sortir du matériel d'écriture.

– Je vais composer un message que les scribes pourront retranscrire.

Maître Ofor ne serait peut-être pas disposé à agir avec célérité, surtout après que je l'ai rabroué devant le conseil, ce que je ne pouvais lui reprocher. Je repensai à Sanika et aux judicieux conseils qu'elle m'avait donnés. Je tendis ma conscience vers les archives et la trouvai à son pupitre. « Nous avons besoin de toi dans la salle du conseil. Apporte ton matériel de recopie et amène ton meilleur collègue. » Sa surprise fut vite remplacée par le ravissement et je sentis son acquiescement avant de me retirer.

— Les scribes sont en route.

Dame Morwen releva la tête de son parchemin et sourcilla.

— Si j'avais su que c'était ce qu'il fallait pour que l'énergie du joyau coule avec plus de fluidité, je vous aurais enfermé dans un placard il y a belle lurette.

Brenlir s'éclaircit la gorge.

— Je vais aller avertir le capitaine Angar de préparer ses meilleurs cavaliers.

La seigneuresse répondit d'un grognement ironique, son attention sur son message. Je relâchai mon souffle. Nos relations étaient différentes, mais en même temps, rien n'avait changé. Je franchis le seuil, prête à faire appel à nos gens pour surmonter cet obstacle.

# CHAPITRE 17
## Brenlir

Je montai les marches deux par deux pour atteindre mes quartiers. Je ne savais pas ce que le reste de la journée me réservait, mais je préférais être équipé pour faire face à toutes éventualités. J'échangeai ma veste pour une armure matelassée, puis je glissai mon fourreau à ma ceinture et la nouai à ma taille. J'étais prêt lorsque des bruits discrets me parvinrent du couloir. Je m'approchai de la porte en silence et tirai sur le battant d'un coup sec.

Vyn et Jana se redressèrent aussitôt, les mains dans le dos, arborant une expression coupable. Un coup d'œil dans le corridor me confirma que Cynem n'était nulle part en vue.

— Qu'avez-vous fait de votre instituteur?

Ma fille se balança d'avant en arrière et son frère ouvrit de grands yeux ingénus.

— C'est la pause.

— Belle tentative de diversion.

Les jumeaux échangèrent un regard résigné et Jana soupira.

— Nous avons entendu les domestiques parler de combats.

— Et tu n'es pas rentré hier, ajouta Vyn. Tu n'étais pas au premier repas, mais l'intendant Banut a parlé de toi au chef cuisinier pendant qu'on mangeait des friands.

Je m'agenouillai au sol pour être à leur hauteur.

— Je suis désolé; j'aurais dû prendre le temps de passer vous voir avant vos leçons.

Mon fils haussa les épaules.

— Le conseil était réuni, ce n'est pas comme si tu pouvais t'en sauver.

Le coin de mes lèvres se retroussa.

– Pas comme vous deux avec vos leçons, les taquinai-je.

Ils eurent le bon sens de paraître embarrassés. Je tendis les bras et ils ne se firent pas prier pour m'étreindre. J'embrassai chacune de leur tête avant de reculer.

– Le château Nacré fait face à une menace sournoise. Les prochains jours seront difficiles et agités. Si vous restez en sécurité et que vous écoutez les consignes de Cynem, je vous promets un récit détaillé de mes aventures. Marché conclu?

Jana sourit de toutes ses dents, prête à accepter, mais Vyn plissa les yeux.

– À une condition. Tu nous le raconteras le soir, et on pourra se coucher plus tard pour qu'on puisse terminer l'histoire tout entière.

Je fis mine de considérer son offre.

– Le temps d'une chandelle, sinon on termine le lendemain.

Jana sautilla sur place, implorant son frère du regard de dire oui. Il hocha la tête avec sérieux et me tendit la main. Je la serrai, tout aussi solennel. Des bruits de pas me parvinrent des escaliers et je me redressai comme l'instituteur arrivait, le visage rougi par sa course. Son expression se décomposa en me voyant avec les enfants.

– La pause est finie, dis-je. Je te les confie, Cynem.

Il acquiesça, les lèvres pincées. Je servis un regard d'avertissement aux jumeaux et ils me répondirent avec des sourires angéliques.

Plus loin dans le corridor, la porte des quartiers de Dariane s'ouvrit et Gia en sortit. Elle me salua d'un hochement de tête et s'écarta pour laisser passer la précieuse. Cette dernière avait échangé sa robe pour une tunique vert forêt fendue de chaque côté jusqu'aux cuisses.

Ses pantalons ajustés disparaissaient dans de hautes bottes de cuir. Les manches de sa tunique étaient lacées pour éviter de gêner ses mouvements et ses cheveux avaient été nattés près de sa tête et retenus par un filet. Au fil du temps, je l'avais vu revêtue de diverses robes et tenues d'apparat, mais cette fois, sa facette combative était à l'honneur et ma poitrine se gonfla de fierté à l'idée de servir à ses côtés. Vyn et Jana se ruèrent vers elle, au grand désarroi de Cynem.

– On marche avec dignité et on salue poliment, leur rappela-t-il.

Mais Dariane avait ouvert les bras et les enfants l'étreignaient par la taille. Ma gorge se serra devant l'amour inconditionnel qu'elle leur témoignait. Mes enfants avaient perdu leur mère trop tôt, mais ils étaient entourés de personnes exceptionnelles, et je n'aurais pas pu demander mieux. Elle leur passa une main dans les cheveux, chuchota quelques paroles à leurs oreilles, et ils reculèrent avec des hochements de tête satisfaits. Ils se ruèrent vers les escaliers et Cynem leur emboîta le pas après avoir murmuré des excuses embarrassées. Je rejoignis la précieuse et m'arrêtai à ses côtés.

– Prête à remettre de l'ordre au château?
– Allons-y.

Elle lissa les pans de sa tunique, un geste qui pouvait sembler anodin, mais qui témoignait de sa nervosité. Je lui présentai ma main, paume vers le haut. Elle y plaça la sienne sans hésitation et une vague de gratitude me submergea. Hier encore, je n'aurais jamais cru possible de pouvoir la toucher aussi librement. Je levai ses doigts jusqu'à mes lèvres et y déposai un baiser, savourant son sourire affectueux avant de l'entraîner vers les escaliers.

Entre un pas et le suivant, un tourbillon d'énergie nacrée nous enveloppa. Le sol se déroba sous nos pieds, mais la présence du joyau était si pénétrante que je ne ressentis qu'une légère crispation avant de me retrouver à l'air libre dans la cour intérieure. Je baissai les yeux vers Dariane et elle me retourna un haussement de sourcil impérieux. La lueur amusée dans ses yeux témoignait de tout autre chose et le coin de mes lèvres se retroussa de lui-même.

Dans la cour, plusieurs escouades étaient déjà réunies. Les portes des écuries étaient grandes ouvertes et les palefreniers sortaient les chevaux sellés. Une dizaine de simargs étaient perchés sur les remparts en attente de leurs cavaliers. Le capitaine Angar discutait avec les lieutenants au milieu de la place et releva la tête à notre arrivée. Comme plusieurs autres, son regard s'attarda sur nos mains jointes, mais il ne fit pas de commentaires lorsque nous l'eûmes rejoint.

— Le capitaine Irun mènera les cavaliers vers le bourg avec Rowara, rapporta-t-il. Je coordonnerai les recherches au château avec le lieutenant Morwag. Somir nous accompagnera. Ton escouade de simargs est prête à voler. Syviis a signifié son intention de travailler de concert avec Dariane.

Je le remerciai d'une tape sur l'épaule. Il me salua puis s'inclina devant Dariane avant de retourner vers les lieutenants. Je levai les yeux et trouvai Gryff sur les créneaux. Curieux de tester mes facultés nouvellement débridées, je tirai sur l'énergie qui sommeillait en moi, sans faire appel à l'éclat de mon épée, et dirigeai mes pensées vers la simarg. Sa présence chaude et solide m'accueillit, et je sentis son plaisir de répondre à ma demande. Elle déploya ses ailes et s'ébroua avant de plonger vers la cour. Quelques battements d'ailes suffirent à ralentir sa course et elle se posa devant nous. Elle étira la tête et renifla nos mains. Dariane me lâcha pour saluer Gryff en bonne et due forme.

Les Sylphes passèrent sous une arcade et entrèrent dans la cour pour se joindre à nous. Nous étions prêts à commencer. J'avançai d'un pas et projetai une onde d'énergie à la ronde. Tous les regards se posèrent sur moi et le silence se fit. Je laissai mon attention se promener sur eux, satisfait. Les Chroniques avaient vanté les exploits de mes prédécesseurs et j'étais enfin en mesure d'égaler leurs prouesses. Dans mon dos, la présence de Dariane me faisait l'effet d'un brasier. Ensemble, nous allions assurer la sécurité de nos gens.

— La mission d'aujourd'hui est toute particulière, commençai-je. Nous cherchons des éclats du joyau jaune qui auraient été introduits dans les environs et dissimulés.

Une vague de surprise traversa les troupes rassemblées et je laissai les murmures s'éteindre avant de reprendre.

— La présence des gargouilles ainsi que les problèmes rencontrés par les châteaux Violet et Carmin nous poussent à croire que le joyau jaune serait encore en activité.

— Ces éclats sont maudits, lança une voix.

Une étincelle nacrée pétilla dans mon champ de vision et je trouvai le soldat qui avait parlé. Son froncement de sourcils se mua en une expression de gêne lorsqu'il réalisa que je l'avais repéré.

— Ils le sont, confirmai-je. Et c'est pourquoi l'opération d'aujourd'hui est si délicate et requiert le plus grand sérieux. Dariane et les Sylphes nous mèneront aux endroits suspects, mais fiez-vous à votre instinct. Les pierres maudites génèrent le chaos et attirent le malheur, dis-je en inclinant la tête vers le soldat qui m'avait interrompu. Soyez vigilants. Dès que vous aurez débusqué un éclat, remettez-le au Sylphe qui vous accompagne. Ils sauront diffuser leur impact en attendant de les neutraliser.

Des hochements de tête austères me répondirent et je terminai mes instructions avant de faire face à Dariane. Plutôt que son usuel masque stoïque, elle m'offrit un bref sourire. Je n'en demandais pas plus : c'était ce que j'avais espéré depuis mon entrée en fonction. Syviis nous rejoignit et son regard passa de la précieuse à moi.

– Vous ne sentez pas les éclats, sauf s'ils sont en contact avec une source d'eau connectée au joyau, c'est exact?

– La présence de zones obscures me semble un indicateur suffisant, répondit Dariane.

Syviis écarta les mains.

– Chez les Sylphes, nous procédons parfois à des communions de pouvoir. Nos facultés changent selon nos affinités et certaines magies requièrent plus de polyvalence que d'autres.

La précieuse croisa les bras et je pouvais déjà la voir se braquer contre la suggestion à peine formulée de Syviis. Cette dernière reprit ses explications.

– Ma magie est liée aux êtres vivants, précisa-elle. Comme les éclats n'ont pas de capacité d'action qui leur est propre, il va de soi qu'ils sont transportés par une tierce partie. Je serai en mesure de cibler les porteurs plus facilement avec votre affinité pour vos gens et vos terres.

L'expression de Dariane devenait de plus en plus neutre au fur et à mesure des explications. Je posai une main sur son épaule et elle sursauta au contact. Je haussai un sourcil et poussai une bulle d'énergie nacrée de ma main vers elle. La chaleur se répandit entre nous, comme un courant d'air par un matin d'été ensoleillé. Elle prit une bonne inspiration et sa posture se détendit. Syviis en profita pour terminer :

– Si nous communions ensemble, nous trouverons les éclats beaucoup plus rapidement.

Dans mon esprit, le joyau flamba quelques secondes avant de reprendre son aspect habituel. Les craintes de Dariane étaient on ne peut plus claires, mais elle semblait oublier que je ne laisserais jamais rien lui faire du mal. Elle devait seulement me permettre de lui apporter mon soutien. Je fis face à Syviis.

– Si nous communions tous les trois; serais-je en mesure de me déplacer ou devrais-je rester avec vous?

Dariane releva la tête, surprise par mon intervention. Elle n'avait même pas pensé à m'inclure dans cette démarche. Je ne savais pas si je devais en rire ou m'en offusquer. Les vieilles habitudes avaient la vie dure, mais avec patience et amour, j'étais convaincu que nous y parviendrions. Syviis se tapota les lèvres du doigt.

– Vous êtes déjà liés, donc si vous ouvrez votre connexion avant que je me joigne à vous, tu devrais être capable de fonctionner normalement. Pour notre part, dit-elle en se tournant vers Dariane, je suggère qu'on s'installe dans le jardin. L'endroit est à ciel ouvert et la présence des plantes me sera bénéfique. La fontaine sera à proximité si tu en ressens le besoin.

J'inclinai la tête vers Dariane pour étudier sa réaction. Elle se passa une main sur le visage et eut un rire dérisoire avant de lever les yeux vers moi.

– J'imagine que c'est le moment de joindre les actions à la parole.

Je lui tendis mon bras avec un sourire chaleureux, soulagé qu'elle s'ouvre à nos suggestions. Ses lèvres frémirent d'amusement et elle glissa sa main au creux de mon coude. Syviis hocha la tête, satisfaite, et nous précéda pour traverser la cour vers le petit jardin. J'envoyai une pensée à mon second Velor pour qu'il prépare notre escouade à prendre son envol dès mon retour. Syviis avança jusqu'au milieu des parterres et tourna sur elle-même.

– Je vous laisse ouvrir les canaux entre vous. Faites-moi signe quand vous êtes prêts.

Je baissai les yeux vers Dariane, incertain de la suite. Après tout, le lien entre nous ne fonctionnait correctement que depuis ce matin. De son côté, elle avait plusieurs centaines d'années d'expérience. Elle ferma les paupières et appuya son front contre mon épaule, sa main toujours sur mon bras. Une douce chaleur infusa mes vêtements pour se transmettre à mes membres. Je penchai la tête et déposai un baiser sur ses cheveux. Son odeur caractéristique m'emplit le nez, celle qui j'associais avec le soleil et les belles journées.

Un courant d'énergie nacré remonta du sol et jaillit en moi comme un geyser. Mon souffle se coinça dans ma gorge et je fermai les yeux en réaction. Des étincelles multicolores éclaboussèrent l'intérieur de mes paupières et une bouffée d'air frais suivit. C'était comme si mon cœur avait été remplacé par un orbe incandescent. D'instinct, je reconnus Dariane, aussi inébranlable que le joyau sous les fondations, flamboyante et douce à la fois. Je m'enroulai autour d'elle comme une mère simarg qui veille sur sa portée.

Et le lien se fit.

La limite entre Dariane et moi s'effaça. Nous étions vastes et infinis. Nos racines s'étendaient à des lieues à la ronde et ma conscience s'éparpilla dans chaque recoin. Un vent invisible souffla, comme s'il cherchait à me ramener. Je sentis dame Morwen avec nous, telle une ancre dans la tempête. Elle était notre lien avec les gens et les bêtes. Le joyau nacré pulsa de satisfaction de nous avoir ainsi tous les trois en harmonie parfaite.

Une présence nous effleura, une demande polie, et notre attention se tourna vers cette flamme émeraude. Ma main se tendit vers elle, mais aucune chaleur n'en émanait.

Des étincelles crépitèrent au contact entre nous et je reconnus Syviis. À mes côtés, les réticences de Dariane me parvinrent comme un murmure sur la brise. *Et si elle en profitait pour nous faire du mal?*

J'avais passé les dernières années à évaluer diverses menaces et à veiller à la sécurité de mon château. Le risque était minime. Et s'il le fallait, je serais le bras armé du joyau, son défenseur en toute chose, peu importe le lieu de l'affrontement ou la nature de l'attaque. Les doutes de Dariane se dissipèrent enfin et un tourbillon nacré s'étira à la rencontre de la flamme verte.

Mes perceptions devinrent encore plus aiguës. Je ressentais chaque mouvement, chaque battement de cœur à proximité. Je fus submergé et emporté par la vague de sensation. Notre lien avec dame Morwen se tendit et ce fut comme si ma monture au grand galop s'était arrêtée franc. L'impact me coupa le souffle, mais j'étais capable d'absorber avec calme les informations qui me bombardaient. Le désir de rejoindre mon escouade prit forme dans mon esprit et l'assentiment des autres y fit écho.

Je clignai des yeux, surpris de me retrouver dans mon propre corps, à nouveau défini par les limites de ma conscience. Dame Morwen, Dariane et Syviis m'entouraient toujours, comme si je n'avais qu'à me tourner pour les voir dans mes pensées. Dariane se pressait contre moi, son bras autour du mien. Plus loin, Syviis était assise en tailleur au sol, les paupières closes. Je posai ma main sur celle de Dariane et elle ouvrit les yeux. Ses iris étaient passés du bleu à un blanc strié de rose et de vert. Son souffle montant et descendait paisiblement, et je sentais sa présence dans ma poitrine même si son attention se portait sur l'ensemble du château. Je la dirigeai vers le banc le plus près et l'aidai à s'asseoir.

Un hurlement de simarg attira mon attention et je marchai vers l'arche. Gryff m'accueillit avec un gémissement excité, sa queue fouettant l'air. Je lui grattai l'échine en réponse, sa fébrilité faisant écho à la mienne. Mon regard se porta sur le reste de mon escouade au milieu de la cour, chaque soldat aux côtés de sa monture. J'étais fier de commander ces soldats, reconnaissant qu'ils m'accordent leur confiance. D'une poussée intangible, Dariane dirigea mon attention vers les simargs, et ma vue se métamorphosa pour percevoir leurs auras : les chiens vibraient d'une énergie nacrée. Les racines sous nos pieds enflaient à vue d'œil, redonnant aux créatures magiques autant qu'elles nous offraient.

Comme ça aurait toujours dû être le cas.

Je levai la main et signalai notre départ à mon escouade. Velor dispensa une série de consignes et tous les soldats grimpèrent en selle. Gryff prit la tête et s'envola en quelques foulées. Les puissants battements d'ailes soulevèrent un nuage de poussière autour de nous, et elle grimpa en altitude, suivie par les autres. Le ciel était dégagé et le soleil brillait sans compromis. Une légère brise venait nous rafraîchir, mais la sueur ne tarda pas à couler dans mon dos.

Par les liens qui nous unissaient, je sentis une explosion victorieuse lorsque le groupe du capitaine Angar fit une première découverte. Satisfait que notre plan porte déjà fruit, je poussai Gryff vers le bourg. Ses muscles se contractaient sous mes cuisses au rythme de ses mouvements. Je m'appuyai contre elle, lui laissant décider de notre route. Je fermai les yeux et cherchai ces fameuses zones d'ombre.

Une présence émeraude rejoignit celle si familière de Dariane dans mon esprit. Ma vision se modifia à nouveau, et au lieu de voir les auras, je vis des filaments luisants entre chaque créature vivante. Des courants agitaient ces liens, signe que l'énergie se répartissait en part égale d'une personne à l'autre. Sauf à certains endroits. Là, les échanges peinaient à se faire, favorisant un individu plutôt que l'autre, et je fus saisi par le besoin viscéral de rétablir l'équilibre. Je levai une main pour attirer l'attention de mon escouade et désignai trois sites différents. En paire, mes soldats plongèrent vers le sol.

Des soldats à cheval les rejoignirent au même moment, et une nouvelle vague de satisfaction confirma leur succès. Avec Velor à mes côtés, je survolai l'endroit le temps que nos soldats reprennent la formation. Une explosion d'énergie me fit pivoter vers le port et je donnai le signal à l'escouade de me suivre.

L'air se chargea d'embruns salés comme nous approchions de la rive. Les mouettes s'égayèrent à notre arrivée dans un concert de cris stridents. Je me penchai au-dessus de l'épaule de Gryff pour identifier la source de la commotion.

Au sol, une douzaine de débardeurs s'étaient rassemblés entre les cageots et les barils. Un tourbillon obscur brouillait les filaments d'énergie, preuve que la situation ne ferait qu'empirer sans notre intervention. Je fis signe à Velor de rester en vol avec la moitié de l'escouade puis je pointai le quai vide le plus près à ceux qui me suivraient. Les planches résonnèrent sous les pattes de Gryff et elle étendit ses ailes pour se stabiliser. Je sautai au sol et courus vers l'attroupement, une main sur le pommeau de mon épée. Quelques hommes en périphérie nous avaient vus atterrir et l'un d'eux vint à notre rencontre.

– Maître Brenlir, si vous cherchez le cap'taine de port, il y est pas. Le pauvre a pas quitté son lit depuis trois jours.

Je lui posai une main sur l'épaule pour le rassurer, et les traits de son visage se détendirent.

– Si vous m'expliquiez ce qui se passe?

Il tourna la tête vers la dispute qui menaçait de se transformer en bagarre.

– Je sais pas. C'est stupide. Un gars est venu aider, mais le chef d'équipe a vu rouge.

Celui qu'il me pointait empoigna son interlocuteur par la chemise et le secoua, la bouche tordue en un rictus. Je tirai sur mon lien avec Syviis pour mieux observer les courants, et assurément, les filaments se nouaient en une pagaille indéchiffrable. Décidé à rétablir la situation, je me tournai vers mes soldats et signalai pour qu'ils prennent position en éventail. J'appelai l'énergie du joyau à moi et diffusai une pulsion nacrée à la ronde, question de leur offrir un avertissement. Les débardeurs les plus près chancelèrent et reculèrent, libérant le passage. Je marchai jusqu'au chef d'équipe et tendis une main vers son épaule.

Avant que j'aie le temps de réagir, il pivota et m'envoya un coup de poing au ventre. Ma veste de vol capitonnée absorba une partie de l'impact. Son bras retomba et il secoua sa main avec une grimace. Plus d'une recrue avait commis l'erreur de penser me mettre hors d'état de nuire du premier coup. Je profitai de sa surprise pour envoyer le tranchant de ma main dans sa gorge et il s'effondra au sol avec une série de gargouillis incompréhensibles. Il mettrait quelques minutes avant de se relever. Je redressai la tête pour voir que mes soldats avaient séparé les débardeurs de part et d'autre, prévenant ainsi tout risque d'une mêlée générale. Je leur adressai la parole d'une voix forte :

– Si vous êtes en possession d'éclats du joyau jaune, je vous suggère de nous les remettre immédiatement.

Les ouvriers échangèrent des regards perplexes. Je fis appel à la magie combinée du joyau et des Sylphes. Ma vision se modifia à nouveau et un amas de nœuds m'apparut dans les liens, mais aucune ombre. Je baissai les yeux. La noirceur à mes pieds faillit me faire manquer l'attaque du chef d'équipe.

Même s'il avait encore le souffle court, il avait libéré sa jambe droite. Sa botte frôla mon genou comme j'esquivais d'un bond. Il profita de la distance entre nous pour sauter sur ses pieds. Je m'attendais à ce qu'il revienne à la charge, mais il recula, les bras écartés. Son regard balaya les hommes autour de nous.

– Vous allez laisser ces prétentieux du château nous dire quoi faire? Ici, ce sont nos docks, rugit-il. Remontez sur vos bestioles et foutez le camp!

Des grognements d'assentiment firent le tour de l'attroupement. Les filaments invisibles vibrèrent avec des crissements discordants audibles à mes seules oreilles. Ma connexion au joyau me transmit l'avertissement de Syviis, et je gardai ma position souple, prêt à riposter. Je levai une main et mes soldats se mirent aussitôt en garde. Mon regard s'attarda les débardeurs en face de moi.

– Les docks, le bourg, les fermes ou le château : quelle différence? demandai-je. Nous sommes tous sous la protection du joyau nacré. Il n'y a jamais été question de rivalité ou supériorité. Ce que vous entendez là, c'est la corruption de l'éclat jaune qui affecte vos esprits.

Je tendis la main vers le chef d'équipe.

– Débarrasse-toi de ce fardeau.

Il montra les dents. Cette fois, j'étais prêt à me défendre. Son jeu de pied révéla son attaque et je déviai son poing. Sa garde laissait à désirer et je lui envoyai un direct dans l'estomac. Il plia en deux sous l'impact. J'allais lui assener un coup de genou au visage pour l'achever, mais un impact aux reins me prit par surprise. « Brenlir! » Je serrai les dents pour encaisser la vague de douleur.

Un son étrange résonna dans mes oreilles, comme si une bulle venait d'éclater. « Laisse-moi t'aider, » criait la voix de Dariane. Gryff hurla non loin, un cri de guerre repris par les autres chiens ailés.

Un grognement amusé m'échappa, car je m'étais replié sur moi-même par réflexe, coupant l'accès à l'énergie du joyau. Je relâchai ma prise sur mes émotions, laissant libre cours à ma confiance en Dariane, et ma vision s'étendit pour englober soudain toute la zone de combat. Les soldats et les simargs étaient nimbés de reflets nacrés tandis que les débardeurs les plus agressifs se démarquaient en jaune. Gryff sauta dans les airs, donna trois coups d'aile pour prendre assez de hauteur, avant de fondre sur le débardeur le plus près.

Le mouvement avait déconcentré le chef, et j'en profitai pour l'assommer une fois pour toutes. Il tomba au sol dans un grognement. Je regrettais d'en être arrivé là, mais je ne pouvais le laisser courir à sa perte. Je lui plantai un genou dans le dos et fouillai ses poches. La bosse était palpable, mais inaccessible : l'éclat avait été dissimulé dans une couture du vêtement. Je tirai d'un coup sec, déchirant le tissu. Il était presque plat, étroit, mais aussi long que mon petit doigt. La satisfaction de Dariane et de Syviis bouillonna à l'arrière de mon esprit. Je dénouai le foulard attaché à ma ceinture pour ce type d'éventualité et enroulai la pierre dans le tissu.

Autour de nous, les débardeurs avaient soit cessé de se battre ou avaient été maîtrisés par mes soldats. Je levai une main et fis signe à Haria de s'approcher. Comme son simarg était le plus rapide, il avait été décidé qu'elle assurerait le transport des éclats récupérés. Elle sauta sur le dos de sa monture et la fit trotter jusqu'à moi. Gryff étira le cou vers mes mains, curieuse, mais une série d'éternuements l'obligea à s'éloigner, comme si l'odeur de la corruption lui était insupportable. Je tendis le paquet et Haria se dépêcha de le mettre en sécurité dans ses sacoches de selle avant de prendre les airs.

Mon attention se porta sur les débardeurs qui étaient restés en retrait de l'altercation. Je marchai jusqu'à eux et fis face à leur meneur, celui derrière lequel les autres s'étaient placés d'instinct.

– Avais-tu déjà vu l'éclat jaune que j'ai retiré au chef d'équipe?

Il pinça la bouche et se tourna vers le plus jeune membre de leur groupe.

– Keo m'en avait parlé, mais je ne l'ai pas cru. J'imagine que je lui dois des excuses.

Je hochai la tête avec un sourire approbateur au garçon avant de reporter mon attention sur le débardeur.

– Si le capitaine du port est malade, il y a de bonnes chances pour qu'il soit aussi la victime d'un éclat.

Les ouvriers échangèrent des regards hésitants. Le meneur se passa une main sur le visage avant de pointer les cageots renversés et les barils éclatés.

– On a pas mal de travail devant nous avec tout ça...

Keo se glissa entre deux hommes et se planta devant moi.

– Je vous y amène, m'sieur. Maître... Maître Brenlir! se reprit-il sous le regard de réprimande de son aîné.

J'acceptai l'offre et remerciai les débardeurs. Velor apparut à mes côtés.

– Qu'est-ce qu'on fait des bagarreurs?

En l'absence de l'éclat jaune, leurs auras avaient commencé à s'équilibrer d'elles-mêmes. Je n'aimais pas l'idée de les laisser libres comme l'air. C'était l'occasion de mettre à profit mes nouvelles facultés. Les battements de mon cœur s'accélérèrent à l'idée d'échouer, mais la présence de Dariane et de dame Morwen bourdonnaient dans mon esprit, comme le bruit des conversations à un banquet, rassurantes dans leur constance.

J'inspirai et posai une main sur le fauteur de trouble le plus près. Je formai mon intention et poussai une infime quantité d'énergie nacrée vers lui. Une marque apparue sur son bras et elle chatoya un instant avant de s'estomper pour ne laisser que les contours blanchâtres des armoiries du château Nacré. Velor siffla et se pencha pour étudier la marque tandis que je passais au suivant.

– C'est une marque de magistrat, c'est ça? Elle est mentionnée dans les Chroniques, mais je n'en avais jamais vu. Plus jeune, quand je faisais des frasques, ma mère me menaçait de demander au maître d'armes de m'en donner une.

Une fois tous les hommes marqués, je me redressai et époussetai mes mains.

– Elles sont inoffensives, mais elles nous permettront de les obliger à comparaître devant le sénéchal.

Je levai une main et fermai le poing pour signaler à mon escouade de remonter en selle.

– Keo, montre-nous le chemin.

Le gamin se mit à courir dans les rues du bourg, sa connaissance du secteur évidente dans son agilité pour éviter les obstacles. Pour éviter de le perdre de vue, je poussai Gryff à trotter à sa suite. Chaque pierre trouvée nous rapprochait de notre objectif et j'étais impatient de libérer nos gens de cette emprise destructrice.

Quelques intersections plus loin, des cavaliers nous adressèrent un signe de la main. Ils sortaient d'un bâtiment, suivi d'un homme en larmes, mais dont la gratitude ne faisait aucun doute. Rowara acquiesça à ses paroles, tenant une sacoche nimbée de noirceur. Avant même que je ne formule la question, Dariane me confirma qu'ils venaient de dénicher leur cinquième pierre. L'équipe du château en avait trouvé presque autant. Loin de me rassurer, cette nouvelle me laissa un goût amer dans la bouche. Un nombre aussi élevé d'éclats si près du joyau nacré était alarmant.

# CHAPITRE 18
## Brenlir

Le jeune Keo arrêta sa course devant un bâtiment de trois étages et pointa la fenêtre la plus haute. Les volets étaient clos et l'odeur doucereuse de la maladie et du désespoir flottait dans l'air. Velor immobilisa son simarg à côté du mien.

— Garde la moitié de l'escouade pour surveiller le périmètre, lui demandai-je.

Il acquiesça et je fis signe aux autres de me suivre. Les soldats se placèrent en formation, leur regard alerte balayant les environs. Rassuré de savoir mes angles morts couverts, je cognai sur le battant, mais n'attendis pas de réponse pour entrer. Un corridor obscur entrecoupé d'une paire de portes menait à un escalier aussi exigu qu'abrupt. Je signalai aux soldats de se répartir les logements, n'en gardant que deux avec moi, et je montai les marches.

Dans des quartiers aussi étroits, mon épée ne me serait pas utile. Je positionnai ma dague pour être en mesure de dégainer rapidement. Arrivé au dernier palier, je traversai le corridor jusqu'à la façade opposée du bâtiment, à la porte qui devait être celle du capitaine du port. Je frappai, et cette fois, j'attendis qu'on vienne ouvrir.

Une femme au teint cireux et aux yeux cernés répondit. Ses vêtements étaient propres et de bonne qualité, mais elle semblait à bout de nerfs. Son regard passa de moi aux soldats derrière, mais elle était trop hébétée pour réagir.

— Madame, j'ai affaire avec le capitaine du port.

Elle secoua la tête avec lenteur.

— Mon mari est trop souffrant pour recevoir de la visite.

— J'ai peut-être ce qu'il faut pour aider sa guérison.

L'aura de la femme était si faible qu'elle était presque invisible, et le lien qui la rattachait à l'homme dans l'autre pièce ressemblait à une mare stagnante. Elle cligna des yeux, et alors que je me résignais à entrer de force, elle recula pour nous céder le passage. Je relâchai mon souffle, soulagé de ne pas devoir la brusquer : les derniers jours, voire les dernières semaines avaient dû être suffisamment éprouvante et j'étais là pour l'aider, pas pour la violenter.

Une première inspiration m'apprit que les habitants du logement n'avaient pas respiré beaucoup d'air frais ces derniers jours. Je fis signe au soldat le plus près d'ouvrir les fenêtres. La femme du capitaine protesta faiblement contre le danger des courants d'air, mais j'étais déjà dans la pièce du fond.

Un homme gisait sur le lit, sa poitrine agitée par sa respiration trop rapide et sa peau rougie par la fièvre. Le pauvre était à bout de force, et sans soins appropriés, ses jours étaient comptés. Une zone d'ombre attira mon attention, juste sous le lit. Le malade ouvrit les yeux au bruit de mes bottes sur le plancher. J'arrêtai à une distance respectueuse pour le saluer.

Ses traits se métamorphosèrent : ses yeux profondément enfoncés virèrent au noir et la peau de son visage se tendit sur les arêtes de ses pommettes. Il se redressa d'un coup sec et griffa l'air de ses mains décharnées. Il était si faible qu'il trébucha en mettant les pieds au sol et s'affala de tout son long. J'allais me pencher pour l'aider, lorsqu'une violente secousse me prit par surprise.

Rien n'avait bougé, si ce n'était l'homme qui tentait de se relever. Mais je sentais l'énergie du joyau se tarir en moi, comme si quelque chose étranglait notre lien. La crainte qu'il ne soit arrivé du mal à Dariane me fit réagir d'instinct et j'agrippai les filaments nacrés de toutes mes forces. La surprise de la précieuse me parvint, mais je ne pouvais plus sentir Syviis. J'essayai d'ouvrir la connexion entre nous, sans succès. « Je dois les secourir, » me parvinrent les pensées de Dariane. « Qui? » demandai-je. « C'est ma responsabilité, c'est à moi de le faire... » La voix de Dariane me faiblissait de plus en plus. Un cri de frustration monta dans ma poitrine et je lui laissai libre cours.

« Tu ne m'abandonneras pas de la sorte. Aide-moi et je viendrai faire face à cette nouvelle menace avec toi. » Un tourbillon d'énergie nacrée dansa dans mon esprit, hors de ma portée. « Moi aussi, j'ai besoin de toi, » lui dis-je. Je sentis la tristesse de Dariane comme elle prenait conscience des blessures qu'elle m'avait infligées par le passé, en forçant toute cette distance entre nous. « Tu n'es pas seule pour affronter l'adversité. Dame Morwen peut intervenir en attendant mon retour, » martelai-je. Enfin, l'énergie recommença à circuler entre nous et je soupirai de soulagement.

Cet échange n'avait duré que quelques secondes, mais assez pour que le capitaine du port se relève et se jette sur moi. Je levai les mains, soucieux de le neutraliser sans le blesser. Avant même que je ne le touche, une pulsion nacrée traversa mes membres, et une liane d'énergie s'enroula autour du malheureux. Les excuses de Dariane flottèrent entre nous et je lui envoyai un remerciement silencieux. Le capitaine s'était immobilisé en pleine action telle une statue et ses yeux se remplirent de terreur.

– Le maître arrive, chuchota-t-il avant de s'effondrer dans ses liens invisibles.

– Que veut-il dire? Quel maître? demanda un soldat derrière moi.

La femme du capitaine étouffa un cri paniqué et se faufila entre mes soldats pour entrer dans la chambre. Je la laissai aider son mari et soulevai le cadre du lit pour le renverser sur le côté. Une autre exclamation fusa derrière moi, outrée cette fois, mais je l'ignorai. Le temps pressait, et même si la santé de nos citoyens me tenait à cœur, je ressentais le besoin viscéral d'apporter mon soutien à Dariane.

Syviis était de retour dans notre échange mental et elle me pointa l'endroit exact où se trouvait l'éclat maudit. Je dégainai ma dague et coupai le tissu du matelas. Des plumes virevoltèrent comme je fouillais dans le matériel. Un éclair de douleur me traversa lorsque je mis la main sur la pierre jaunâtre, et je m'empressai de la jeter au sol.

Le fragment de joyau était aussi gros que mon pouce. Des ombres se mouvaient dans le reflet de ses facettes, et je frissonnai de dégoût. Derrière moi, Haria nous avait rejoints, et à l'aide de mon foulard, elle empocha la pierre. Le capitaine du port grogna puis ses yeux se révulsèrent avant qu'il ne perde conscience. Toute cette agitation n'avait pas dû lui être bénéfique. Je me tournai vers sa femme.

– En l'absence de la corruption de l'éclat jaune, il devrait se remettre. Si ce n'est pas le cas, demandez une audience auprès du sénéchal; il veillera à ce qu'on lui prodigue les soins adéquats.

Je la vis articuler des remerciements, mais les seules paroles que j'entendais venaient de Dariane. Son trouble allait grandissant. Je fis signe aux soldats de sortir et dévalai les marches pour rejoindre Gryff dehors. Nos simargs piétinaient, comme s'ils ressentaient l'agitation de notre précieuse. Je levai les yeux et trouvai Velor avec le reste de l'escouade répartie sur les corniches des bâtiments voisins.

Sans tarder, je donnai le signal de prendre les airs et volai vers le château. Mon cœur battait à tout rompre à l'idée d'arriver trop tard. D'en haut, la fébrilité était immanquable.

Des gens courraient en tous sens dans la cour intérieure. Les portes du château étaient grandes ouvertes et le chaos régnait, les chariots coupant la voie aux piétons paniqués. Où étaient passés les soldats de garde?

J'indiquai un endroit dégagé à Gryff près de la garnison. Elle piqua vers le sol et se redressa à la dernière seconde pour freiner sa course. Je sautai en bas sans même reprendre mon souffle. Pressé par le temps, j'envoyai une vague nacrée au travers des pierres; un appel à nos effectifs pour qu'ils viennent rendre rapport. La réponse ne tarda pas, et plusieurs domestiques se joignirent aux soldats, incapables d'ignorer l'appel. Ma respiration s'apaisa comme le chaos ambiant diminuait.

Le lieutenant Morwag se dégagea de la foule, le visage rougi et le souffle court. Mon regard baissa vers son épée, et je sourcillai à la vue du sang qui perlait sur le tranchant. Plusieurs blessés se trouvaient parmi les soldats de son escouade. Mes poings se crispèrent de consternation, mais je repoussai les regrets pour me concentrer sur ce qui pouvait être accompli dans l'immédiat.

– Au rapport!

– Nous avons détecté plus d'une douzaine d'éclats, commença le lieutenant, mais les porteurs sont devenus de plus en plus agités à chaque découverte. Des gens parfaitement calmes se retournent contre nous sans avertissement. L'escouade a été séparée par un groupe hostile. Certains ont pris en chasse des fuyards dans les tunnels de l'aqueduc. Aux dernières nouvelles, Somir se trouve dans les catacombes avec une poignée de soldats.

Je tournai sur moi-même pour étudier les hommes et les femmes qui continuaient d'affluer dans la cour.

– Pourquoi les portes ont-elles été laissées sans surveillance?

Une expression coupable traversa le visage du lieutenant.

– Nous avons demandé des renforts...

Les explications importaient peu à ce stade, inutile de chercher un fautif. Il fallait rectifier la situation. Je pointai un groupe de soldats qui venaient de sortir de la garnison.

– Allez tenir les portes. Personne n'entre ou ne sort d'ici la fin des fouilles.

Ils me saluèrent d'un même mouvement et coururent à leur poste. Je tournai mon attention vers un des visages que j'avais reconnus dans la foule.

– Intendant Banut, regroupez les domestiques et les civils dans la grande salle. Vous assurerez leur sécurité, dis-je à un quatuor de soldats.

Ceux-là répondirent avec autant de sérieux, mais plus lentement. Selon toute probabilité, ils avaient pris part aux escarmouches, et certains portaient quelques estafilades qui nécessiteraient des soins. Maître Oakina apparut en marge du rassemblement et distribua des indications pour établir un triage des blessés. Je lui adressai un hochement de tête appréciateur et elle me rendit un sourire crispé. Les gens s'éloignèrent, beaucoup plus calmes maintenant qu'ils avaient des directives claires. La cour avait retrouvé un semblant d'ordre. Ce n'est qu'à ce moment que l'agitation dans les écuries devint évidente. Je fis signe à l'officier toujours à mes côtés.

– Lieutenant Morwag, allez aux écuries aider maître Kalen. Une fois l'endroit fouillé et le calme revenu, dites-lui de barrer les portes. Nous allons procéder ainsi pour le reste du château, ajoutai-je plus fort. Chaque secteur sera évacué, ratissé, puis isolé.

J'appelai les autres officiers à moi et répartis les soldats présents. L'organisation de nos ressources requit encore quelques minutes avant que je puisse enfin me diriger vers le petit jardin. J'avais renvoyé nos simargs vers les arbres, et les soldats de mon escouade me suivirent à pied. Je franchis l'arche et fus surpris de trouver l'endroit désert. La chair de poule recouvrit aussitôt mes bras. Où était Dariane? Au centre du parterre, je pivotai sur moi-même pour scruter chaque recoin. La fontaine scintilla sous les rayons du soleil et je compris que c'était l'eau qui m'avait induit en erreur. Maintenant que je prenais le temps d'interpréter les informations fournies par le joyau, je repérai Dariane, dame Morwen et Syviis dans les catacombes.

Des torchères murales illuminaient l'escalier, aussi dévalai-je les marches sans ralentir. Les bottes de mes soldats claquèrent sur les pavés à ma suite. Comme j'arrivais au dernier niveau, une explosion d'émotions secoua ma connexion au joyau : la surprise fit rapidement place à la colère puis à la peur. Mes muscles vibrèrent du besoin de foncer rejoindre mes gens. Seules des années d'entraînement acharnées me permirent de rester immobile pour évaluer la situation. Je levai le poing et les soldats derrière moi se figèrent. Des éclats de voix nous parvinrent du réseau de galeries, accompagnés du tintement des épées qui s'entrechoquaient.

Mes pensées se tournèrent vers Dariane et son soulagement me parvint. L'énergie du joyau bouillonna sous mes pieds et , à la suggestion de la précieuse, ma vision se métamorphosa. Les murs de pierre s'effacèrent pour ne laisser que des formes spectrales. Devant nous, une petite silhouette émeraude escortait cinq personnes nimbées de nacre; Somir et sa poignée de soldats. Ils étaient tous accroupis derrière de différents tombeaux ou encore des statues. Face à eux, une dizaine de formes jaunâtres leur barraient la route vers la salle du joyau.

Mon regard trouva celui de Velor et j'enchaînai les signes pour indiquer les circonstances du combat. Il pivota et relaya le message. Je dégainai mon épée, une main sur le fourreau pour l'empêcher de chuinter. Un coup d'œil m'apprit que mon escouade était prête. Les expressions étaient résolues et les postures alertes. Je me plaquai au mur et courus aussi silencieusement que possible. À l'embranchement suivant, je m'accroupis cherchant le moyen de signaler notre présence aux soldats amis, lorsque je réalisai qu'une méthode bien plus efficace s'offrait dorénavant à moi.

Contrairement à mon intervention plus tôt dans la cour, cette fois, je poussai un minuscule filament vers chaque soldat. « Les renforts arrivent, » leur dis-je en transmettant notre position. L'aura verte de Somir flamba dans mon esprit. Les pensées des soldats ne m'étaient pas accessibles, mais le joyau me communiqua leur acquiescement. Je traversai le couloir et rasai le mur jusqu'à la pièce suivante.

La crypte s'ouvrait devant nous avec sa forme ovale. De chaque côté, des dizaines d'alcôves se dessinaient avec des statues ou de larges tombeaux rectangulaires. Les sépultures au centre de la pièce étaient ornées de gisants, ces sculptures de combattants allongés pour un repos final, et elles se répartissaient en quinconce. Nous aurions peu d'espace pour manœuvrer, mais il en allait de même pour nos adversaires.

Somir était posté derrière l'un des tombeaux les plus massifs. Il était en mesure de se tenir debout sans que sa tête dépasse. Courbé en deux, je zigzaguai pour le rejoindre. Derrière moi, mon escouade se répartit en éventail pour couvrir toute la pièce. Le Sylphe me salua d'un hochement de tête et approcha sa bouche de mon oreille.

– Une bande de forcenés a voulu prendre d'assaut la salle du joyau, mais votre précieuse en a barré l'accès. Ils refusent de bouger; chacun d'eux est en possession d'un éclat maléfique.

– Alors les négociations ne nous mèneront à rien, chuchotai-je, résigné. Nous allons devoir les neutraliser.

Un caillou roula sous mes pieds tandis que je déplaçais mes jambes pour ne pas ankyloser. J'étirai le cou pour voir s'il y avait d'autres gravats ailleurs. Comme de fait, les affrontements précédents avaient délogé plusieurs débris. Un bon combattant savait tirer profit de son environnement. Je tirai l'énergie nacrée à moi, formulai l'image de mon plan et l'envoyai à chacun des combattants présents. Je sentis les soldats concernés se déplacer, certains empoignant des morceaux de pierre, tandis que les autres se préparaient à courir. La fierté me réchauffa la poitrine comme je sécurisais ma prise sur mon épée. Nos défenseurs ne reculeraient devant rien, autant grâce à leur entraînement qu'à leur attachement au château Nacré.

La première salve de cailloux s'envola comme je me ruais vers le tombeau suivant. Des cris surpris nous parvinrent de l'autre extrémité de la salle. Des têtes apparurent entre les gisants, et une deuxième vague de projectiles les obligea à prendre couvert.

Je courus vers le tombeau au milieu de la pièce et m'y adossai. De l'autre côté se tenaient deux silhouettes jaunes. J'inspirai profondément et laissai la quiétude emplir mes pensées, prêt à passer à l'attaque. Une main sur le gisant, je plaçai mes jambes sous moi. Mon signal de départ se propagea vers les soldats dans un chatoiement nacré.

Je bondis sur le dessus du gisant avec un cri de guerre et sautai sur les deux rebelles. L'effet de surprise me permit d'assommer le premier avec le pommeau de mon épée. Le deuxième se reprit et visa mes côtes avec sa dague.

Je reculai et frappai son poignet du plat de ma lame. Il laissa tomber son arme avec un grognement de douleur. Je l'attrapai par l'épaule et lui envoyai un coup de genou dans la fourche. Comme il se pliait en deux, je le frappai à la nuque et il s'écroula.

Tout autour, les soldats avaient pris d'assaut les différentes positions. Nous étions aussi nombreux que nos adversaires, mais contrairement à eux, nous étions des soldats entraînés, et ils ne tardèrent pas à être pris à revers. Sur ma droite, un des combats prenait une tournure difficile. Je reconnus un des marmitons, et une pointe de tristesse me transperça le cœur : c'était une chose de défendre notre château, c'en était une autre d'avoir à blesser nos gens.

Le marmiton se battait avec deux tranchoirs, ce qui lui donnait peu de portée, mais il avait su utiliser le terrain à son avantage. Son opposant était gêné par son épée longue, incapable de manœuvrer pour placer un coup fatal. Je renversai ma prise sur ma propre arme, envoyant la lame vers l'arrière. De l'autre main, je dégainai ma dague. Je chargeai entre les tombeaux et les statues pour me retrouver derrière le marmiton.

Paniqué, il exécuta des moulinets dans tous les sens. Je parai avec mon épée et un de ses tranchoirs ripa sur mon brassard. Je sentis la morsure de la lame, mais j'ignorai la douleur pour lui assener un coup dans les côtes avec ma dague. Il en perdit le souffle, et le soldat en profita pour l'assommer. Le marmiton s'écroula au sol, ses armes improvisées glissant sur les pavés.

Un regard circulaire m'apprit que tous les différents porteurs d'éclat avaient été mis hors d'état de nuire, soit inconscients ou ligotés. Je rengainai mes armes.

— Fouillez-les et retirez les éclats, ordonnai-je. Ne les touchez pas à mains nues.

Des grognements et des appels ponctuèrent les recherches jusqu'à ce que Somir soit en possession d'une dizaine d'éclats. Je fronçai les sourcils devant la taille des morceaux récupérés. Certains étaient trop gros pour passer pour des bijoux. Pas étonnant que les porteurs aient été aussi affectés. Je grimaçai, chagriné, car j'ignorais si les effets des pierres maudites s'estomperaient sans laisser de séquelles.

Un bourdonnement attira mon attention vers l'arcade au fond de la pièce. Un peu plus loin, le passage était masqué par un voile chamarré. De l'autre côté, je pouvais sentir Dariane. Je soufflai un bon coup, soulagé de la savoir si proche et rassuré par la vigueur de sa présence. Ma première impulsion était de la rejoindre, mais comme elle était hors de danger immédiat, ma priorité était de sécuriser les environs.

Les racines du joyau chantèrent dans mon esprit, heureuses de répondre à mon appel. Des poches de résistance subsistaient encore au château, mais les troupes avaient bien progressé, et les fouilles tiraient sur la fin. Par le biais de dame Morwen, je sentis le décompte des blessés. Certains ne survivraient peut-être pas à leur blessure, à moins d'une intervention de la précieuse. Avec un peu de chance, notre intervention ici serait vite conclue et elle serait en mesure de leur venir en aide.

J'avançai jusqu'au seuil de la salle du joyau et effleurai l'écran magique. Il se dissipa comme une bruine dans l'air matinal et je me retrouvai face à Luan. Je sourcillai, surpris de le trouver là. Il exécuta une courbette avec un sourire irrévérencieux et nous céda le passage.

– N'ayez crainte, maître Brenlir, j'ai pris le relais pour veiller sur notre précieuse.

Non loin, un homme s'esclaffa. Je reconnus les mercenaires qui avaient accompagné la délégation de

Sylphes, Jabal et Rauk. Je sourcillai, à la fois surpris et ravi qu'ils aient pris part à nos défenses.

— Tu n'as pas été d'une grande utilité, dit Jabal.

Derrière lui, Rauk avança dans le bassin, de l'eau jusqu'aux genoux. Je m'approchai pour étudier leur travail et vis qu'une digue avait été mise en place pour isoler une des mares. Il posa les mains sur ses hanches et m'offrit un sourire triomphant.

— Les châteaux du Nord sont peut-être plus impressionnants que les citadelles du Sud, mais mon père disait que les Sudistes étaient de meilleurs constructeurs.

Je pinçai les lèvres pour contenir mon amusement. Vu l'aide qu'ils nous avaient apportée, je n'allais certainement pas ruiner son moment de gloire. Dariane apparut à mes côtés et je tendis la main. Elle y glissa la sienne avec un sourire en coin avant de désigner Bela du menton.

— La quantité d'éclats retrouvés a dépassé nos prévisions. Il nous fallait plus d'eau.

Somir arriva en claudiquant et rejoignit Syviis sur le rebord du bassin. Il versa plusieurs poignées d'éclats jaunes dans le panier où patientaient les autres. Dame Morwen mit une main sur sa poitrine, les yeux écarquillés.

— Tant d'éclats. C'est quand même incroyable de penser qu'ils étaient sous notre nez.

— Il en arrive plus, dit Somir, la mine sombre. Rowara est de retour du bourg et si je ne me trompe pas, vos soldats apportent aussi leur récolte.

Syviis pinça les lèvres et étudia le contenu du panier puis le bassin. Elle leva les yeux vers Jabal.

— Si c'est étanche, nous allons procéder avec cette première fournée.

Les deux mercenaires empoignèrent chacun un côté du panier pour aider Syviis à verser les pierres dans l'eau.

Le plic-ploc cessa enfin et dame Morwen se pencha au-dessus de la surface avec une grimace. Somir fit signe aux deux hommes de sortir de l'eau avant de prendre place aux côtés de Syviis. D'un geste, j'invitai dame Morwen à nous accompagner vers le palier voisin pour observer à distance. Je ne parvins à me détendre que lorsque la précieuse et la seigneuresse furent à bonne distance des éclats.

Les Sylphes entamèrent un chant empreint de mélancolie. J'attendis encore quelques instants, mais comme rien ne se passait, je fis mes excuses et m'éloignai pour rejoindre mon escouade. Nous avions gagné du terrain, mais notre ennemi restait à vaincre.

# CHAPITRE 19

## Dariane

Je faillis retenir Brenlir, mais c'était irresponsable de ma part. Je le vis rejoindre Velor et solliciter un rapport.

– Nous avons sécurisé les catacombes, lui dit-il. L'escalier est gardé; personne ne circulera sans autorisation.

– Envoie des éclaireurs rallier les autres équipes, demanda Brenlir. Tous les éclats trouvés doivent être apportés ici pour être neutralisés.

Je reportai mon attention sur les Sylphes un peu plus bas. La curiosité du joyau était palpable et l'énergie nacrée tourbillonna doucement sous leurs pieds. Enfin, la terre répondit à l'appel des Sylphes. La nature s'ébroua dans une série de craquements, et l'énergie vitale de toute chose frissonna en réaction. Des vagues multicolores apparurent avec lenteur pour se joindre à la magie du joyau.

La mélopée des Sylphes se métamorphosa pour passer de l'invitation à la demande. Des courants d'air se dispersèrent dans tous les sens, soulevant les pans de ma tunique, avant de se concentrer au-dessus du bassin. L'eau frémit et des ridules se formèrent pour suivre le vent invisible. Un crépitement s'éleva et je m'approchai de la rambarde pour observer le fond de l'eau.

De grosses bulles crevèrent la surface dans un concert de claquement, comme si on faisait bouillir de l'eau dans une vieille casserole cabossée, sur un feu trop vif. Un cri horrible résonna et je mis les mains sur mes oreilles pour les protéger. Même ainsi, le son me vrillait les tympans. Le visage de dame Morwen entra dans mon champ de vision, son expression inquiète. Elle tourna la tête et appela quelqu'un, mais j'étais incapable d'entendre autre chose que ce hurlement épouvantable.

Giliel.

Le précieux se débattait contre l'annihilation de ses éclats. Mon cœur se brisa en mille morceaux et les larmes coulèrent sur mes joues. Le pauvre. Il n'avait rien fait pour mériter un tel sort. J'avais échoué à l'aider toutes ces années auparavant, et je n'étais pas plus en mesure de soulager son tourment aujourd'hui. Des bras puissants m'enlacèrent et je cachai mon visage dans le cou de Brenlir, mes mains toujours plaquées sur mes oreilles dans une vaine tentative de couper les cris.

Un bruit semblable à un coup de tonnerre agita la salle du joyau. L'énergie nacrée se joignit à la magie des Sylphes en une énorme fontaine chatoyante. Le courant monta puis redescendit comme une ombrelle pour éclabousser toute la pièce avant de se dissiper.

Le calme était revenu. J'essuyai les larmes sur mes joues. Brenlir relâcha sa prise, mais ne me laissa pas m'éloigner davantage. Son front se pencha vers le mien.

– Est-ce que tu vas bien?

Je secouai la tête en reniflant.

– Était-ce nécessaire de faire souffrir Giliel de la sorte?

Les sourcils de Brenlir se rejoignirent. Je passai un doigt pour estomper le pli qui s'était formé sur son front et son expression s'adoucit.

– C'était inévitable, dit-il. Les éclats ont corrompu tous leurs porteurs. Si on se fie à l'expérience de Caysen, il y avait assez d'éclats maudits pour entraîner la chute du château Nacré. Tu ne peux pas faire passer ta sécurité après ton désir de secourir Giliel.

Un trou se creusa dans ma poitrine.

– Je me targue d'être la doyenne des précieux, mais en réalité, je n'ai pas réussi à aider ni Giliel ni Caysen lorsqu'il le fallait.

Ses mains se posèrent sur mes épaules et sa prise se raffermit, tout comme son expression.

– On ne peut apporter notre aide qu'à ceux qui l'acceptent. Tu as fait du mieux que tu pouvais avec les ressources et les connaissances que tu avais à l'époque, insista-t-il avec ferveur. Que tes tentatives n'aient pas obtenu l'effet escompté est regrettable.

J'acquiesçai et un sourire rassurant étira ses lèvres.

– Nous avons cinq autres châteaux tournés vers nous pour suivre nos traces, reprit-il. Tu en as perdu un en cours de route et c'est tragique. Mais ce ne serait un véritable échec que si tu n'en apprends aucune leçon. Bâtis sur cette perte pour améliorer votre sort à tous.

Dame Morwen apparut à nos côtés et elle ouvrit les bras. Je pivotai vers elle et acceptai son étreinte. Elle posa sa joue sur le dessus de ma tête tandis que sa main frottait mon dos.

– Tu ne peux pas porter le poids du monde, Dariane. Le joyau *sait* que le fardeau d'un château est trop lourd pour un seul individu. C'est pourquoi il t'a poussé à nous choisir, Brenlir et moi. Giliel n'a pas eu la chance d'apprendre de ses erreurs, car la première lui a été fatale. Nous ne pouvons que lui apporter la paix qu'il mérite.

J'expirai avec force et hochai la tête. Ils avaient raison. Giliel avait assez souffert et les éclats ne pourraient jamais engendrer autre chose que le malheur. Leur création avait été empreinte de malice et c'était un tort que je ne pouvais rectifier qu'en permettant aux Sylphes de les neutraliser une fois pour toutes. Je me redressai et les remerciai d'un signe de tête.

Aux abords du bassin, Syviis et Somir repêchaient les pierres dorénavant translucides avec l'aide des mercenaires. Je m'approchai pour passer une main au-dessus du panier, rassurée de ne plus ressentir aucune présence maléfique.

Sauf que l'appréhension continuait de me tenailler. Je pivotai sur moi-même à la recherche de la source de cet inconfort. Grâce aux pouvoirs de Syviis qui flottaient toujours dans ma connexion aux racines, je sentis Rowara et les autres arriver avec leur sombre récolte.

Mais cet inconfort venait d'ailleurs. Plus loin.

Brenlir me rejoignit, son regard fouillant mon visage pour essayer de comprendre ce qui me troublait. Je secouai la tête, frustrée. Ma respiration s'accéléra, comme si un poids oppressait ma poitrine. Pour la première fois de ma vie, je me sentais piégée dans la salle du joyau. Je devais absolument sortir.

Mon regard se posa sur les Sylphes et le bassin. Ils se débrouilleraient sans moi. Il le fallait. Je franchis l'arche qui menait vers la sortie, alors que la présence de mon maître d'armes me chatouillait le dos. Au bout du corridor, une troupe apparut; une dizaine de soldats aux yeux alertes, lames dégainées. Rowara nous héla et je marmonnai une brève salutation en la croisant. Derrière moi, Brenlir lui indiqua où trouver les autres. Le bruit de ses pas s'accéléra comme il me rattrapait.

D'une main, je relevai mes jupes pour gravir les marches le plus vite possible. Une bouffée d'air frais m'accueillit dans le jardin, accompagnée par le parfum des fleurs. Mais ce n'était pas suffisant. Je traversai les parterres sans un regard. Mes pas me menèrent à l'escalier qui montait vers les remparts. J'hésitai un instant avant de m'élancer.

Sous mes pieds, les pierres étaient chaudes, gorgées de la chaleur du soleil à son zénith. Les bruits du bourg étouffaient en partie le chant des oiseaux et des insectes en provenance du jardin des simargs. Ceux qui ne patrouillaient pas avec leurs cavaliers avaient cherché refuge sous le couvert des frondaisons. Au loin, un fin nuage de poussière signalait le va-et-vient des caravanes marchandes sur la route principale. Chacun de ces éléments rappelait une journée parfaitement normale dans la vie du château. En cet instant, il était difficile de croire qu'une terrible menace planait sur nous.

Au-delà des limites immédiates du château et du bourg principal, une ombre rampait sur les collines. Je plissai les yeux et mis une main en visière. Derrière moi, Brenlir réclama un rapport au soldat de garde. Je n'écoutai que d'une oreille, car nos problèmes actuels venaient de pâlir à la vue de ce qui marchait vers le château. Je pivotai et fis signe à mon maître d'armes d'approcher.

– Que vois-tu par-là?

Il suivit la direction de ma main et fronça les sourcils, avant de se tourner vers le soldat pour lui demander sa longue-vue. Je me tordis les mains tandis qu'il observait l'horizon. Il abaissa la lunette et je le sentis prendre contact avec le joyau. Je lui ouvris toutes grandes les réserves d'énergie pour lui permettre d'étendre ses perceptions. Sa reconnaissance me caressa comme un vent d'été. Je l'accompagnai dans son exploration alors qu'il parcourait les racines nacrées. Il poussa de l'avant à pleine vélocité pour atteindre les limites de nos rhizomes les plus fins.

Je hoquetai de surprise à sa découverte. Ce ne fut que lorsque ses mains me rattrapèrent sous les aisselles que je réalisai que j'avais basculé vers l'arrière.

– Dariane! cria la voix de dame Morwen.

Elle apparut en haut de l'escalier et courut vers nous sans cérémonie, une lueur effrayée dans son regard. Elle s'arrêta à nos côtés, pivotant à la recherche d'un quelconque problème. Je secouai la tête, la gorge trop serrée pour parler, et pointai l'horizon. Brenlir affichait une mine sombre lorsqu'il tendit la longue-vue à la seigneuresse.

– Giliel marche vers nous.

Les mains de dame Morwen se figèrent devant son visage et elle tourna la tête vers lui.

– Impossible.

Je couvris ma bouche, horrifiée par la corruption suffocante que je sentais par le biais de Brenlir. Une masse opaque et grouillante se profilait juste au-delà de notre perception. La signature énergétique jaune était indéniable. Alors que je cherchais les mots pour expliquer l'abomination à laquelle nous faisions face, un fracas assourdissant attira notre attention vers le campement temporaire du festival. Sous nos yeux, des tentes s'embrasèrent. Des gens et des chevaux courraient en tous sens.

La cloche du bourg carillonna pour signaler l'état d'urgence. Dame Morwen et Brenlir se tournèrent vers moi de concert. Je secouai la tête.

– C'est n'est pas moi qui les sonne.

Brenlir pivota vers la garnison, et d'un souffle, il inonda le château d'une onde nacrée. Des soldats sortirent des baraquements au pas de course. Les simargs prirent leur envol dans un concert d'aboiements. Les escouades se rassemblèrent sous nos yeux dans la cour intérieure. Un cor sonna depuis une des tours de guet. Je levai les yeux vers le guetteur pour le voir pointer le ciel. Je lançai mes sens, la présence de Brenlir sur mes talons. Mes sens effleurèrent des simargs et leurs cavaliers, nos gens. Le soulagement manqua me faire défaillir.

– Ce sont les troupes que nous avions stationnées après le combat contre les gargouilles, précisa Brenlir.

– Pourquoi les soldats ont-ils abandonné leur poste? demanda dame Morwen. Les as-tu rappelés?

Il secoua la tête, les mâchoires crispées. D'un geste, il nous invita à le suivre vers la cour intérieure. Le cor sonna à nouveau avec un rythme différent, pour signaler aux cavaliers d'atterrir dans l'aire d'entraînement. Je pressai le pas, mon regard parcourant les soldats déjà rassemblés. Les portes de la grande salle s'ouvrirent et l'intendant passa la tête. Ma gorge se serra à l'idée de l'état d'effroi dans lequel étaient mes gens.

Je ralentis le pas, déchirée entre suivre Brenlir et intervenir auprès de Banut. Dame Morwen posa une main sur mon bras et je tournai la tête vers elle. Son sourire indulgent me prit par surprise.

– Je m'en occupe, dit-elle en se tournant vers Brenlir. Je vais organiser l'évacuation du bourg vers nos fortifications. Je vous rejoindrai après.

Je hochai la tête en clignant des paupières pour chasser les larmes qui voulaient déborder.

– Merci.

Elle bifurqua pour retrouver l'intendant et je pressai le pas pour traverser la poterne qui menait à l'aire d'entraînement. Des simargs atterrissaient en rangs serrés, mais je trouvai facilement la silhouette de Brenlir, nimbée de nacre. Des tourbillons d'énergie paresseux tournoyaient sous ses pieds, témoin de la disposition du joyau de répondre à ses demandes. Je le rejoignis en même temps que la capitaine Fleya retirait son casque. Elle offrit un salut martial au maître d'armes et s'inclina devant moi avant de donner son rapport.

– Nous avons été pris en tenaille. D'une part, les gargouilles ont surgi malgré le plein soleil et de l'autre côté, des habitants se sont retournés contre les leurs avant de s'en prendre à nous. Lorsque nous avons reculé vers une position plus facile à défendre, j'ai vu les hameaux en feu et des chariots abandonnés sur les routes. Les gens sont devenus fous.

Brenlir se frotta le visage d'une main.

– Pas fous, non. Ils sont corrompus par des éclats jaunes.

Il lui brossa un tableau de la situation et l'expression de Fleya passa de la perplexité à l'horreur.

– Nous avons pu récupérer tous les éclats dans le château, complétai-je. Mais l'opération de recherche se poursuit encore dans le bourg, et de nombreux porteurs ont certainement dû prendre la fuite vers les campagnes. Il faut s'attendre à faire face à plus d'un front.

– Tes troupes sont-elles en état de poursuivre les combats? demanda Brenlir.

Fleya jeta un coup d'œil par-dessus son épaule vers les hommes et les femmes qui parcourraient l'aire d'entraînement.

– Les simargs auront besoin d'eau, mais on pourrait rejoindre le front d'ici la prochaine heure.

Brenlir pivota vers moi avec un air songeur.

– Il nous faudra d'abord déterminer où se trouve le front. Peux-tu demander aux Sylphes de localiser les cristaux encore en circulation?

Je fermai les yeux et tournai mon attention vers les catacombes, où l'énergie verte venait tout juste de cesser de bouillonner. « J'ai besoin de vous, » chuchotai-je. L'assentiment de Syviis me parvint, aussi les enveloppai-je d'un filament nacré pour les tirer jusqu'à moi. Les pavés se déplacèrent pour laisser les trois Sylphes émerger du sol. Somir roula des épaules tandis que Rowara et Syviis échangeaient des regards surpris.

– Pardonnez mes manières expéditives, les saluai-je. Nous sommes face à une menace bien plus grande.

Je répétai la demande de Brenlir, et Syviis acquiesça. Elle tendit les mains vers ses compagnons puis son énergie effleura la mienne. J'expirai pour libérer le flot d'énergie qui s'était amassé en moi. La collaboration me venait plus naturellement, en dépit des vieilles habitudes tenaces. Brenlir redevint une étoile brillante dans mon esprit et je sentis dame Morwen se joindre à nous. Dire que ça aurait pu être aussi simple entre nous dès le départ. Je m'en voulais d'avoir été aussi bornée, mais le charisme de la seigneuresse et la détermination de Brenlir eurent tôt fait de diluer mon sentiment de culpabilité.

Ma perception se démultiplia comme les couches d'un feuilleté. La première couche était celle à laquelle j'étais habituée, soit les racines du joyau et leurs courants d'énergie. La seconde ressemblait à un ciel nocturne parsemé de constellations : chaque vie rappelait une étoile, un point brillant sur la toile de nos terres. Cette vision venait de dame Morwen grâce à son lien avec nos habitants.

La troisième strate provenait de Brenlir et se présentait comme certaines cartes topographiques aux archives : des dizaines de lignes se suivaient et se croisaient pour indiquer les limites géographiques et politiques de nos terres. Des nuances de rose et de vert identifiaient les zones sous contrôle, tandis que les territoires libres tiraient vers le blanc laiteux. Là où les combats avaient fait rage, le noir prédominait.

Une vague émeraude imprégna chacune des couches en rapide succession. Des éclairs jaunâtres crépitèrent pour signaler chaque endroit où subsistait un éclat. Le soulagement me fit relâcher mon souffle en constatant qu'il n'en restait aucun au château. Les éclats toujours présents dans le bourg se déplaçaient pour atteindre les limites extérieures de la cité. Je fronçai les sourcils, perplexe devant cette migration presque coordonnée. Brenlir fut plus rapide que moi à saisir la signification de ces mouvements.

– Ils se regroupent aux portes de la ville pour attendre l'arrivée des gargouilles.

– Un siège? Voilà qui ressemble à une déclaration de guerre, dit la capitaine Fleya.

Je ne pouvais plus nier l'évidence. Giliel avait préparé cet affrontement depuis des mois, voire des années. Ses efforts pour saboter le château Carmin avaient failli porter fruit. Et sans l'aide des Sylphes, j'aurais succombé à sa force de frappe. Mes mains devinrent moites et mon cœur s'emballa à cette idée.

La première fois que j'avais passé près tout perdre, c'était aux mains d'une Sylphe. Aujourd'hui, un précieux déjanté menaçait tout ce qui m'était cher. La réaction de Brenlir ne tarda pas à me parvenir : une froide résolution, suivie par celle de Dame Morwen, déterminée à garantir la sécurité de nos gens. Je fermai les yeux et mis la main sur ma poitrine pour reprendre le contrôle de mon cœur.

Nous allions devoir passer à l'offensive. Je me tournai vers les Sylphes.

– Giliel n'aura de cesse de nous attaquer tant qu'il lui restera un brin d'énergie. Je ne peux pas quitter mes gens ni mes terres. Je n'ai de toute façon aucun pouvoir au-delà de mes racines. Vous avez déjà fait beaucoup pour nous, mais je dois vous demander de mener cette tâche jusqu'au bout : pouvez-vous neutraliser le socle du joyau jaune?

Brenlir hocha la tête avec une mine pensive.

– Nous pourrions vous servir de distraction. Si nous les engageons sur tous les fronts, une petite équipée pourrait se faufiler sur les terres du château Jaune. Je solliciterai des volontaires pour vous accompagner : ils vous défendront au cas où il resterait de la résistance à proximité des ruines.

Les trois Sylphes échangèrent des regards avant d'acquiescer.

– Nous avons développé plus d'une façon de passer inaperçu au fil du temps, dit Syviis. Si notre expédition comporte moins d'une dizaine d'individus, je serai en mesure de nous dissimuler à la vue de nos ennemis.

– Commode, commenta Brenlir. Et essentiel, j'imagine.

Elle haussa un sourcil et nous offrit un sourire dérisoire.

– La nécessité est mère de bien des découvertes.

Brenlir signala un fantassin et lui demanda de quérir un armurier ainsi que l'intendant, dans le but d'équiper nos alliés. Les Sylphes partirent à sa suite pour préparer leurs sacoches. Le maître des écuries fut apostrophé pour qu'on amène leurs cervins, ces créatures des montagnes, mi-chèvre, mi-cheval. Plus rustres que les chevaux, ils étaient difficiles à dresser, mais leur vitesse était inégalée, ce qui leur donnerait un net avantage.

D'une poussée d'énergie, Brenlir demanda l'attention de tous ses officiers présents et ils ne tardèrent pas à se regrouper autour de lui. Je le regardai interagir avec ses hommes, fascinée par son efficacité et la façon dont les soldats s'en remettaient à lui.

Comment avais-je pu penser qu'il n'était pas le maître d'armes qu'il me fallait? Des années de craintes infondées avaient failli me coûter la meilleure chose qui me soit arrivée.

# CHAPITRE 20

## Dariane

Le soleil embrasait l'horizon et le vent m'apportait le fracas des combats. Quelques heures plus tôt, Brenlir avait traversé les portes principales du château avec les trois quarts de notre garnison. À dos de cheval, sur leur simarg ou à pied, les soldats avaient pris la direction du bourg en scandant leur chant de guerre.

Dame Morwen effleura mon bras et je tournai la tête dans sa direction. Sa pelisse argentée miroitait sous la lumière des torches du chemin de ronde. La température avait chuté de plusieurs degrés depuis que le soleil avait entamé sa descente, rappel que le printemps n'avait pas encore cédé la place à l'été. Les recrues avaient parcouru les remparts pour allumer des braseros après avoir approvisionné les archers.

– Je vais aller parler aux guérisseurs pour m'assurer que tout est prêt, dit la seigneuresse.

J'acquiesçai, soulagée qu'elle se porte volontaire pour cette tâche. La fébrilité des habitants du château était palpable, et avec la tombée du soir, elle se métamorphosait en angoisse. Dame Morwen avait prononcé un discours fort éloquent pour saluer le départ des troupes, mais c'était une chose de se battre, c'en était une autre d'attendre. Nous ignorions si les prochaines heures verraient le retour trimphale des nôtres, ou alors l'assaut de nos ennemis.

Sur les remparts, les archers chuchotaient entre eux, le regard rivé sur l'horizon. Ils se frottaient les mains et tapaient du pied, autant pour se réchauffer que pour rester réveillés. Je fermai les yeux, et d'une pensée, je redistribuai la chaleur des braseros vers les pierres près de nous. La lumière des feux faiblit quelques secondes avant de reprendre de plus belle. Le soulagement des soldats me revint comme une étoffe que je me serais passée autour de mes épaules pour me tenir chaud.

Satisfaite, je m'ouvris aux racines tout autour du château et poussai dans chaque direction. Dans le bourg, la milice arpentait les limites de la ville. Vers la côte, les simargs postés à chacune des tours de guet répondirent à mon contact avec de brefs jappements pour confirmer que tout était en ordre. Je poussai vers nos troupes amassées le long de nos frontières.

Les Sylphes avaient quitté mon rayon d'action une heure plus tôt. Juste avant qu'une nuée de gargouilles n'obscurcisse le ciel. Je ne pouvais qu'espérer que Syviis et ses compagnons accomplissent leur mission.

La proximité de ma conscience avec celle de Brenlir me permit de suivre ses manœuvres. Je ne pouvais que me réjouir des changements survenus entre nous. Sa présence me galvanisait malgré l'incertitude quant à l'issue des combats. Je propulsai un peu plus d'énergie dans les racines avoisinantes pour lui donner de l'amplitude. Sa gratitude m'effleura avant que son attention se reporte sur les affrontements. Un camp temporaire avait été érigé non loin pour accueillir les blessés et gérer le ravitaillement, aussi envoyai-je une vague d'énergie supplémentaire dans cette direction.

La soirée se passa ainsi, entre les visites de Gia, de Luan et de dame Morwen. Je mangeais ce qu'ils m'apportaient avant de reprendre ma vigile silencieuse, dirigeant mes efforts là où nos troupes en avaient besoin. Il y eut bien une discussion houleuse pour que je dorme, mais l'irruption d'un éclaireur coupa court à la conversation. Le capitaine Caedric nous fit signe d'approcher tandis que le jeune soldat et son simarg recevaient de l'eau.

– Les gargouilles arrivent par vague, dit-il entre deux gorgées. Elles sont infatigables. Mais les affrontements s'espacent de plus en plus. Des éclaireurs ont aperçu une étrange silhouette. Maître Brenlir pense que la prochaine offensive sera décisive, qu'on risque de faire face à leur commandant.

– Le seigneur Liche? demanda Luan. Une créature méconnaissable et putride, enveloppée d'une cape mouvante?

Le soldat hocha la tête avec de grands yeux.

– Il aurait été vu à quelques lieues du front. Les éclaireurs rapportent que les gargouilles suivent ses ordres. On les prenait pour des bêtes dominées par leur instinct; c'est encore plus effroyable de penser qu'elles obéissent à un maître.

Je le laissai terminer son rapport et mis les mains sur les créneaux. Je regrettais de ne pas avoir écouté les avertissements de Sabaya et de Caysen plus tôt. Je m'étais drapée d'arrogance et j'en payais le prix. J'avais cru que rien ne pourrait menacer la grandeur de notre château. Combiné à mes relations difficiles avec Brenlir, cet aveuglement aurait bien pu marquer notre chute. Je fermai les yeux en espérant que j'avais rectifié le tir assez vite.

Le capitaine Caedric envoya le messager se reposer et fit appeler un remplaçant pour dépêcher de nos nouvelles au front. Je modelai les courants d'air les plus près et m'assurai que son vol soit le plus aisé possible.

Les dernières heures avant l'aube furent les plus éprouvantes, alors que les soldats et leurs montures arrivaient à la limite de leur endurance. Enfin, les attaques s'espacèrent jusqu'à cesser. Les gargouilles décrivaient des cercles concentriques, hors de notre portée. Brenlir arpentait le champ de bataille sans relâche pour organiser le rapatriement des blessés et le ravitaillement des troupes encore en état. De son côté, dame Morwen avait coordonné les habitants du château pour accueillir les réfugiés du bourg. L'infirmerie bourdonnait d'activités, les guérisseurs absorbés par leur travail et soutenus par des dizaines de volontaires.

Le soleil perça l'horizon au même moment où un frisson d'appréhension me remontait le dos. Une présence singulière approchait. Je n'avais jamais rien ressenti de tel. D'une poussée, j'attirai l'attention de Brenlir dans cette direction.

Les chevaux commencèrent à piétiner. Les simargs hurlèrent à gorge déployée. Des nuées d'oiseaux prirent leur envol dans les forêts avoisinantes. Plus loin, les biches déta-laient, suivies par les rongeurs. Par mes liens avec les troupes, je sentis la terre vibrer avant d'entendre le grondement.

Des récits du Sud parlaient de montagnes qui se réveillaient pour cracher le feu, ou encore de tremblements de terre qui engloutissaient des villes entières. Je plongeai sous les fondations à la recherche de signes annonciateurs. J'aurais juré que nous étions à l'abri de tels phénomènes, car nous étions loin de toute faille, et les Terres du Nord n'avaient jamais subi un cataclysme semblable d'aussi loin que remontait ma mémoire.

Puis l'horreur me frappa de plein fouet. Pas la mienne, mais celle de Brenlir. Je m'élançai à une telle vitesse que ma conscience entra en collision avec la sienne. Sa vue devint la mienne et je sentis les muscles de Gryff sous nos cuisses comme elle négociait les courants d'air pour rester sur place. Nos yeux balayèrent la scène devant nous, mais je n'arrivais pas à interpréter les couleurs et les mouvements.

Un énorme monticule de roches roulait, semblable à une avalanche, mais sur un sol parfaitement plat. Les

pierres crissaient les unes sur les autres, tandis que des jets
de terre fusaient de chaque côté. On aurait dit qu'une taupe
gigantesque se frayait un chemin dans notre direction. Des
ridules de boue se formaient de chaque côté de ce tumulus
ambulant, laissant dans son sillage une horrible cicatrice
dans le paysage. Le vent nous apporta une odeur de
pourriture doucereuse.

Et l'effroi me gagna aussi. Car le centre de ce tertre
était occupé par un joyau jaunâtre. Sa surface était rabo-
teuse, comme ciselée par un joaillier fou, mais son diamètre
était assez grand qu'il n'y avait pas de doute : le socle du
joyau jaune fonçait droit sur nous.

# CHAPITRE 21

## Brenlir

Je n'avais jamais rien vu d'aussi monstrueux. Sous nos yeux, les restes du joyau jaune se déplaçaient par ses propres moyens. L'effroi de Dariane m'enserra le cœur, mais je refusais de baisser les bras. Mon rôle était de défendre le château Nacré. Je fis signe à mon escouade et tapotai l'échine de Gryff pour qu'elle prenne la direction du sol. Sans attendre, elle pivota et referma ses ailes pour amorcer sa descente. Je repérai notre quartier général temporaire et ajustai notre angle pour atterrir non loin.

Mes capitaines Fleya et Angar étaient penchés au-dessus d'une table où se chevauchaient plusieurs cartes. Ils se relevèrent à mon approche et m'offrirent un salut.

— Les combats sont terminés dans le secteur ouest, rapporta Fleya. Toujours pas de gargouilles en vue.

— Mais il reste des porteurs d'éclats, ajouta Angar avec une mine sombre. Bon nombre de fuyards nous ont échappé au début de la nuit.

— Nous allons concentrer notre force de frappe en plein centre, dis-je en pointant la direction depuis laquelle arrivait le socle. Giliel a trouvé le moyen de se déplacer.

Les deux officiers me retournèrent des expressions perplexes, ce que je ne pouvais leur reprocher.

— Il nous faut les Sylphes, décidai-je. Envoyez tous les éclaireurs disponibles à leur recherche. Leur magie sera nécessaire pour gagner la bataille à venir.

Sans plus de question, Angar se tourna vers un groupe de soldats postés non loin et relaya mes ordres. Fleya considéra la carte et regarda vers le nord-est, comme si elle pouvait voir l'ennemi qui marchait vers nous.

– Comment un précieux peut-il se déplacer? Il est lié à son château...

– Mais il n'en a plus, contrai-je. Et des dizaines d'éclats, voire des centaines, se trouvent à proximité. Maelora m'a écrit que Giliel avait perçu la perte des fragments qu'ils avaient neutralisés au château Carmin. Si je devais parier, je dirais qu'il y a une attraction entre eux et lui.

– Si on arrivait à se débarrasser de tous les éclats, il n'aurait plus de raison de poursuivre sa route, suggéra Fleya.

Je contemplai cette idée avant de secouai la tête avec lenteur. Si les Sylphes avaient vu juste, ce que j'étais porté à croire, la proximité de deux joyaux pourrait menacer l'équilibre de la région. Nous devions impérativement arrêter la progression de Giliel. Mon regard se porta sur les indications fournies par les éclaireurs et j'étudiai les mouvements de troupes rapportés sur la carte.

– Giliel a dit à Caysen puis à Dariane qu'il rétablirait les torts du passé, peu importe ce qu'il entend par là. Il n'aura de cesse d'attaquer : il rejette la faute de sa chute sur notre précieuse, et le fait qu'elle pense la même chose renforce ses convictions.

Fleya eut une exclamation outrée et je levai une main pour modérer ses ardeurs.

– Ce n'est pas un sentiment dicté par la raison, mais bien par les blessures du passé.

Je tapotai une zone qui n'avait pas été mise à jour.

– Parle-moi de cet endroit.

– Pas de nouvelles directes de leur part, mais les éclairs des cadrans voisins rapportent qu'ils ont eu affaire à une poche de résistance. Les porteurs d'éclats les ont menés sur une fausse piste, puis ils auraient mis la main sur une cache d'armes avant de les prendre à revers. On peut s'attendre à des blessés et quelques morts.

J'allais demander le repli des troupes vers nos positions lorsqu'un cor sonna dans la vallée. Par réflexe, je pivotai dans la direction du son. Un deuxième clairon s'éleva, suivi d'un autre. Autour de nous, les soldats sautèrent sur leurs pieds, armes en main. D'un sifflement perçant, j'appelai Gryff à moi. L'énergie nacrée bouillonna dans ma poitrine, m'invitant à en tirer profit. Je fermai les yeux, reconnaissant de ce rappel, et projetai ma conscience dans toutes les directions.

Mon esprit s'illumina, chaque âme à proximité semblable à un lampion. Un serpent de flammèches jaunes s'était immiscé entre nous et le château, nous coupant la retraite. Les porteurs d'éclats s'étaient regroupés à notre insu pour revenir en force et nous prendre en tenaille. Impossible de rejoindre les remparts. Cette surprise était trop bien orchestrée pour être fortuite. Giliel démontrait de redoutables talents de stratège militaire; nous avions intérêt à le mettre hors d'état de nuire avant qu'il ne tourne son attention vers le château Nacré et son joyau.

La frustration de Dariane me parvint, confirmant que nous n'avions toujours pas repris contact avec les Sylphes. Il me faudrait contenir la menace posée par Giliel et ses troupes en espérant qu'ils nous rejoignent rapidement. Je soufflai une pointe d'énergie nacrée vers les unités sur le front et j'envoyai les autres escouades porter secours aux sonneurs de cor.

L'air déplacé par les battements d'ailes de Gryff agita les cartes sur la table de l'état-major. Je transmis mes dernières consignes à Fleya pour qu'elle surveille nos arrières. Elle répondit d'un salut martial comme je sautais sur le dos de ma monture. Les muscles de la simarg se contractèrent sous moi et elle bondit pour prendre les airs.

Quelques coups d'aile suffirent pour nous positionner au-dessus des troupes qui se ralliaient pour faire face à ce deuxième front. La présence de mon escouade m'effleura comme un vent chaud et j'échangeai un signe de tête avec Velor. Mon second poussa un cri de guerre, repris à l'unisson par tous les soldats présents. L'exaltation traversa les rangs, redonnant de l'énergie aux combattants. Dariane y insuffla une onde d'énergie nacrée supplémentaire et nos gens fondirent sur les porteurs d'éclats.

Je me plaquai contre le cou de Gryff comme elle plongeait dans la mêlée. Je fis de mon mieux pour désarmer nos adversaires sans les tuer, mais ils revenaient inlassablement à la charge. Lorsqu'ils perdaient leurs armes, ils utilisaient leurs ongles et leurs dents pour s'agripper aux défenseurs et les blesser. Une lueur malsaine luisait dans leurs regards, un effet de l'influence des éclats. L'âme en deuil, je fauchai nos propres gens. Ma lame devint visqueuse en un rien de temps et le pelage doré de ma monture tourna au rubis.

Le moment viendrait de pleurer nos morts, mais nous devions survivre à ce funeste jour avant. J'abattis mon épée sur le crâne d'un combattant particulièrement coriace et il s'effondra sur son voisin dans un râlement. Un poids heurta l'arrière-main de Gryff et je fis un moulinet pour éloigner quiconque avait osé nous prendre à revers. Libérée, la simarg pivota pour faire face à cet adversaire, mais je sentis l'accroc dans sa démarche. Je balançai ma lame sur le rebelle qui revenait à la charge, dague au poing. L'impact le sonna et je l'achevai d'un coup à la gorge.

Un regard m'apprit que Gryff avait été lacérée au jarret, mais les saignements abondants m'empêchaient de déterminer la profondeur de la plaie. Sans attendre, je sautai au sol. Elle aboya pour protester, mais je lui transmis mon souhait qu'elle se rende au camp des blessés, ou mieux encore, au château avec les soigneurs. Les oreilles plaquées contre son crâne, elle me poussa du museau en guise d'aurevoir. Ma poitrine se comprima d'avoir à me séparer d'elle, mais sa survie primait sur mes désirs. Avec une série de moulinets, je dégageai l'espace autour de nous. Elle claudiqua à quelques reprises pour parvenir à prendre son envol.

Tout autour, les combats faisaient rage. Nos adversaires étaient moins bien armés et loin d'être des guerriers expérimentés, mais la proximité du joyau jaune semblait leur fournir une énergie inépuisable. J'abattis ma lame de droite et de gauche. À chaque pas, je gagnais un peu de terrain et je lançai des sondes nacrées tout autour. Le front avançait avec moi et les soldats se regroupaient sans cesse pour conserver une ligne soudée. Ce serait notre atout; notre harmonie vaincrait face à leur sauvagerie.

Une ombre masqua le soleil. Je transperçai mon adversaire de part en part avec mon épée avant de lever les yeux. Une nuée de gargouilles traversait le ciel au-dessus de nos têtes. Leurs rangs étaient si serrés que la lumière du jour ne filtrait par entre les membranes de leurs ailes. Impossible d'évaluer leur nombre. La consternation fit couler des rigoles de sueurs froides dans mon dos. Les escouades de simargs toujours en vol plongèrent en rase-mottes pour se regrouper devant ce soudain afflux d'adversaires.

Le silence ambiant me rendit méfiant et je reportai mon attention sur la plaine. Les soldats du château Nacré se tenaient en une ligne de chaque côté, arme au poing, leur regard rivé sur un point derrière moi. Leur fébrilité était teintée d'horreur. Je pivotai pour suivre la direction de leurs regards.

Les porteurs d'éclats avaient battu en retraite et avaient pris position face à nous, les deux lignes séparées d'une cinquantaine de mètres. Ils se tenaient immobiles, les bras ballants, telles des figurines sur un jeu de la Bataille des rois. Un frisson horrifié me parcourut la nuque comme j'essayais d'évaluer leur nombre. Leur ligne s'étendait sur plusieurs centaines de mètres, et je comptais au moins trois rangs de profondeur. Impossible que ce soit tous des gens de notre région.

Je plissai les yeux et identifiai différents styles vestimentaires typiques des régions du continent, comme les tuniques pourpres répandues chez les pêcheurs ou encore les capelines de fourrure pour les contrées du Grand Nord. Certains porteurs arboraient même les uniformes militaires d'autres châteaux.

Un des visages attira mon attention. Les traits me semblaient familiers. La consternation me coupa le souffle en reconnaissant le sénéchal Gaur. S'il était l'un des leurs, cela signifiait que la menace avait été bien plus proche que nous ne le pensions, et je comprenais mieux maintenant son attitude systématiquement bravache voire hostile lors des conseils. Le dégoût recouvrit ma langue d'un goût amer. Tant de vies perverties pour assouvir le désir de vengeance de Giliel.

Je mis à profit cet instant de répit, comme les gargouilles se contentaient de planer et que les porteurs d'éclats ne réagissaient pas. Au loin, je pouvais sentir les efforts concertés de Dariane et de dame Morwen pour coordonner les défenses de nos fortifications. Rassuré, je reportai mon attention sur le champ de bataille. D'une poussée d'énergie, je pris contact avec mes officiers pour évaluer l'état de nos troupes.

« Le joyau jaune ne bouge plus, » m'informa Fleya.

« Toujours rien au château, » me confirma Caedric.

« Beaucoup de blessés, » avertit Irun.

Avant qu'Angar me réponde à son tour, les porteurs d'éclats ouvrirent la bouche tous en même temps. Leurs voix brisèrent le silence, telle une parodie de chorale.

– Te voilà, maître d'armes. Ils t'ont envoyé seuls te battre contre moi.

Je fronçai les sourcils, perplexe. La voix de Dariane chuchota dans mon esprit, son ton trahissant son épouvante. « Giliel... »

– Pas si seul finalement, reprirent les voix. Bonjour, Dariane. Merci de te joindre à nous. C'est l'heure de rendre des comptes. Me voilà le joyau le plus puissant des Terres du Nord, libéré de l'emprise des Hommes de sang.

Les rangs des porteurs d'éclats se fendirent et le seigneur Liche apparut en leur centre. Les lambeaux de sa cape volaient dans le vent, tel un sinistre étendard. Sous ses pieds, les racines du joyau nacré se tordaient en tous sens pour éviter de toucher à cette corruption. Les courants qui émanaient de lui me rappelaient vaguement dame Morwen lorsqu'elle utilisait ses facultés de seigneuresse. Jonas et Maelora avaient tous deux affirmé avoir affronté un chevalier. Si ce dernier avait été le défunt maître d'armes de Giliel, alors j'avais devant moi son seigneur. Ou l'abomination qu'il était devenu. Car plutôt que de veiller sur ses gens, il leur siphonnait leur force vitale. Les courants invisibles se déplaçaient à sens unique et les porteurs d'éclats mourraient bientôt. Si nous voulions sauver ces pauvres âmes, j'allais devoir vaincre le seigneur liche.

Mon souffle s'accéléra, car la créature était entre le château et moi. Je n'osais pas imaginer ce qu'il pourrait faire subir à toutes les personnes qui avaient trouvé refuge derrière les remparts. Mes doigts se crispèrent sur le pommeau de mon épée. Cette éventualité ne se concrétiserait pas de mon vivant. J'avançai pour prendre la tête de nos troupes, en miroir au seigneur Liche.

– Chaque château est souverain. Quitte nos terres, Giliel, ou nous serons obligés d'anéantir tes troupes avant de neutraliser ton joyau.

Un rire maniaque parcourut les porteurs d'éclats. J'avalai avec difficulté. De part et d'autre, les soldats piétinèrent, aussi déroutés que moi par cette manifestation perverse. Le seigneur Liche écarta les bras et une nuée d'énergie viciée le quitta pour toucher ses fantassins. Sa voix grinçante s'éleva sur la plaine.

– Les châteaux n'ont jamais été souverains, car Dariane a toujours mis son nez partout. Sauf au moment où j'aurais eu le plus besoin d'elle. Cette souveraineté est le prétexte qu'elle s'est donné pour justifier son inaction. N'est-ce pas, Dariane? C'est bien plus facile de vaquer à tes occupations chaque jour en te disant que tu n'y es pour rien, que tu n'aurais rien pu y faire de toute façon.

La douleur et la tristesse de ma précieuse me transpercèrent le cœur. Une foule d'images défoula dans ma tête; des souvenirs de l'époque où le château Jaune avait été fondé. Elle avait demandé à son seigneur du moment d'intervenir. Elle avait ensuite envoyé des candidats pour le poste de maître d'armes ainsi que d'autres positions clés pour venir en aide à Giliel.

Au final, les châteaux avaient bel et bien été souverains et elle avait été impuissante face à la maltraitance du précieux jaune. Son désespoir n'en était que plus déchirant, car elle avait vécu cette situation une deuxième fois lors du déclin du château Carmin. Malheureusement, cette nuance ne suffirait jamais à calmer le désir de vengeance de Giliel. Les voix des porteurs d'éclats s'élevèrent à nouveau.

– Tu as voulu te positionner à notre tête, mais tu as échoué dans ce rôle. Je suis venu te retirer le titre de doyenne des précieux. À l'avenir, je veillerai sur les nôtres. Les Hommes de sang nous serviront, et pas le contraire.

Je levai une main dans une dernière tentative de l'arrêter.

– Si tu mènes ce plan à bien, tu seras en vérité l'abomination que les Sylphes ont accusé Dariane d'être, il y a près de trois cents ans. Penses-tu vraiment que le reste du continent te laissera agir impunément? Les Terres du Nord sont libres, les châteaux sont souverains et les Hommes de sang travaillent aux côtés des précieux pour que tous profitent des richesses disponibles.

En réponse à mes paroles, les rebelles secouèrent la tête de concert. Ils firent un pas vers l'avant et marchèrent vers nous d'un pas mesuré.

– Je détruirai Dariane, dirent une centaine de voix. Je laverai ses erreurs et j'offrirai un renouveau aux Terres du Nord. Si tu te dresses sur mon chemin, maître d'armes, je te détruirai comme je l'ai fait pour tous les obstacles sur mon parcours depuis ma renaissance dans les ruines de mon château.

Les troupes adverses se mirent à courir.

# CHAPITRE 22

## Brenlir

Je levai mon bras armé et laissai libre cours à ma rage de vivre. Mon cri fut repris par tous les soldats encore debout. Derrière nous, les simargs hurlèrent avec fougue. Je pointai la ligne ennemie qui fonçait sur nous.

– CHARGEZ!

Des centaines de pieds répondirent à mon appel. Des centaines d'ailes battirent pour attaquer les gargouilles qui menaçaient de fondre sur nous. La cavalerie se joignit à nous, faisant vibrer le sol. Les chevaux sortirent de derrière nos lignes pour prendre les rebelles en tenaille.

Une odeur âpre envahit mon nez et tapissa ma bouche juste avant que la terre ne se soulève en pics dentelés. Des flammèches jaunes dansèrent à la limite de mon champ de vision, confirmant que c'était le fait de Giliel. Les chevaux hennirent et se cabrèrent alors que leurs sabots glissaient. Mon cœur tambourina dans mes oreilles à la vue des cavaliers projetés au sol. Heureusement, le reste des troupes parvint à modifier sa course, évitant de les piétiner. Une escouade de simargs se détacha pour venir en aide aux soldats tombés, mais de soudaines rafales de vent les obligèrent à reprendre leur distance.

Devant moi, les lignes de fantassins s'entrechoquèrent dans un vacarme métallique. Mon champ de vision se réduisit à ce qu'il y avait directement face à moi, toute autre considération oubliée. Il n'y avait que l'instant présent, car chaque coup comptait. Je plongeai mon épée dans le ventre d'un porteur d'éclat. Le sang jaillit de sa bouche comme il s'écroulait. Je tirai sur ma lame pour la libérer et l'abattis sur l'ennemi suivant. Les coups s'enchaînèrent et les minutes se transformèrent en heure.

Le terrain passa de boueux à brûlant. Des tertres s'élevèrent et s'affaissèrent sans avertissement. Nous devions courir et zigzaguer pour affronter nos adversaires. Un instant, le terrain jouait en notre faveur et le suivant, nous étions des cibles faciles. Ma vision périphérique s'illuminait de jaune à chaque attaque puis de nacré lorsque Dariane ripostait pour nous donner un répit. Malgré son aide, mes membres s'engourdissaient d'épuisement. De mon dos, je ne percevais plus qu'une immense sensation de brûlure. J'avais plus d'entailles que je ne pouvais en garder le décompte.

Enfin, les effectifs ennemis au sol vinrent à manquer. Mon bras retomba à mes côtés, mes doigts engourdis par les coups répétés. Je pivotai pour évaluer la situation aux environs. D'innombrables cadavres aux ailes de cuir jonchaient la plaine, bien qu'il en restât assez en vol pour relancer l'offensive. Je poussai une vague d'énergie nacrée en cercles concentriques pour jauger l'état de nos troupes.

Ma vision se brouilla sous l'effort et je crispai les mâchoires. La magie du joyau répondit enfin à mon appel. La fatigue accablait bon nombre de soldats et leur monture. Je sentais la lassitude de Dariane. Dame Morwen n'était qu'un faible bourdonnement en arrière-plan, vraisemblablement assoupie pour reprendre des forces. Il nous fallait mettre fin aux affrontements, au moins le temps de rapatrier les blessés et récupérer.

La présence de la capitaine Fleya émettait une lumière chétive dans mon esprit. Comme l'énergie du joyau répondait avec trop de lenteur, je remis mon épée au fourreau et courus vers sa position. Je la trouvai sur le haut d'un button, alors que son escouade achevait une gargouille. D'un cri, elle dirigea ses troupes vers l'escarmouche suivante avant de m'apercevoir. Je m'arrêtai à ses côtés et bloquai mes genoux pour éviter de tomber de fatigue.

– Des nouvelles des Sylphes?

Elle secoua la tête, les lèvres pincées.

– Alors nous devrons neutraliser le socle du joyau jaune sans eux, conclus-je.

Son regard se porta vers le ciel et je l'imitai.

– Pas avec cette horde au-dessus de nous, dit-elle.

Je fis un tour d'horizon et l'appréhension m'enserra la poitrine. Si j'étais fatigué, les troupes étaient épuisées. De plus en plus de simargs se posaient de part et d'autre du champ de bataille, la langue pendante et les flancs agités par leur souffle court. Des chevaux se sauvaient au galop hors des zones de conflit, leur selle vide et leur cavalier nulle part en vue.

Le joyau avait dépensé énormément d'énergie pour me permettre de diriger nos troupes et pour guérir les blessés. Sauf que ses réserves auraient dû pouvoir m'en fournir bien plus. Selon les archives sur la Guerre des Sylphes, les maîtres d'armes des différents châteaux avaient combattu sans relâche nuit et jour pendant des semaines avant que la charge ne devienne insupportable pour le joyau.

Et c'est là que je sentis la corruption.

Le seigneur Liche avait profité des affrontements pour plonger ses mains dans le sol meuble. Je ne pouvais pas le voir avec mes yeux, mais plutôt dans la toile de mon esprit, là où nos terres m'apparaissaient en lignes et en courbes, parsemées par la lumière de nos habitants.

Un immense vortex noir s'était formé au centre de cette vision alors que le seigneur Liche siphonnait tout à proximité. Les racines les plus près se recroquevillèrent, ternes et sans vie. Cette noirceur rampait en direction des fondations du château. Maintenant que je savais où chercher, j'entendis les cris frénétiques de Dariane et les appels de dame Morwen.

L'ennemi nous avait coupés de nos renforts.

Je repoussai la consternation et une froide détermination prit sa place dans mon esprit. Je devais à tout prix prévenir cette abomination d'atteindre le joyau. Éventuellement, les Sylphes réaliseraient que les ruines du château Jaune étaient vides et ils viendraient à notre rencontre.

Je devais tenir bon. Nos troupes ne pouvaient pas flancher. Nous étions les guerriers d'élite des Terres du Nord. Ses dernières défenses.

Mon souffle me cisaillait les côtes comme j'essayais de me convaincre que tout n'était pas perdu. J'avais passé près de dix ans à occuper mes fonctions de maître d'armes sans accéder aux pleins pouvoirs qui me revenaient. La situation actuelle m'était douloureusement familière : mal équipé, désespéré, mais farouchement déterminé.

Je dégainai mon épée et appliquai l'éclat nacré du pommeau à mon front. Une onde de chaleur me traversa. Même si ce n'était qu'un faible échantillon de la puissance à laquelle j'avais goûté dans les derniers jours, elle suffirait.

Mon cri de ralliement perça le chaos du champ de bataille et toutes les têtes se tournèrent vers moi. J'y déversai mes espoirs pour l'avenir et ma hargne envers cet adversaire qui voulait nous l'arracher. Les soldats encore en état répondirent à l'appel, leurs voix se mêlant à la mienne.

– Sus à l'ennemi!

Je pointai l'endroit où se trouvait le seigneur Liche et je courus. Mes cuisses tremblaient sous l'effort et mon souffle me brûlait la gorge. Les rigoles de sueur dans mon dos traçaient des rivières de feu chaque fois qu'elles touchaient une entaille.

Rien de tout cela n'avait d'importance. Ma mission était de défendre le joyau nacré, sa précieuse, la lignée de sa seigneuresse et l'intégrité du château.

La présence de Dariane remonta depuis ma prise sur mon épée jusqu'à ma poitrine. « Brenlir! Je t'en prie, que se passe-t-il? Je te sens à peine. » Malgré sa voix faible, sa détresse était facile à discerner. Mes pieds avalaient la distance entre mon ennemi et moi. Encore quelques mètres et je serais face au combat d'une vie. « Je t'aime, » lui répondis-je. « Si je meurs en ce jour, ce sera avec la certitude d'avoir fait de mon mieux. »

Devant moi se dressait la silhouette obscure du seigneur Liche. Son visage était dissimulé par un masque gris. Seuls ses yeux étaient visibles et ils brillaient d'une lueur ambrée contre nature. Il se redressa de toute sa hauteur et il écarta les bras. Une onde de choc se propagea depuis ses mains dans notre direction. Je me laissai tomber à genoux. J'ignorai les éclairs de douleur et plantai ma lame dans le sol. Mon précepteur m'aurait réprimandé de traiter mon arme aussi cavalièrement, mais l'éclat nacré du pommeau s'illumina au contact de ses terres.

Un écran chamarré jaillit dans les airs et bloqua l'attaque du seigneur Liche. Une onde de choc se propagea, et derrière moi, les soldats durent freiner leur course pour conserver leur équilibre. Je libérai mon épée puis je sautai sur mes pieds, talonné par nos troupes. Je franchis les derniers mètres qui me séparaient de mon ennemi. Il plongea une main dans les ombres de sa cape et en sortit une épée brisée.

L'éclat jaune était immanquable sur le pommeau. La lame était plus courte que la mienne, avec une extrémité tronquée. Un haut-le-cœur me saisit à la gorge : cette arme aurait dû être le symbole du lien unissant le joyau à son maître d'armes. Elle aurait dû représenter la confiance, la réciprocité et la sécurité. Au lieu de quoi, elle était maniée par une abomination qui aurait dû veiller au bien de ses gens, plutôt que de manigancer pour amasser plus de pouvoir.

Je passai à l'attaque et fendis l'air de mon épée. Au lieu de parer le coup, le seigneur Liche brandit l'éclat jaune. Un étrange dôme ambré se forma autour de lui. Ma lame y buta avec un craquement sonore. L'impact me remonta le bras comme si mille aiguilles s'enfonçaient dans ma chair.

Je perdis l'équilibre et dus reculer pour reprendre pied. La barrière magique avait disparu. Je feintai d'un côté et attaquai en succession rapide. À chaque fois, il leva l'éclat et invoqua cette barrière ensorcelée. Je tentai diverses approches, mais il brandissait l'éclat jaune sans montrer aucun signe de fatigue.

Autour de nous, les porteurs d'éclat survivants s'étaient ralliés pour barrer le chemin à mes compagnons d'armes. Je reconnus le cri de guerre de Fleya et le hurlement de Gryff. Mon souffle se coinça dans ma gorge. J'étais soulagé de la savoir tout près, mais j'avais peine à croire qu'elle était déjà remise de sa blessure. Je ne pouvais pas lâcher mon adversaire des yeux ni me permettre de distraction, mais je retrouvai un peu de courage à l'idée de ne pas mourir seul aujourd'hui.

Car j'avais beau être une fine lame, je ne pouvais pas rivaliser avec la magie du seigneur Liche. Malgré l'aide du joyau nacré, je n'en étais pas moins qu'un homme seul face à une puissante monstruosité. Mes bras faiblissaient et mes coups perdaient en justesse. Rien ne semblait venir à bout de cette damnée barrière. Ce n'était qu'une question de temps avant que je glisse et que le seigneur Liche ne profite de l'ouverture pour me porter un coup fatal.

Mes pensées se tournèrent vers mes enfants. Ma poitrine se comprima douloureusement à l'idée de ne plus jamais leur raconter d'histoire. Les pauvres avaient déjà tant perdu à la mort de Safie. Et Gryff, avec sa loyauté indéfectible, toujours prête à donner le meilleur d'elle-même. Nous avions partagé tant de belles chevauchées. Il leur resterait Dariane. Car elle survivrait à mon décès. Elle continuerait de prendre soin d'eux. Je regrettais que nous ayons eu si peu de temps pour explorer nos sentiments. Tant d'années perdues à s'aimer de loin, à souffrir de cette distance. Nous n'avions eu que quelques heures pour goûter au bonheur d'être véritablement ensemble.

« NON! » hurla sa voix dans mon esprit.

Je frappai un peu plus fort au coup suivant, espérant au moins obliger le seigneur Liche à reculer.

« Tu ne me quitteras pas ainsi. Je refuse! »

Un éclair ambré décolla du dôme et toucha l'intérieur de mon bras. Mes doigts convulsèrent, la douleur traversant tout mon corps. Mon épée tomba au sol. L'éclat nacré du pommeau miroita avant de s'éteindre. Un cri victorieux me vrilla les tympans comme le seigneur Liche levait ses bras pour amasser un énorme éclair jaune entre ses mains.

Un vrombissement le fit tressaillir. Il chancela et dut relâcher la boule d'énergie pour reprendre son équilibre. Autour de nous, le sol tremblait si fort que je dus mettre un genou à terre. Je levai les yeux vers le vallon à l'est. Une masse sombre couronna la crête avant de dévaler la pente dans notre direction. À intervalles réguliers, des bannières bleues claquaient au vent.

Des centaines de chevaux galopaient à bride abattue. Le cri de guerre de leurs cavaliers couvrit tous les autres bruits. Au-dessus de nous, les gargouilles s'éparpillèrent à la vue de cette nouvelle menace. Les soldats du château Nacré clamèrent leur joie et leur soulagement à l'arrivée inespérée de ces renforts.

Un grondement sourd me fit pivoter dans la direction opposée. Le ciel était obscurci à l'ouest et je plissai les yeux. L'effroi faillit avoir le dessus une fraction de seconde alors que je craignais assister à l'arrivée de nouvelles gargouilles, mais le clairon victorieux des simargs effaça ce doute. À tire d'ailes, des centaines de cavaliers vêtus de violet rejoignaient nos troupes.

J'allais remettre la main sur ma lame lorsqu'une sensation étrange remonta de mes pieds jusqu'à ma tête. Ce bouillonnement d'énergie n'avait rien à voir avec ce que j'avais déjà ressenti en présence du joyau nacré. Je pouvais goûter sur ma langue les pommes du château Carmin et les épices exotiques des marchés du château Violet. Sur ma peau, je sentais la morsure du froid au château Vert. Mon nez s'emplissait de l'odeur de la saumure des piscicultures du château Bleu. Mes doigts parcourraient la finesse des boiseries du château Rose. Toutes ses sensations se juxtaposaient à la chaleur vibrante du joyau nacré.

Une présence dans mon dos me fit sursauter, mais il n'y avait rien de plus que nos troupes. Sauf que des silhouettes translucides d'hommes et de femmes se tenaient à mes côtés. Des mains spectrales se posèrent sur mes épaules, celles de Jonas et de Maelora ainsi que d'Odenne, Novius et Wren, les autres maîtres d'armes. Leur savoir, leur expérience, toutes ces années passées à protéger et à servir les joyaux et leurs précieux : un flot infini de sagesse et de connaissances m'inonda. Je n'étais plus simplement le maître d'armes du joyau nacré; j'étais le maître d'armes des Terres du Nord.

Des picotements parcoururent mon corps tout entier, une sensation à la fois rassurante et galvanisante : je savais que c'était la manifestation de toutes ces vies qui se joignaient à la mienne. Je fis face au seigneur Liche qui psalmodiait sans relâche. Un nuage visqueux ondulait autour de lui, se contractant et se dilatant en rythme avec les vagues d'énergie jaune qui bataillaient contre celles de tous les autres joyaux.

J'écartai les bras et laissai la puissance des maîtres d'armes couler à flots.

« Votre mission est la mienne : assurons la sécurité de nos châteaux et de nos gens. »

Un raz-de-marée multicolore jaillit de ma poitrine. La surprise menaça de me faire perdre le contrôle devant la force d'un tel afflux, mais Jonas se positionna tel un bouclier entre moi et cette émotion. Maelora poussa un cri de guerre, repris par tous les maîtres d'armes. J'étais en bonne compagnie.

Mon attention revint sur le seigneur Liche et les tentacules de noirceur qu'il lançait dans ma direction. Il n'était pas de taille, car ensemble, nous étions plus que la somme de nos parties. Nous étions ce que les châteaux avaient de mieux à offrir. Nous avions tout donné aux joyaux; nos vies, nos espoirs, notre loyauté. En retour, ils nous confiaient leurs précieux et nous octroyaient l'accès à leur puissance.

Je chargeai le seigneur Liche avec l'énergie du continent tout entier pour me propulser. Un chuintement inhumain s'éleva de son masque et la noirceur autour de lui se densifia. Le flot multicolore le heurta avant même que je le touche. Le dôme ambré éclata dans un concert de crépitements. J'attrapai l'abomination à bras-le-corps et le plaquai au sol. Ses membres convulsèrent dans une vaine tentative pour me déloger. La détermination de Jonas et l'obstination de Maclora se joignirent à moi pour tenir bon. Je poussai la force des six joyaux combinés et chassai la moindre parcelle de corruption de son corps.

La dernière flammèche noirâtre quitta le seigneur Liche et une lumière jaune aveuglante m'obligea à fermer les yeux. Même derrière mes paupières closes, l'éclat pur du joyau jaune m'éblouissait. L'image d'un homme aux traits sévères s'imposa à moi. Sa courte barbe était striée de gris et ses épaules étaient courbées par un poids plus lourd que celui des années passées.

— Tant de souffrance, dit-il, le regard rivé sur ses mains vides.

Il releva la tête et les regrets dans ses yeux me coupèrent le souffle.

— Je n'ai compris que trop tard la véritable nature des joyaux. La poursuite du pouvoir en lui-même est vaine. Rien ne se bâtit sans des fondations solides. Mais tu le sais déjà; je le vois en toi.

Le contour de sa silhouette s'estompa. Un filet d'énergie dorée coula entre mes mains puis se dissipa avec la brise. Et l'obscurité m'engloutit.

# CHAPITRE 23
## Brenlir

Je clignai des yeux, surpris de voir un ciel dégagé d'un bleu éclatant. Une quinte de toux me saisit et les mille douleurs de la bataille me confirmèrent que j'étais en vie. Un grognement m'échappa et je tournai la tête pour me situer. Mon regard se posa sur le visage inquiet de Fleya, agenouillée à mes côtés. Le soulagement me fit monter les larmes aux yeux, aussi bien d'être toujours en vie que de la retrouver à mes côtés.

— Tu parles d'une heure pour faire la sieste, railla-t-elle pour masquer ses propres larmes.

J'éclatai de rire, mais la douleur dans mes côtes me coupa le souffle.

— Je me suis rarement senti aussi peu reposé, grimaçai-je.

Elle glissa une main derrière mon dos comme je tentais de me redresser en position assise. Un étourdissement m'obligea à rester immobile quelques secondes, le temps de retrouver mes repères. Un frisson nacré prit naissance dans ma poitrine et je sentis la présence de Dariane, vibrante de soulagement et de triomphe. Je laissai mon amour pour elle imprégner notre lien. Une vague nacrée se répandit dans tout mon corps et mes douleurs disparurent jusqu'à ce qu'il ne reste qu'une agréable sensation de plénitude. Je poussai un soupir de contentement.

Fleya me tendit la main et je m'en saisis pour me remettre sur pied. Sa bouche se pinça et elle porta sa main libre à sa hanche. Si le joyau avait accéléré ma guérison, il n'en allait pas de même pour elle. De nombreuses entailles striaient sa brigandine et elle avait perdu un de ses brassards.

Ses cheveux étaient recouverts d'une croûte de sang séché et la saleté du champ de bataille maculait son visage.

Sa main toujours dans la mienne, je dirigeai la puissance du joyau vers elle. Une pulsion nacrée passa de mon bras au sien. Ses yeux s'agrandirent de surprise, car elle qui croyait m'aider, elle se trouva à recevoir mon aide. La vague réparatrice la traversa, ressoudant les chairs blessées, soulageant les muscles douloureux. Lorsque la magie du joyau eut terminé son travail, Fleya roula des épaules avec un sourire de gratitude.

— Avec cette puissance, pas étonnant que tu aies pulvérisé le seigneur Liche.

Je baissai les yeux pour suivre la direction de son regard. Il ne restait aucun corps à l'endroit où s'était trouvée la vile créature; que ses vêtements et son masque tordu, comme sous le coup d'une chaleur intense. Le sol noirci tout autour de ces restes témoignait de la déflagration magique dont j'avais été le catalyseur. Je me frottai la tête d'une main, moi-même surpris par le résultat.

Des appels attirèrent mon attention vers nos compagnons qui attendaient à quelques pas. Un officier s'avança et m'offrit un salut martial. Les armoiries sur son plastron ne laissaient aucun doute : il s'agissait des renforts envoyés par le château Violet.

— Capitaine Tassian, au rapport! annonça-t-il.

Je lui rendis son salut.

— Votre arrivée est une bénédiction inespérée, capitaine.

— Nous serions arrivés plus tôt, mais les gargouilles nous ont barré le chemin. Maître Jonas regrette de ne pas pouvoir venir en personne : il a jugé plus efficace de servir de distraction aux gargouilles pour permettre au reste des troupes de vous rejoindre.

Une cavalière s'avança, son cheval suivant un pas derrière. Des galons dorés marquaient les épaules de son uniforme bleu.

– Capitaine Veena, au rapport! La maître d'armes Odenne vous envoie ses respects.

J'inclinai la tête, une main sur la poitrine.

– Vous avez toute ma reconnaissance.

Fleya s'avança.

– Maître Brenlir, la délégation sylphe.

Je tournai la tête pour voir Syviis marcher vers nous. J'ouvris de grands yeux, surpris. Derrière elle, Rowara et Somir suivaient avec leurs cervins en sueur. J'avais perdu espoir qu'ils nous rejoignent.

– Je suis soulagé de vous retrouver bien portant, les saluai-je.

– Il s'en est fallu de peu que votre appel à l'aide ne nous atteigne pas à temps. Des gargouilles nous ont pris en chasse une fois sortis du rayon d'action du château Nacré, ce qui nous a obligés à changer de route. C'est Luan qui nous a rattrapés, expliqua-t-elle.

– Le ménestrel? demandai-je, incrédule.

Comme si la mention de son nom l'avait attiré, il apparut entre deux cervins et me servit un clin d'œil. Comment un musicien avait-il pu réussir là où mes éclaireurs avaient échoué? Je secouai la tête, perplexe. Fleya se pencha vers moi pour chuchoter des explications.

– Il dit qu'il a été envoyé par Dariane et il nous a montré un éclat nacré pour appuyer ses dires. Le fait est, dit-elle avec un haussement d'épaules, qu'il a retrouvé les Sylphes et qu'il nous les a amenés juste à temps. L'exploit en lui-même vaut bien une médaille.

Un rire de soulagement m'échappa.

– C'est un peu tôt pour distribuer des médailles.

Un coup d'œil vers le ciel m'apprit que les gargouilles n'étaient nulle part en vue. Devant nous, un attroupement de soldats occupait la crête du vallon. Les simargs du château Violet avaient atterri sur notre gauche et les cavaliers du château Bleu parcourraient le champ de bataille pour venir en aide aux blessés et achever les dernières gargouilles.

Syviis inclina la tête à mon intention.

– Nous sommes désolés d'avoir manqué le cœur des combats, mais je suis soulagée de voir que d'autres vous ont apporté leur soutien, dit-elle en désignant les troupes fraîchement arrivées.

– L'affrontement avait tourné en notre défaveur, acquiesçai-je, mais les autres joyaux se sont joints à nous et j'ai pu neutraliser le seigneur Liche.

Elle baissa les yeux vers les restes de ce dernier avec une grimace dégoûtée avant de pivoter vers l'horizon.

– Il subsiste un obstacle de taille. Le socle jaune est bien plus gros que nous ne le pensions, surtout avec les éclats encore actifs dans les environs. S'ils tombent entre les mains de personnes vulnérables, Giliel sera en mesure de lever une nouvelle armée.

Un haut-le-cœur me saisit à l'idée de revivre la journée d'aujourd'hui. Mon rôle était de garantir la sécurité de mes gens, pas de les abattre sans discernement. Je pris quelques bonnes inspirations, bien décidé à trouver une solution définitive.

– Faut-il que nous rassemblions tous les éclats pour vous permettre de les neutraliser?

Rowara s'agenouilla et posa une main sur le sol.

– Ce n'est pas le terrain auquel nous nous attendions, mais je pense que nous pourrions influencer toute la région en une seule intervention. La nappe phréatique n'est pas si loin.

La Sylphe leva les yeux vers moi.

– C'est sûrement la raison pour laquelle les joyaux ont pu fusionner et offrir leur puissance combinée à maître Brenlir.

Somir claudiqua jusqu'à elle et posa une main sur son épaule. Il ferma les yeux et une lueur verte crépita là où ils se touchaient. Son regard se fixa sur la console.

– Au château, nous avons réussi à neutraliser les éclats en collaborant avec la précieuse Dariane. Si l'alliance de tous les joyaux s'accorde à nous assister, la purification du socle et des éclats restants devient beaucoup plus simple.

Les trois Sylphes se tournèrent vers moi. Un frisson d'espoir me remonta le dos.

« Dariane, j'ai besoin de toi. »

# CHAPITRE 24

## Dariane

Un instant, j'étais sur le rempart à surveiller l'horizon. Puis la requête de Brenlir résonna en moi. Sans attendre, le joyau m'aspira dans les profondeurs des fondations avant de me pousser le long d'une racine principale. Ma conscience traversa les murs de la ville puis les champs environnants. J'appelai à moi toutes les couleurs chatoyantes qui parsemaient les Terres du Nord. L'éclat des différents joyaux dansa sur mes bras et j'accueillis avec joie la présence de mes consœurs et de mes confrères.

Un rire s'échappa de ma gorge sous le coup de l'exaltation. Je n'avais jamais voyagé si loin de mon centre, mais en cet instant, avec la puissance combinée de tous les joyaux, ma portée s'étendait à tout le continent.

Le sol s'ouvrit pour me laisser émerger au milieu d'une plaine ravagée. Un hoquet de stupeur me coupa le souffle devant tant de vies perdues. Des porteurs d'éclats gisaient au milieu des touffes d'herbes piétinées. Des chevaux sans cavalier trottaient entre les monticules de terre. Des simargs clopinaient pour se réunir autour des soldats.

Je pivotai sur moi-même pour me retrouver face à un regroupement d'officiers. Brenlir fut le premier à remarquer ma présence et à me rejoindre. Il prit ma main dans la sienne et une onde de chaleur se propagea entre nous, à la fois un accueil et une promesse. Je le laissai m'attirer vers le cercle de soldats et un sourire fleurit sur mes lèvres en reconnaissant les visages.

– Luan! Tu as accompli l'impensable. Merci.

Le ménestrel s'inclina puis désigna les Sylphes.

– Le plus difficile reste à venir, et je ne serai pas d'une grande aide pour cette étape.

Syviis avança jusqu'à moi et m'offrit sa main. J'acceptai son invitation et serrai ses doigts dans les miens. Les couleurs de tous les joyaux dansèrent sur ma peau, accompagnées par l'éclat émeraude des Sylphes, à la fois complémentaire et différent de celui du joyau Vert. Le plan de Syviis se forma dans mon esprit et je suivis son idée, surprise par sa méthode, mais surtout impressionnée par son ampleur.

Devant nous, la terre se mit à geindre et à trembler. Un énorme monticule se constitua, charriant des amas de terre et de roche. Au milieu des détritus, des vestiges de colonnades roulaient, apparaissant brièvement au milieu des pavés taillés et des poutres en bois. Un morceau de tissu surgit entre deux ondulations, sa couleur ternie par le temps et les intempéries, mais les armoiries du château Jaune y étaient reconnaissables.

Un hoquet d'horreur secoua ma poitrine. Giliel avait déraciné son château tout entier pour se mouvoir à travers les Terres du Nord. Les paroles des Sylphes me revinrent en mémoire, à savoir que deux joyaux ne pouvaient pas survivre à proximité. Toutes ces semaines passées à observer mes racines se tordre de douleur. J'aurais pu y mettre fin bien plus tôt si seulement j'avais écouté les autres précieux. Je me jurai de ne plus jamais être la victime de ma propre fierté.

L'amas de ruines arrêta sa progression et s'empila sur lui-même pour gagner en hauteur. Sur la crête, un morceau plus massif se dressa et pivota. Les restes du joyau jaune luirent sous le soleil, éclairant les alentours d'une aura maladive. La pitié me submergea et des larmes coulèrent sur mes joues. Même si on m'avait raconté les sévices subis par Giliel, j'étais incapable de m'imaginer à sa place. Dans ma poitrine, la présence de Brenlir et de dame Morwen pulsèrent, m'apportant la conviction qu'ils ne laisseraient jamais une telle chose m'arriver.

Une vibration agita le sol autour de nous et les cailloux roulèrent en tous sens. Des exclamations de surprise parcoururent le champ de bataille comme les soldats essayaient de se mettre en sécurité. Le vrombissement prit en intensité et des roches derrière nous fendirent l'air pour rejoindre le monticule. Je fronçai les sourcils puis lâchai un cri de surprise en réalisant qu'il s'agissait des éclats du joyau jaune. Partout, sous nos pieds, entre nos jambes, des fragments fusaient à toute vitesse pour percuter le tumulus. Je tendis la main pour en attraper un, mais la force d'attraction était telle que je ne parvins pas à le saisir.

Les morceaux s'accumulèrent pour former une sinistre silhouette nimbée d'ocre. La lumière s'intensifia jusqu'à ce que nous soyons obligés de détourner les yeux, puis elle disparut, laissant derrière elle le précieux du joyau jaune.

Giliel se tenait devant nous, un rictus aux lèvres, ses traits déformés par des années de souffrance. Son regard parcourut les gens assemblés pour l'affronter et il écarta les bras.

– Ne craignez pas le renouveau, tonna-t-il. Je vous offre ce que vous avez toujours souhaité : la prospérité.

– Tu n'as que le chaos et la mort à offrir, s'écria Syviis. Laisse-nous t'accorder la paix et le repos. Une fois la corruption nettoyée, ton joyau pourra se régénérer, et peut-être qu'avec un peu de chance, tu auras la possibilité de goûter à la vie à nouveau.

Le vent se leva tout d'un coup et de sombres nuages recouvrirent le ciel. Les bourrasques obligèrent les soldats à détourner la tête. Les chevaux se cabrèrent aux sifflements furieux des rafales. Un roulement de tonnerre précéda la foudre qui s'abattit juste derrière Giliel.

– Votre fourberie ne m'a pas échappé, gronda-t-il. J'étais peut-être en sommeil lorsque vos ancêtres s'en sont pris à Dariane, mais l'eau m'a apporté le récit de vos actes. Anomalie, perversion, monstruosité; c'est ainsi que vos aînés nous ont qualifiés. Vous vous êtes mépris sur la source du problème, car ce sont les Hommes de sang qui nous ont détournés de nos réelles fonctions.

J'avançai d'un pas et projetai l'énergie du joyau nacré tout autour pour nous protéger du vent. Le calme revint et je tendis la main vers Giliel.

– Je n'aurais jamais pu faire du château Nacré ce qu'il est sans l'apport de la lignée de mon seigneur ni sans mes maîtres d'armes. Ils sont ma raison de vivre, grâce à leur potentiel, mais aussi pour leur ardeur à embrasser cette existence.

Je tournai la tête et croisai le regard de Brenlir. J'y lus son amour, vaste et lumineux. Giliel n'avait jamais eu la chance de connaître l'exaltation de cette émotion.

– Tu as perdu ton seigneur et ton maître d'armes, repris-je. Ton château n'est plus. Accepte l'offre des Sylphes et saisis cette chance pour te réinventer. Ton malheur a laissé une marque indélébile sur nos cœurs; ta souffrance n'a pas été vaine, car elle nous permettra de ne plus jamais répéter ces erreurs. Maintenant, tu peux lâcher prise sur ton désir de vengeance et profiter des fruits de cette leçon chèrement apprise.

Des éclairs strièrent le ciel tout autour de la bulle de calme que j'avais dégagée. Mes oreilles tintèrent tant le fracas du tonnerre emplissait l'air. L'énergie jaunâtre de Giliel se pressa contre la mienne. Des tentacules malveillants rampèrent pour trouver une faille et briser mon emprise. Je fermai les yeux et fis appel à mes semblables pour protéger nos gens, nos terres, nos vies.

L'énergie émeraude de Syviis flamba dans mon esprit et je la sentis me rejoindre.

– Tu nous forces la main, Giliel, dit-elle d'une voix lourde de tristesse. Pour que les Terres du Nord prospèrent, nous devons mettre fin à la propagation de cette corruption. Tu seras bel et bien la source de cette ère nouvelle. Seulement, elle ne sera pas sous le signe de la terreur, mais plutôt de l'harmonie.

Syviis me toucha l'épaule et j'ouvris les yeux. Il était temps d'arrêter la dégénérescence du joyau jaune. J'inclinai la tête pour accepter sa demande silencieuse et canalisai la magie des joyaux vers elle pour qu'elle puisse l'utiliser comme bon lui semblait. Son regard fouilla le mien une fraction de seconde, comme si elle cherchait la confirmation de ma confiance, puis un sourire étira ses lèvres et elle se tourna pour faire face au précieux corrompu.

Rowara se saisit de sa main libre et Somir se plaça au bout. Autour, tous les soldats nous imitèrent pour rapidement former une chaîne humaine d'une extrémité à l'autre de la plaine. La magie me traversa telle une cascade gonflée par la crue du printemps, multipliée par l'union de nos volontés.

La nature répondit à l'appel de Syviis.

Un grondement venu des entrailles de la terre se réverbéra jusque dans mes dents. Le sol se craquela tout autour du socle jaune. Le tonnerre roula à nouveau dans le ciel, mais la foudre passa d'un nuage à l'autre. Un cri strident monta du tumulus et des larmes coulèrent sur mes joues. Je lâchai prise sur mon cœur et laissai libre cours à ma tristesse.

Giliel trouverait enfin la paix, et les Terres du Nord retrouveraient l'équilibre perdu si longtemps auparavant.

La faille s'agrandit et un bruit différent hérissa tous les poils de mon corps. Le monticule où trônait le socle jaune se désagrégea et tomba au fond du trou. Un souffle d'air chaud nous fouetta le visage comme la déflagration faisait vibrer le sol sous nos pieds. L'eau monta des tréfonds et jaillit à gros bouillons jusqu'à tout recouvrir.

« Bloque les cours d'eau souterrains, » ordonna la voix de Syviis. Je puisai dans les réserves d'énergie du joyau nacré et remontai chacune des sources souterraines. J'infusai ma volonté au joyau, celle de voir les nôtres prospérer, tintée par mon amour pour nos gens et ce que nous avions bâti ensemble. Une marée nacrée traversa les courants et érigea des boucliers de part et d'autre. Le soulagement des autres précieux et précieuses me submergea, leur reconnaissance pour ma protection infaillible comme une accolade réconfortante.

Je souris et imprégnai l'eau de mon bonheur de me savoir si bien épaulée dans ma mission. L'admiration de Brenlir me parvint telle la caresse du soleil après une longue nuit. Un hurlement strident perça les airs et me vrilla les tympans. Je portai mes mains à mes oreilles, mais le son n'avait rien de physique. C'étaient la colère et le désespoir de Giliel, portés par les flots. Sauf qu'il n'avait aucune racine à sa disposition. Rien pour le rattacher à la terre, aux gens, à la vie.

Dans le cratère nouvellement formé, l'eau bouillonna et une vapeur grisâtre s'en éleva. Des vagues apparurent de nulle part et éclaboussèrent les bords. Les simargs les plus près prirent leur envol pour éviter d'être touchés par les gouttelettes fumantes. L'eau changea de couleur progressivement jusqu'à être nimbée de vert. Les reflets du soleil y firent chatoyer une myriade de couleurs. Puis la surface devint paisible.

La présence de Giliel avait disparu.

Je relâchai mon contrôle sur les courants souterrains et l'eau se résorba. La nature répondit à ma requête et le trou se remplit de terre. D'une poussée, je hissai le socle à la surface. Les arêtes du joyau jaune s'étaient adoucies et ne ressemblaient plus à des pics acérés, mais plutôt à des vallons patinés par le temps, tel un rappel des hauts et des bas de notre existence.

La main de Brenlir enserra la mienne avec tendresse et je levai les yeux vers lui. Sa curiosité vibrait entre nous, aussi l'entraînai-je vers le tertre nouvellement formé. Les Sylphes nous emboîtèrent le pas, ainsi que plusieurs officiers. Tous s'arrêtèrent à quelques pas du socle, surtout par respect, mais aussi par crainte. Somir tendit les bras et ferma les paupières.

– Nous n'avons pas encore tout à fait rétabli l'équilibre.

Rowara mit les mains sur ses hanches et étudia les environs.

– Il y a beaucoup d'énergie résiduelle, remarqua-t-elle. La nature en a absorbé une bonne quantité pour se régénérer, mais il en reste assez pour causer des dégâts. Si Giliel parvenait à se manifester à nouveau, il pourrait très bien l'utiliser à mauvais escient.

J'avançai jusqu'à poser les doigts sur la surface du joyau translucide. Derrière moi, les officiers s'agitèrent, leur inquiétude semblable à un bourdonnement dans mon esprit. La présence de Brenlir s'intensifia dans ma poitrine et je le sentis prêt à venir à mon aide en cas de besoin. Je souris et reportai mon attention sur les courants d'énergie devant moi. C'était comme comparer du vin avec de l'eau. Cette dernière était fraîche, mais sans saveur. C'était le goût que me laissaient les filaments translucides. Je me tournai vers Syviis.

– Que proposez-vous?

Les Sylphes échangèrent des regards et quelques gestes signés. La consule me fit face et s'inclina, une main sur son cœur.

— Nous pourrions rétablir l'équilibre, au-delà du mal fait à Giliel et de la corruption qu'il a semée sur son passage. Si nous n'avions pas été aussi passifs face au sort des joyaux et de leurs précieux, peut-être aurions-nous pu éviter les événements qui ont mené à la Grande Guerre. Je suggère que le sacrifice de Giliel serve à rappeler le rôle des Sylphes dans l'épanouissement des Terres du Nord.

Elle tendit la main vers moi et je la saisis, confiante. Une nouvelle image se forma dans mon esprit, nimbée d'émeraude et d'argent. Une douce chaleur se répandit dans ma poitrine en réponse.

— Excellente idée.

Le visage de Syviis s'illumina et elle se positionna entre ses deux compagnons. L'énergie sauta de l'un à l'autre et le courant prit en vigueur. La terre frissonna sur le champ de bataille et les corps des défunts furent engloutis dans les profondeurs.

La nature tout autour du tumulus s'agita, comme si le printemps reprenait ses droits en quelques secondes plutôt que sur plusieurs mois. Une multitude de pousses vertes percèrent le sol pour le recouvrir d'un tapis végétal. Des lianes craquèrent et rampèrent en provenance de tous les côtés. Elles gagnèrent en diamètre et les branches se rejoignirent au centre pour s'emmêler les unes aux autres au-dessus du socle, l'enveloppant dans son entièreté. La structure monta et s'étoffa jusqu'à former un énorme tronc d'arbre. Des ramages s'étendirent au-dessus de nous tel un parasol verdoyant.

Un frisson agita les rameaux et une lumière d'un blanc pur étincela quelques secondes avant de se dissiper, laissant derrière elle un gigantesque chêne au tronc argenté et aux feuilles de jade. Le sol sous nos pieds trembla une dernière fois et de la mousse apparut à la base de l'arbre pour se propager à toute la zone touchée par les combats.

J'étais stupéfaite, mon cœur ravi par cette création née de tous nos pouvoirs réunis. Des cris victorieux s'élevèrent de la gorge d'un millier de gens. Des accolades furent partagées et des poignées de main échangées. Je laissai la joie de vivre des miens m'imprégner. C'était la raison pour laquelle j'avais si farouchement défendu mes terres. Je rouvris les yeux pour voir Brenlir devant moi. Son admiration et son amour pulsaient dans ma poitrine au rythme des battements de son cœur. Un sourire étira mes lèvres et il m'attira vers lui pour me serrer dans ses bras. Lorsqu'il s'écarta, Syviis nous fit face, son expression un mélange de fierté et de soulagement.

— C'est le plus beau cadeau que nous pouvions offrir à Giliel : la guérison. Il mettra peut-être cent ans ou encore un millénaire à se rétablir, mais un jour le joyau jaune florira à nouveau.

Au loin, les cloches du bourg principal tintèrent. Bientôt, celles du château et des hameaux voisins reprirent le carillon victorieux. Je posai mon oreille contre la poitrine de Brenlir et me détendis aux puissants battements de son cœur.

— Je crois que je vais demander à dame Morwen de trouver des sonneurs de cloche attitrés.

Un grognement amusé fit vibrer ma joue. Je levai les yeux vers Brenlir et haussai un sourcil inquisiteur.

— Prête à déléguer certaines tâches? demanda-t-il.

Son expression était sérieuse, mais je n'étais pas dupe, surtout à la lueur taquine dans son regard.

— Ce sera nécessaire, répondis-je sur un ton badin, puisque j'ai l'intention de consacrer plus de temps aux gens qui me sont chers.

Un frisson secoua ses épaules, l'amusement s'évapora au profit de la tendresse, et il appuya son front contre le mien.

– C'est le plus beau cadeau qu'on puisse espérer.

Des appels furent relayés autour de nous comme les troupes se préparaient à prendre le chemin du château Nacré. Brenlir me relâcha et m'offrit son bras. Je glissai ma main dans le creux de son coude, prête à retourner chez nous. Avec les simargs du château Violet et la cavalerie du château Bleu, nous allions avoir quelques défis logistiques. Mais ce serait la parfaite occasion pour quelqu'un d'autre de se démarquer par ses aptitudes de gestion. Ma prise se resserra sur le bras de Brenlir et il baissa les yeux vers moi.

– J'ai négligé les gens de mon entourage au profit d'obligations que d'autres peuvent accomplir aussi bien que moi, expliquai-je.

Il s'arrêta et pivota pour me faire face. Son regard brillait de toutes les émotions refoulées ces dernières années.

– Personne ne peut t'accuser de négligence, m'assura-t-il avec ferveur. Ce sera mon honneur et ma fierté d'être à tes côtés. Que ce soit dans les petites tâches du quotidien ou face aux dangers les plus improbables.

# ÉPILOGUE
## Dariane

*20 ans plus tard...*

La certitude d'oublier quelque chose ne me lâchait pas. Les préparatifs avaient accaparé les dernières semaines pour enfin culminer aujourd'hui. Quelques coups frappés à ma porte me firent lever les yeux de mon carnet.

– Entrez!

Le battant s'écarta pour laisser passer Vyn. Maintenant adulte, le jeune homme partageait la même stature que son père, avec une peau aux reflets bronze et de magnifiques yeux de chat. Ses vêtements noirs étaient bien trop sévères, et je le lui avais répété à maintes reprises. Sa réponse était invariablement qu'ils faisaient ressortir son écharpe blanche, symbole de ses fonctions de commissaire. Le fils de mon maître d'armes avait embrassé son rôle de Perle avec beaucoup d'enthousiasme quelques années plus tôt et je lui en étais reconnaissante.

Mes épaules se détendirent à la vue du registre dans ses mains et je lui fis signe de me rejoindre. Il s'arrêta devant l'âtre, près de la robuste chaise à bascule, et déposa un baiser sur la joue parcheminée de Gia. La vieille dame lui tapota le bras.

– Va rassurer notre précieuse avec la liste de toutes les choses auxquelles tu as pensé pour elle.

Vyn sourit et se tourna vers moi. Plutôt que de prendre place à mes côtés, il me présenta sa paume. J'y plaçai mes doigts et me levai sur son invitation.

– Papa nous attend pour aller à la commémoration. Il m'a dit de te confirmer que tout était en ordre.

Je pinçai les lèvres, bien consciente des efforts de mon entourage pour m'apaiser en cette journée. Je relâchai Vyn pour aller serrer la main de ma vieille amie.

— Es-tu certaine de ne pas vouloir te joindre à nous? lui demandai-je.

Gia secoua la tête.

— J'ai assisté aux dix-neuf dernières commémorations. Ça me suffit. Va rassurer dame Isona. Ce sera sa première cérémonie depuis le décès de sa mère.

Je lui promis de le faire avant de vérifier qu'elle ne manquait de rien. Avec une profonde inspiration, je saisis la main de Vyn et tirai sur la magie du joyau pour nous propulser au travers des pierres. Tout autour, des dizaines de personnes s'agitaient en prévision de l'excursion jusqu'au géant argenté. Chaque année depuis la défaite de Giliel, nous nous rendions sur place pour souligner le sacrifice qui nous avait permis d'unifier tous les joyaux et de rétablir l'harmonie dans les Terres du Nord. Cet affrontement nous avait coûté cher en vies, aussi bien humaines que simargs et chevaux, sauf que Giliel avait payé le prix ultime : sa liberté.

La présence de Brenlir était comme le soleil du midi dans mon esprit, et je nous fis émerger dans la cour intérieure à ses côtés. Il avait revêtu son armure d'apparat, d'un blanc laiteux aux accents dorés. À ma proximité, la surface se mit à luire et des reflets nacrés clignotèrent à chacun de ses mouvements. Il se tourna pour nous faire face, offrit un sourire à son fils, puis il s'inclina cérémonieusement devant moi.

— Dariane, tu es radieuse.

— Et je serai au bras du plus flamboyant des maîtres d'armes.

Un sourire affectueux tira sur le coin de ses lèvres.

— Tu ne mérites rien de moins.

J'allais rouler des yeux lorsque mon regard se posa sur le compagnon de Brenlir. Je haussai un sourcil incrédule en reconnaissant le jeune Sylphe. Outre ses cheveux d'un noir de jais et ses yeux dorés typiques chez les siens, un nouveau tatouage s'était ajouté sur sa joue depuis la dernière fois où je l'avais vu.

Ce souvenir était plutôt amer, car à cette occasion, il avait insisté pour aider à la volière, et une fausse manipulation avait permis à plusieurs oiseaux de changer d'enclos. Les aviculteurs avaient mis des semaines à restituer tous les spécimens dans les bonnes volières. Ce n'était qu'une des maintes frasques du jeune Sylphe, et je l'avais renvoyé chez lui au soulagement de tous. L'expression de Brenlir devint neutre et il le désigna.

– Tu te souviens de Nieven, n'est-ce pas?

Je m'efforçai de lui offrir un sourire agréable. Après tout, c'était le fils aîné de Syviis et il serait un jour appelé à devenir consul.

– Bien sûr! Bienvenue au château Nacré. Ta mère t'accompagne-t-elle aux festivités comme représentante des Sylphes?

Nieven sourit de toutes ses dents et Brenlir toussota derrière son poing en m'envoyant un regard contrit. Je plissai les yeux, alarmée.

– Non, je suis ici en tant que pupille du château Nacré. Dame Isona l'a suggéré dans sa dernière correspondance. L'opportunité était trop belle pour la refuser!

Un point de pression se forma entre mes deux sourcils. Quelqu'un appela Nieven plus loin dans la cour et il prit son congé en me souhaitant une agréable cérémonie. Je murmurai une salutation et le regardai s'éloigner avec une bonne dose d'appréhension. L'idée qu'il puisse un jour représenter son peuple était très bien en théorie, mais j'avais espéré qu'il prendrait un peu d'expérience avant de l'avoir dans les pattes à nouveau. Les jeunes devaient découvrir le monde, mais je préférais que ce ne soit pas aux dépens de ma paix d'esprit. À mes côtés, Brenlir m'observait en silence et je posai un regard accusateur sur lui.

— Qu'ai-je fait pour encourir un tel supplice? Cet enfant est le chaos personnifié!

Il s'approcha et plaça ses mains en coupe sous mon visage. D'une pression, il me fit lever le menton et déposa un tendre baiser sur mes lèvres. L'énergie du joyau roula sous nos pieds, comme un chat étendu au soleil pour une sieste bien méritée. Une partie de la tension dans mes épaules s'évapora et je relâchai mon souffle. Rien ne pouvait rivaliser avec le bonheur d'être auprès des miens.

— Ce n'est un supplice que si tu le vois ainsi, dit Brenlir. Tu as survécu à Jana et elle est devenue une capitaine épanouie grâce à ta bienveillance.

Je pinçai les lèvres pour éviter de lui répondre que ce n'était pas la même chose. Sa fille avait effectivement représenté un défi tout particulier, autant pour ma patience que pour mes nerfs, car si son jumeau était posé, autant elle pouvait être téméraire. À plus d'une reprise, j'avais eu besoin de me rappeler que mon amour pour elle était immense. J'avais redoublé d'efforts, et avec plaisir, car rien ne me rendait plus fière que de voir les miens s'épanouir et s'accomplir. Nieven... n'était pas une cause perdue, mais j'aurais volontiers laissé à d'autres le soin de l'aider à découvrir tout son potentiel.

— Tu es la championne de l'ordre et de la structure, reprit Brenlir. N'est-ce pas le but précis de notre alliance avec les Sylphes? De profiter des atouts de chacun pour ne plus jamais être la proie de nos faiblesses?

Je souris à Brenlir. Les dernières années comptaient parmi les plus belles de ma longue existence. J'avais pleinement embrassé mes sentiments envers mon maître d'armes, pour le plus grand bonheur de tous, aussi bien chez nous que dans le reste des Terres du Nord. De me voir aux côtés de Brenlir avait permis notamment aux habitants de notre château de se rapprocher de moi.

L'abondance de nos récoltes ne cessait de m'émerveiller. Le commerce se portait à merveille et les châteaux florissaient comme jamais auparavant. Nos relations avec les Sylphes avaient donné le jour à de nombreux projets spectaculaires et j'avais la certitude que ce n'était qu'un début.

Qu'importait un peu de chaos.

FIN

**Dans le même univers**

*La Chronique des Joyaux, fantasy épique*

Le crépuscule violet

L'aurore carmin

Le zénith nacré


**Aussi disponibles**

*La Coureuse des grèves, fantasy urbaine*

Les eaux empoisonnées

Les flots ensorcelés

Les vagues fugitives – sortie prévue le 22 juin 2023


*Windigo, fantasy urbaine*

La proie du Windigo

L'ennemi du Windigo

La chasse du Windigo


*Dominix Kemp, space opéra*

Gemellus

Similis

Dominus

## Infolettre mensuelle *!!!*

Restons en contact!
Rendez-vous sur melaniedufresne.com pour vous inscrire et
recevoir votre nouvelle gratuite dans l'univers des Joyaux.

**Remerciements**

Encore une fois, je tiens à remercier l'homme de ma vie, mon lecteur de première ligne et mon conseiller en toute chose, David. Un énorme merci à ma fille, Sophie, sans qui *La Chronique des Joyaux* n'aurait pas vu le jour. Merci à mon fils, Damien pour sa patience (promis, le prochain, je vais l'écrire pour toi). Un merci tout particulier à Nathy D'Eurveilher qui a mis tout son cœur dans son travail d'éditrice, qui a veillé à la cohérence du récit et qui m'a obligé à être rigoureuse. Mille mercis à mes lectrices bêta qui sont toujours aussi dévouées à m'aider, Lorianne, Valérie et Roselyne. Finalement, merci à vous chers lecteurs et chères lectrices. Vos encouragements et vos retours me donnent des ailes.

**À propos de l'auteure**

Mélanie est originaire de la banlieue ouest de Montréal, au Québec. Déjà à 10 ans, elle passe une bonne partie de ses nuits à lire sous les draps avec une lampe de poche. Le reste du temps, elle rêve d'écrire ses propres histoires. À 17 ans, elle quitte sa ville natale pour poursuivre ses études. Elle rencontre son conjoint dans le Bas-du-Fleuve et lui offre une vie de servitude en échange de bons repas. Finalement, c'est lui qui cuisine et c'est mieux ainsi. Ils habitent en banlieue de la ville de Québec avec leurs deux merveilleux enfants et un chien affectueux, mais pas très brillant. Ses plaisirs coupables sont le chocolat et les romances paranormales.

**Rejoignez l'auteure sur ces réseaux**

Site Web : melaniedufresne.com
Facebook : www.facebook.com/MelanieDufresneEcrivaine
Instagram : www.instagram.com/melanie_ecrit